Les Enfants de Calliope

Cyane

A Juliette,
ma nièce et filleule.

Les Roses de Saadi

J´ai voulu ce matin te rapporter des roses ;
Mais j´en avais tant pris dans mes ceintures closes
Que les nœuds trop serrés n´ont pu les contenir.

Les nœuds ont éclaté. Les roses envolées
Dans le vent, à la mer s´en sont toutes allées.
Elles ont suivi l´eau pour ne plus revenir ;

La vague en a paru rouge et comme enflammée.
Ce soir, ma robe encore en est tout embaumée...
Respires-en sur moi l´odorant souvenir.

Marceline DESBORDES-VALMORE
(1786-1859)

I
Convergence

20 décembre 1985
J -5

On m'a dit qu'à dix-sept ans, on avait la vie devant soi… alors pourquoi ai-je l'impression de passer à côté de la mienne ? J'ai beau essayer, je n'arrive pas à trouver mon chemin. Je ne me sens pas jeune, mais en avance ; je ne me sens pas libre, mais étrangère ; je ne sens pas que tout m'appartient, car rien ici ne me fait envie. Je sais bien qu'au fond je ne suis pas encore mûre, que mes souhaits sont égoïstes, et que j'avance sans me soucier de l'avenir… Mais n'est-ce pas ainsi que ce monde fonctionne ?

Il est 7 h 55, et comme chaque matin je me rends à l'école en vélo. Ces derniers temps, sur le chemin, j'écoute *Viva la Vida* de Coldplay. Ça me stimule, et j'ai l'impression que mon vélo pourrait s'envoler et m'emporter vers les nuages. J'ai pris le soin de mettre un bonnet, bien plus pour cacher mes écouteurs que pour me protéger du froid. Les flocons de neige fouettent mon visage, le vent caresse mes joues et, transportée par cette musique je regarde les images défiler comme dans un film. Quand j'arrive devant la grille, il est déjà huit heures. J'ai à peine le temps de ranger mon vélo que la sonnerie retentit.

— On est enfin vendredi ! Super ! Ce soir, c'est les vacances, et demain soir, l'extase ! Dis, tu l'as apporté ?

Moi, c'est Juliette : 1,70 m, les cheveux châtains longs un peu ondulés, pas trop moche, et je suis en dernière année de lycée. Cette fille toute excitée, c'est Christine, ma meilleure copine depuis la sixième.

— Il est dans ma poche, on ira l'écouter tout à l'heure près du grand pin !

— Et pourquoi pas en cours ? me suggère-t-elle malicieusement.

— Arrête ! Tu es folle ? tu sais bien que mon père me tuerait si ça s'apprenait !

— Au fait, en parlant de ton père, tes parents sont au courant pour la boum chez Julien demain ?

— Non… je ne leur ai pas dit, ils m'auraient gavée de questions : *chez qui tu vas ? je connais ses parents ? qu'est-ce qu'ils font dans la vie ? c'est quoi leur numéro ?...* Tu parles ! je leur ai dit que toi et moi on allait au cinoche voir *Retour vers le futur…*

Notre conversation se poursuit un ton plus bas.

— En tout cas, j'espère que Laurent sera là ! me souffle-t-elle.

— Déconne pas ! Si Laurent ne vient pas, ça veut dire qu'Antoine non plus, et j'y vais rien que pour lui. Il a des yeux tellement beaux !

— Pas plus beaux que ceux de Laurent ! Ses yeux, ils sont tellement verts qu'on dirait des émeraudes !

— Dommage qu'ils soient cachés par ses oreilles !

— Ah ! ah ! marre-toi ! en tout cas…

— Mesdemoiselles ! Silence quand on entre en classe !

Ce sont les derniers cours de l'année, et j'ai hâte que la journée se termine. Les cours, les profs, tous ces trucs qui ne servent à rien, et qui me semblent tellement éloignés de la réalité… Les cours de maths de Duchaussy, qui prend son air savant dès qu'elle va nous apprendre une formule ; les cours d'histoire de Leglot, qui nous parle toujours comme s'il avait tout vu et tout vécu ; ceux d'économie de Bonin, ponctués de commentaires pseudo-philosophiques, du genre *je suis la réincarnation de Descartes, Keynes et Karl Marx réunis* ; et j'en passe !... A quoi elle leur sert leur science ? Tous ces gens, les profs, les élèves, ils se sentiraient bien bêtes en voyant mon walkman ; je suis sûre qu'ils ne comprendraient même pas ce que c'est ! Mais je ne peux pas leur montrer, et c'est ça qui m'énerve le plus. Par contre, je brûle de le montrer à Antoine. A part Christine, je n'ai personne d'autre avec qui partager mes découvertes secrètes. J'aurais tant aimé sortir avec lui ! Je l'emmènerais chez moi, je lui ferais découvrir toutes mes chansons, et on s'embrasserait toute la journée en les écoutant. Peut-être qu'on ferait l'amour… sur *When You're Gone…*

La sonnerie ! Enfin !

— Viens, Christine, on va se faire plaisir !

Une fois sous le grand pin, à l'écart de la cour de récré, je le sors et lui passe un des écouteurs.

— Tu me remets celle de l'autre fois ? J'ai adoré ! C'est comment déjà ? *My loneliness is killing me…*

— C'est Britney Spears, mais attends, je vais t'en faire écouter une autre d'abord, encore meilleure !

— Meilleure que *Umbrella* ?

— Je ne sais pas, mais elle est super entraînante ! Je l'ai découverte hier soir, ça s'appelle : *Eh ! Eh !* de Lady Gaga. Drôle de nom, hein ?

— Mince alors ! Il y a combien de chansons dans ce truc ? J'ai l'impression que c'est inépuisable.

— Mon oncle m'a dit qu'il y en avait cinq cents, mais j'ai l'impression qu'il y en a bien plus. J'en ai découvert à peine la moitié, et la plupart sont trop bien !

— C'est vraiment dingue que ça ne passe pas à la radio, ça ferait un tabac pourtant !

— Je ne comprends pas non plus. Mon père m'a dit que ça provenait d'une boîte australienne qui développait des projets top secrets, mais je ne vois pas ce qu'ils attendent pour le mettre en vente…

— Je sais, tu me l'as déjà dit plein de fois… Mais si tu veux mon avis, il te cache quelque chose !

— Je suis d'accord, mais quoi ?

— Aucune idée, mais c'est bizarre !... Zut ! la sonnerie ! On y retourne ! Oh là là ! vivement ce soir !

Noël 1985

Le noir complet… quand sommes-nous ? Mes souvenirs, ma vie, tout me revient en mémoire petit à petit.

Je m'appelle William Lenoster ; je suis né en 1948, j'ai trente-sept ans, et je suis scientifique. Depuis l'enfance, j'ai toujours été fasciné par le monde autour de moi ; d'abord par l'immédiatement accessible, comme les plantes, les animaux, les matières… et plus tard par l'insaisissable, comme les planètes, les atomes, les flux énergétiques… Ces choses qui semblent invisibles, mais qui dirigent notre univers. A l'école, je n'étais pas particulièrement bon élève. J'étais un peu rêveur et tête en l'air, le genre que les professeurs avaient coutume de qualifier de *distrait*. Mes résultats avaient été, à chaque fois, juste suffisants pour passer en classe supérieure, et je me suis finalement retrouvé, quelques années plus tard, à faire mon doctorat sans réaliser vraiment comment j'avais pu arriver jusque-là.

Mon domaine de prédilection était la physique, et les travaux qui m'avaient le plus marqué étaient ceux de Max Planck, un des pères fondateurs de la physique quantique. Ils avaient ouvert une ère nouvelle dans le monde que l'on connaissait. Le nucléaire, le laser, l'informatique… tout partait de là. Depuis, une horde de scientifiques avaient pris le relais comme on creuse dans une mine d'or, et moi j'étais un de ceux-là. Je ne savais pas exactement ce que je cherchais, mais je savais qu'il y avait quclquc chosc à trouvcr.

Au cours de mes études supérieures, il y eut un jour une séance de travaux pratiques sur la supraconductivité qui me fascina et fit naître en moi une passion qui allait sceller le cours de ma vie. Lorsqu'ils sont refroidis en présence d'un champ magnétique et que l'on y fait passer un courant électrique, certains matériaux, comme l'yttrium, sont capables de générer leur propre champ magnétique. Autre particularité : lorsque le courant passe, il n'y a aucune résistance, c'est-à-dire aucune perte de puissance électrique, d'où leur nom de supraconducteur. Je commençai alors à faire mes premières expérimentations pour observer plus en détail le phénomène, et mes premières découvertes m'entraînèrent irrésistiblement sur cette voie. Je progressai peu à peu dans ce domaine et, au fil de mes recherches, j'appris à maîtriser les mécanismes du refroidissement et à modifier la structure moléculaire des matériaux, en y ajoutant chimiquement du fer ou du fluor par exemple, afin de m'affranchir plus aisément des contraintes liées aux basses températures et d'améliorer leurs performances.

Par la suite, j'élaborai une théorie qui allait devenir la thèse de mon doctorat. Si l'on fait passer un courant électrique par deux anneaux supraconducteurs superposés, les champs magnétiques créés vont les faire tourner dans des directions différentes. La friction ainsi engendrée par ces révolutions provoquera une distorsion de l'espace quantique situé à l'intérieur de la sphère magnétique des anneaux. Un chronomètre, positionné à l'intérieur, devrait donc voir s'écouler le temps plus lentement ou plus rapidement, mais en tout cas de manière différente. Un autre chronomètre, calé sur le premier et laissé entre les mains de l'observateur, servirait à constater et mesurer cet écart temporel.

Avec la collaboration de mes professeurs, je construisis un petit engin, de la taille et de l'apparence d'un ballon de basket, cerclé de deux anneaux parallèles. Je fis mon premier essai en leur présence et en celle de mes camarades. Une fois le courant électrique mis en marche, les anneaux commencèrent rapidement à se refroidir via un petit cycle frigorigène de ma fabrication, puis se séparèrent d'un petit centimètre en se mettant à tourner de plus en plus vite (il n'y a pas vraiment de limite théorique à cette vitesse, car les anneaux ne subissent aucune friction mécanique). L'électricité, qui s'accumulait à la surface extrême des anneaux, les teinta alors d'une légère lueur bleutée. J'attendis quelques minutes, puis je débranchai le courant. Je comparai alors les temps indiqués sur les deux chronomètres : ils étaient, hélas ! rigoureusement identiques. Cela me valut les applaudissements narquois de l'assemblée pour avoir démontré, cinquante ans après, les principes de l'électroluminescence, et ils me complimentèrent pour la belle veilleuse que j'avais inventée là. Bref, ce fut un échec complet. Les distorsions temporelles mesurées à l'intérieur du ballon étant nulles, l'ensemble ne semblait pas apporter un grand intérêt au regard de la science.

Je poursuivis néanmoins mes tentatives, par d'autres engins de formes et de tailles plus ou moins similaires, mais sans plus de succès, et mes pairs ne virent dans cette invention qu'un gadget pour discothèque.

J'avais un frère, Charles, qui était de cinq ans mon aîné, et un scientifique comme moi ; à la différence que moi j'étais le scientifique rêveur et lui le scientifique posé. A la suite de la disparition de notre père, quelques années après ma naissance, il s'était fait un devoir d'endosser son rôle de nouveau chef de la famille, et avait pris soin de moi avec une attention et une affection dignes d'un père. Il avait grandi d'un coup, devenant plus mûr, plus responsable, et conscient qu'il était désormais devenu le modèle sur lequel j'allais naturellement prendre exemple. Globalement, j'avais suivi le même parcours que lui, jusqu'à l'université où il avait bien mieux réussi que moi. En 1969, Charles avait passé avec brio sa thèse sur la fission nucléaire et obtenu son doctorat. Il n'avait ensuite pas eu de mal à se faire embaucher dans une des nombreuses centrales nucléaires qui fleurissaient alors dans le pays. Employé d'abord comme ingénieur-technicien, son sérieux et sa régularité au travail l'avaient fait passer progressivement à un poste de responsable, où il encadrait une vingtaine de personnes. Parallèlement, il avait rencontré Michèle, celle qui deviendrait sa femme, alors qu'ils étaient tous les deux encore étudiants. Elle était née un an après lui, mais son père était mort durant la guerre, et sa mère l'avait rejoint quelques années plus tard, des suites d'une infection pulmonaire. Michèle n'avait alors que cinq ans quand elle fut placée dans un couvent-orphelinat, d'où elle ne sortit qu'à sa majorité, pour ses études supérieures. Ils s'étaient mariés en juillet 1966, juste après qu'elle ait obtenu sa maîtrise, et avaient eu assez rapidement un enfant, Juliette, qui naquit le 5 février 1968 et dont j'eus l'honneur de devenir le parrain. Trois ans après, ma belle-sœur trouva un travail comme contrôleuse qualité adjointe dans une usine de téléviseurs, où elle fit progressivement sa carrière.

Le brillant parcours de mon frère et sa bonne situation, tant professionnelle que familiale, l'avaient gratifié d'une certaine réputation qui avait rejailli sur moi. Quand ma thèse me fut accordée en 1974, je le dus davantage à cette bonne réputation qu'aux résultats de mes travaux. Je me fis par la suite embaucher comme professeur et chercheur à l'université – grâce encore une fois à l'appui de Charles, la centrale ayant accordé à cette dernière de généreuses donations – où je profitai de la moindre occasion pour continuer à avancer sur mes recherches personnelles. Le temps et les ressources que j'y investissais augmentèrent année après année et, lorsque leur importance fut trop visible, cela me valut la radiation discrète de mon poste de chercheur. Nous étions en 1979. Je continuai cependant à donner occasionnellement quelques cours à la fac, me permettant juste de m'acheter de quoi vivre et de me construire patiemment un petit laboratoire dans mon garage. Je m'y retranchai comme un ermite, toujours persuadé que j'étais dans le vrai, avec pour seul compagnon un chat noir errant que j'avais recueilli quelques mois auparavant, et que j'avais appelé Max, en l'honneur du grand scientifique. Je refaisais encore et encore mes calculs, modifiant la composition de mes matériaux, l'allure de la machine, ne comprenant d'où pouvait venir mon erreur. Car tout était exact, tout !

Tout, sauf une chose.

Je le compris un jour que je me baladais en compagnie de Charles, sa femme et sa fille, au parc municipal. C'était une journée d'hiver, et nous venions juste de fêter les douze ans de ma nièce. Elle était en train de regarder attentivement un oiseau – sans doute blessé ou affamé – qui essayait de s'envoler.

— Papa, regarde ! L'oiseau il essaye de voler, mais il n'y arrive pas ! On dirait qu'il ne sait pas comment on fait…

— Ce n'est pas un problème de savoir-faire, mais un problème de puissance. Il sait très bien voler, seulement il n'en a pas la force nécessaire. Il faut qu'il y mette un minimum d'énergie s'il veut quitter le sol…

Ces paroles résonnèrent en moi comme une évidence : la puissance ! Comment n'y avais-je pas songé plus tôt ! Mon souci majeur était que mon alimentation électrique domestique, comme celle du centre de l'université d'ailleurs, ne m'avait jamais permis d'aller au-delà de quelques dizaines de kilowatts. Dès le lendemain, j'apportai une de mes sphères à Charles, en lui demandant si je pouvais faire un essai sur un de leurs terminaux. Il m'emmena dans une salle reculée, bardée de câbles en tout genre, et en choisit méthodiquement un. A l'aide d'un adaptateur, il le brancha sur ma machine, fournissant 600 kW de puissance ! Les anneaux de la sphère se mirent à tourner, d'abord doucement, puis parvinrent progressivement à une vitesse folle. La lueur bleutée, discrète au début, devint plus lumineuse et le bruit plus strident. Je crus que l'engin allait nous exploser à la figure, car je ne l'avais de toute évidence pas conçu pour supporter une telle énergie. Je voulus le débrancher, mais Charles m'en empêcha ; c'était la première fois qu'il voyait fonctionner une de mes expériences et il était curieux. Le spectacle dura encore une vingtaine de secondes quand soudain, en un éclair, la lumière bleue s'étendit en arcs électriques à toute la sphère… puis plus rien ! La sphère avait disparu, et le câble pendait dans le vide.

Charles et moi nous regardâmes avec stupéfaction, incapables de décrocher un mot. Je fouillais la pièce des yeux, espérant que mon engin soit allé se nicher dans un coin, mais je n'y croyais pas vraiment. Il avait disparu, là, sous nos yeux ! Après avoir cherché partout en jurant, nous nous résolûmes à sortir discrètement de la pièce. Nous avions à peine refermé la porte que, tout à coup, un fracas se fit entendre à l'intérieur. La sphère était revenue, complètement inutilisable, mais bien là. Entre sa disparition et sa réapparition, il s'était écoulé trois bonnes minutes, et seulement quelques secondes sur l'horloge à l'intérieur. Je n'oublierais jamais ce moment : nous étions le 6 février 1980 et c'était en quelque sorte mon premier voyage dans le futur.

21 décembre 1985
J -4

Ah ! Enfin samedi ! Ce soir, je veux être parfaite. Il est 19 h et Christine doit passer me chercher, mais je ne suis pas encore tout à fait prête. J'entends sonner à la porte et ma mère qui va ouvrir.

— Bonjour, Madame ! Je viens chercher Juliette pour la séance de ciné.

— Juliette ! C'est Christine !... Viens, entre !

— Me voilà ! Ouah ! Tu es super ! Et toi, comment tu me trouves ?

— Vous vous faites drôlement belles pour aller au cinéma !

— Oh ! maman arrête ! Ce n'est pas parce qu'on va ciné qu'on doit s'habiller comme des laiderons !

— Et il s'appelle comment ?

— Le film ?

— Non, le garçon à qui tu veux plaire !

— Euh, Juliette, dépêche-toi on va rater la séance !

— Voilà, je suis prête ! On peut y aller.

J'avais clos la conversation en rajustant mes dernières mèches, toute heureuse d'esquiver la question.

— Tu as intérêt à être revenue avant minuit !

— Pourquoi ? Sinon je vais me transformer en Gremlins ?

— Tu as déjà une tête de Gremlins ! Allez, amusez-vous bien !

C'est la dernière boum de l'année. Nous y allons sur le scooter de Christine ; elle conduit, et moi je m'accroche derrière elle en rêvant silencieusement à la soirée qui nous attend. Ça serait trop cool que je sorte avec Antoine ! On pourrait passer le reste des vacances ensemble, il y a tellement de choses que je veux lui faire découvrir. Tout cet univers dans lequel je vis quand je suis dans ma chambre ; je me sens si différente… et si seule ! Je sais qu'il y a Christine, c'est ma meilleure amie, mais il n'y a que les lèvres d'Antoine capables de me consoler !

On arrive enfin. Laurent et Antoine ne sont pas là. On se rabat avec déception sur les sodas et le rhum-cola, puis on s'assoit sur le canapé. Ça me déprime… on était venues exprès pour eux ! Normalement, il est prévu qu'ils viennent, on va les attendre. Les minutes passent trop lentement ! Tout nous est indifférent : les lumières, les rires, ces copains et copines du lycée qui dansent, l'alcool… rien ne nous amuse. Les chansons défilent, mais je les écoute sans parvenir à fixer mon attention sur elles : *Take on Me* de A-ha, *Into the Groove* de Madonna, puis Phil Collins avec *One more night...* Sade… Cyndi Lauper… J'aime bien, mais c'est tellement différent de mon univers musical …

Au bout d'une demi-heure, ils arrivent enfin. Christine se lève la première.

— Salut, Laurent ! Je suis contente que tu sois venu ! Tu veux danser ?

— Ton ami, Antoine, il n'est pas venu avec toi ?

— Si, il est derrière… en train de galocher !

Je penche la tête et j'aperçois deux corps enlacés l'un à l'autre. Même de dos, je le reconnais immédiatement, avec ses cheveux bruns perlant sur sa nuque. Je mets un peu plus de temps à discerner la pouf qui l'embrasse : c'est Laetitia ! Elle, en plus ! Je n'ai jamais pu la blairer, avec ses airs de blondasse racoleuse. Je suis dégoûtée !

— Viens, Christine, on s'arrache !

— Tu déconnes, Laurent vient juste d'arriver !

— Ce n'est pas grave, je rentrerai à pinces !

C'est à ce moment-là que Julien, qui vient juste de débarquer de la cuisine et n'a suivi que la dernière partie de la conversation, me lance la phrase qui va tout faire partir de travers.

— Ben… tu t'en vas déjà ?

J'ai deux alternatives : soit je lui avoue que je viens de perdre l'amour de ma vie et que j'ai une furieuse envie d'aller pleurer seule dans mon coin, soit je lui invente une excuse peu crédible comme quoi il faut que j'aille garder mon petit cousin, car ses parents sont partis au cinéma et que les miens ont dû aller aider une voisine à réparer la… le… Echaudée par la précipitation, la rage et le dépit, et peut-être une pointe d'orgueil mal placé, je choisis la troisième :

— Désolée, je m'emmerde !...

Erreur fatale (je m'en rends compte un centième de seconde trop tard) puisque la copine de Julien, Fabienne, a tout vu, et que c'est aussi la sœur de Laetitia (des fausses jumelles).

— Dis plutôt que ça te fait chier de voir ma sœur embrasser Antoine !

Dans ces cas-là, en général, on n'a plus trop le choix, on est obligé d'enfoncer le clou, même si c'est aussi dans sa propre poitrine.

— Ce mec-là ? ce n'est pas du tout mon type !

Nos échanges houleux ont fait silence dans la salle : tout le monde écoute, y compris Antoine. Je m'en aperçois et je rougis jusqu'aux oreilles. C'était sans compter l'intervention de Nathalie, une des copines de Fabienne.

— Arrête ton char, on sait tous que tu es amoureuse d'Antoine !

Le rouge monte, mes oreilles explosent. Abasourdie, je me tourne vers Christine. Elle fait des gros yeux de petite fille prise la main dans le bocal de bonbons. Elle essaie de placer un mot, mais rien ne sort. Il n'y a pas plus clair comme aveu !

Je ne me démonte pas et je continue à enfoncer un peu plus ce clou, en lançant à toute l'assemblée.

— Mais jamais de la vie ! En plus, j'ai déjà un copain…

— Mon œil ! Tu dis ça pour ne pas avoir la honte !

— Et c'est qui ? renchérit Fabienne. Desboutons ?

La salope ! Elle me sort le nom du mec le plus moche de la classe. Il n'a même pas été invité d'ailleurs, tout comme Emilie Fareau, son alter ego féminin. En réalité, il s'appelle Claude Débougeon, mais tout le monde le surnomme « Desboutons » à cause de son acné ravageuse. Je n'ai pas le choix, j'enfonce encore.

— Pfff ! Laisse béton, tu ne le connais pas !... Il est à la fac !

Nathalie revient à la charge, d'un ton ironique.

— Ouais, c'est ça ! Ton copain est à la fac ! Ça doit être l'homme invisible parce qu'on ne l'a jamais vu !

— Il était vachement occupé avec ses exams, mais après les vacances il va pouvoir venir me chercher à la fin des cours… Je vous le présenterai !

J'avais prononcé ce dernier mensonge avec assurance, histoire de leur clouer le bec une bonne fois pour toutes à ces pouffiasses. Il y a un petit murmure qui s'élève : visiblement, tout le monde sera au rendez-vous. J'en profite pour m'en aller. En sortant, je croise le regard d'Antoine : ça y est, mon clou m'a perforé le cœur !

Je rentre chez moi à pied, en larmes tout le long du chemin. Quelle idiote ! Comment j'ai pu ne pas voir qu'il avait une copine ?! Ça a dû se faire récemment, c'est sûr ! Je me sens nulle avec tous mes projets et mes rêves à la noix !

Et puis aussi, je me sens mal. Les cours reprendront le 6 janvier, j'ai à peine deux semaines pour me trouver un copain ou sinon ce sera la honte de ma vie ! Quelle conne je fais décidément !

Mince, je croise quelqu'un sur mon trajet ! Une vieille dame apparemment. Qu'est-ce qu'elle fout dehors à cette heure-là ? Eh ben ! Il est affreux son bibi ! Oh zut ! Elle me tend un mouchoir, elle a dû voir mes larmes !

— C'est un chagrin d'amour, hein ?

— Qu'est ce que ça peut vous faire ?

— Tenez, prenez ce mouchoir et séchez vos larmes ! Croyez-en mon expérience, vous l'aurez vite oublié…

Qu'est-ce qu'elle en sait cette vieille bique avec sa voix de chèvre à l'agonie ? Je prends quand même le mouchoir en grommelant un merci et je poursuis mon chemin aussi sec. En rentrant, je croise mon père, mais je ne tourne pas la tête. Je n'ai pas envie qu'il me voie dans cet état.

— Ben alors ! et ton film ?

— C'était nul ! je suis partie avant la fin !

Je l'entends marmonner quelque chose, mais je ne veux pas écouter. Je claque la porte de ma chambre et me jette sur le lit en pleurant à nouveau.

Noël 1985

Nom d'un chien ! Cette expérimentation avait complètement chamboulé le sens de mes recherches ! Moi qui pensais juste apporter un modeste progrès à la science, je tenais entre mes mains l'outil d'une véritable révolution pour l'humanité, et une porte ouverte sur un nombre incalculable de perspectives. Mes ambitions initiales – à savoir mesurer d'éventuelles distorsions temporelles – me semblèrent tout à coup insignifiantes face à cette prodigieuse découverte, et le rêveur que j'étais se mit à entrevoir un monde fabuleux de possibilités. Grâce à cette invention, je pourrais explorer le passé, et résoudre les énigmes les plus célèbres de l'Histoire, qu'elles aient trait à l'île de Pâques, l'origine de l'homme ou à la disparition des dinosaures… Je pourrais aussi aller dans le futur et découvrir ce qui attendait l'humanité : après l'électricité, le téléphone, les fusées… quelles importantes découvertes scientifiques révolutionneraient le monde ? Et comment évoluerait l'humanité ?

Contre toute attente, je passai une nuit blanche à me remémorer certaines des lectures marquantes de mon adolescence : *La Planète des Singes* de Pierre Boulle, *Les Cavernes d'Acier* d'Isaac Asimov, *La machine à explorer le temps* d'Herbert Georges Wells ou encore *La Cité et les Astres* d'Arthur Charles Clarke… J'étais transcendé par une euphorie intérieure en pensant que ce qui n'avait été qu'un rêve, qu'une projection pour ces auteurs, allait peut-être devenir une réalité pour moi : j'allais connaître l'avenir de l'Homme !

Dès le lendemain, et malgré ma nuit blanche, je m'attelai à la construction d'une nouvelle sphère, plus solide et comportant davantage d'instruments de mesure et de contrôle, et je me mis à établir mes premières théories expérimentales sur les voyages à travers le temps.

La première conclusion, plutôt rassurante, que j'avais pu en déduire était que, lors d'un voyage temporel, la sphère restait heureusement soumise à l'attraction terrestre. Ce détail était crucial, car sinon cela aurait rendu mes essais impossibles. La terre tourne sur elle-même à plus de 1000 km/h et autour du soleil à 30 km/s. Le soleil tourne autour du centre de notre galaxie à plus de 200 km/s et elle-même se déplace à l'intérieur de l'univers. Si l'engin n'était pas resté lié à l'attraction de la terre durant son voyage, même un saut d'une seconde seulement dans le temps l'aurait projeté à des centaines de kilomètres.

C'était au moins la première base. Pour le reste, je retournai poursuivre mes essais à la centrale, aux rares occasions où c'était possible, car il fallait que mes visites restent discrètes. Mon frère, tout aussi fasciné par mes expérimentations, m'aménagea généreusement une salle qui avait été abandonnée pour des raisons logistiques. Elle était idéalement située, à l'écart des bâtiments principaux, ce qui me permettait d'aller et de venir sans être vu par personne, hormis les gardiens de l'entrée, et il m'en confia l'unique jeu de clés. Il avait fait discrètement raccorder la salle aux terminaux de la centrale, ce qui m'accordait une puissance raisonnable. Je parvins à dresser une courbe de relation assez approximative entre la taille de l'engin, la puissance électrique fournie, et le temps parcouru vers le futur. Avec succès, j´avançai également l'hypothèse qu'en inversant la polarité des anneaux la sphère pouvait retourner dans le passé.

Au bout de quelques mois, et grâce aux résultats de mes essais, je me mis à construire une nouvelle sphère plus effilée, plus en accord avec l'allure des champs magnétiques et moins gourmande en énergie. Elle ressemblait davantage à une soucoupe volante, avec un programmateur électronique me permettant de fixer la puissance pour la date d'arrivée dans le futur ou dans le passé.

Pour mes expériences vers le futur, je repassais simplement aux jours et aux heures supposées pour vérifier si tout fonctionnait, et je m'émerveillais de la voir réapparaître comme cela avait été prévu. Pour celles vers le passé, c'était plus compliqué et j'avais besoin de l'aide de Charles. Il devait entrer dans la pièce un quart d'heure avant moi afin de récupérer l'engin, et en ressortir sans que je ne le voie (c'était une condition impérative et j'allais me balader ailleurs durant ces moments). Ensuite, je rentrais à mon tour et j'envoyais la soucoupe plus d'une heure dans le passé. En ressortant de la pièce, j'allais alors retrouver Charles qui m'attendait avec l'engin dans les mains. Heureusement, cela avait toujours bien fonctionné.

Je tentai également l'expérience avec des souris, et fus soulagé de voir qu'elles supportaient parfaitement le voyage. J'appris toutefois une règle fondamentale qui allait sceller le sens de mes recherches : contrairement à ce que j'imaginais, il fallait beaucoup plus d'énergie pour voyager dans le futur que dans le passé, un peu comme si aller dans le futur consistait à grimper péniblement au sommet une montagne, et aller dans le passé, en rejoindre simplement la base en glissant. J'en parlai à Charles, qui se réjouit naïvement pour moi :

— C'est génial ! Tu vas pouvoir rencontrer ton Max Planck, les grands penseurs du siècle dernier, assister à l'éclosion artistique de la Renaissance, remonter jusqu'à Jules César, rencontrer Jésus Christ et résoudre les grands mystères de l'Histoire !

— Non, Charles ! Si je retourne dans le passé, je ne pourrai plus revenir. Regarde ! même pour des petits voyages, je suis obligé de recourir directement à l'électricité venant d'une centrale nucléaire. Si je me rends plusieurs siècles en arrière, où trouverai-je l'énergie nécessaire pour mon retour ? Une batterie ne pourrait pas en stocker autant. Sans oublier que si je construis une machine à dimension humaine, si tant est qu'elle fonctionne, ce n'est plus de 600 kW dont j'aurais besoin pour voyager, mais de bien plus, et sur une plus longue durée ! Et puis, si je modifie le passé, Dieu sait quelles seront les conséquences sur aujourd'hui et quels paradoxes temporels je pourrais accidentellement créer ! Non ! J'ai fait mon choix finalement : je n'irai pas explorer le passé, qui est au fond suffisamment connu – et tant pis pour les grands mystères de l'Histoire, ils le resteront ! –, par contre les voyages dans le futur, et leurs lots de prodigieuses découvertes, me seront possibles si tu me fournis assez d'énergie. Je construirai une nouvelle machine, plus grande, plus spacieuse, plus résistante, capable de me transporter moi et ce dont j'aurai besoin, et j'y incorporerai une batterie qui stockera l'énergie nécessaire à mon retour, heureusement mille fois moins élevée.

Affinant mes calculs, je me mis sur un chantier qui dura presque deux ans. Je construisis une nouvelle machine, de la taille d'une petite voiture, en grande partie grâce à l'aide financière et matérielle de mon frère qui, de par sa position à la centrale, avait pu me fournir gratuitement une bonne partie du matériau supraconducteur que j'utilisais pour les deux anneaux, à savoir le ruthénium. Ceux-ci cerclaient complètement la soucoupe en son milieu, et pour y pénétrer j'avais pratiqué une ouverture sur le dessous, un peu à la manière des soucoupes volantes qu'on voyait dans les films. A l'intérieur, elle était équipée de coffres me permettant de stocker les fournitures nécessaires à d'éventuelles réparations et à ma survie. Outre les anneaux de ma composition, je consolidai ma soucoupe avec des arceaux en titane capables de résister à de fortes pressions, et supraconducteurs eux aussi.

Concernant le tableau de bord, il restait rudimentaire malgré moi. Je n'avais pas encore bien réussi à calculer la corrélation exacte entre la puissance et la longueur de saut dans le temps, car je m'étais aperçu qu'elle n'était plus tout à fait proportionnelle pour les longues distances. Le seul paramètre que je pouvais contrôler, c'était la puissance à partir de laquelle les anneaux devaient libérer le champ magnétique.

Une fois terminée, mesurée, pesée, je calculai la puissance théorique de fonctionnement : il me faudrait dépasser les 80 mégawatts si je voulais qu'elle puisse franchir la barrière du temps, ensuite ce serait beaucoup plus facile de traverser les années.

Le seul problème était que si mon frère arrivait plus ou moins discrètement à me fournir de l'énergie pour mes diverses expérimentations, il aurait en revanche plus de mal pour 80 MW, qui constituaient une puissance électrique phénoménale. Cette fois-ci, le câble qu'il avait réussi à tirer dans la petite salle ne suffirait pas.

Quand je lui en fis part, pour la première fois, sa fascination laissa place à sa prudence et son sérieux légendaires.

— Non, non, pas question ! Tu te rends compte ? Il s´agit de 80 mégawatts ! Tu es fou ou quoi ? Déjà, toutes tes petites expériences commencent à m'attirer des soupçons de la part de mes collègues sur tes allées et venues – car les gardiens parlent, tu sais ! – sans parler de tous ces kilowatts qui disparaissent mystérieusement dans la nature. Et maintenant, tu voudrais que je t'en fournisse cent fois plus ? Mais comment je vais cacher ça, moi ? Et puis ce n'est pas même possible ! Tu te vois débarquer avec ta soucoupe en plein milieu de la centrale, et puis moi commencer à brancher tranquillement tous les câbles, et lâcher le courant en expliquant gentiment au directeur que mon frère en a besoin pour ses expériences ? Tu débloques !

— Mais justement, insistai-je, on pourrait faire ça la nuit, un jour où il y a peu de monde à la centrale, un jour férié par exemple, comme… je ne sais pas moi… à Noël ?

— A Noël en plus ! Mais tu veux me faire virer ou quoi ? J'ai une femme et une fille à nourrir moi ! Juliette va rentrer au lycée : qui va lui payer ses études si je suis au chômage ? Sûrement pas toi avec tes cours à l´université ! Tes expériences ne nous ont jamais rapporté un sou, au contraire ! Tu n'as qu'à les vendre au gouvernement, tiens ! Je suis sûr qu'il t'en paierait un bon prix !

J'avais l'impression d'entendre Michèle, toujours attachée au côté pratique et rentable des choses. Il me disait ça, mais je savais qu'il n'en pensait rien. On en avait déjà parlé. Il est vrai qu'il m'avait prêté beaucoup d'argent pour acheter mes matériaux, mais Charles était un scientifique comme moi, et pour, lui la science ne devait pas servir l'enrichissement personnel, mais uniquement le noble but de la découverte. Ses dons lui permettaient justement de se sentir participer à cette honorable quête. Quant au fait de rendre public le fruit de mes recherches, nous y avions songé également, et nous en avions déduit que cela entraînerait le chaos. Même si la communauté scientifique en avait usé avec sagesse, tous les gouvernements de la terre auraient voulu s'en emparer, pour l'utiliser ensuite afin de changer l'Histoire. J'imaginais aisément le gouvernement français aller fournir des avions de combat à Napoléon, celui des Etats-Unis faire de la conquête de l'Ouest celle de tout le continent américain, Mao Zedong transformer la Longue Marche en une marche sur toute l'Asie… Non, il était clair que les Etats s'en serviraient pour s'entretuer dans le passé, avec les armes du futur… Ma prodigieuse découverte était, par son essence même, destinée à rester anonyme à tout jamais.

Cependant, quelques semaines plus tard, mon frère revint me voir avec une proposition. L'idée lui avait visiblement trotté dans la tête, et son projet était enfin assez mûr pour qu'il m'en parle.

— Ecoute ! Comme tu le sais, la centrale est située à proximité d'une rivière ; c'est elle qui nous sert à refroidir indirectement l'eau chauffée par les barres d'uranium. Il y a près de cette rivière une petite forêt assez dense où tu pourrais cacher ta soucoupe sans que personne ne te voie. Même si tu pars trente ans dans le futur, il y a peu de chances pour que tu te retrouves à l'intérieur d'un bâtiment, car d'une part cette forêt est en zone inondable, et d'autre part la centrale est en service pour plusieurs décennies. Le paysage ne devrait donc pas changer ; tu ne vas pas te retrouver au milieu d'un parc d'attractions ou d'un centre commercial. Quant à moi, je vais faire passer discrètement un câble électrique le long du conduit d'évacuation des eaux de la tour de refroidissement, que je pourrai directement brancher à ta soucoupe.

— Tu es sûr de ne pas te faire prendre ?

— Je ne suis sûr de rien, mais le conduit d'évacuation des eaux n'est pas entretenu par les gars de la centrale, mais par le service de maintenance de la société qui nous a fourni les tours de refroidissement. Ils n'y connaissent rien en électricité et, du moment que ça ne les gêne pas dans leur travail, ils ne trouveront rien à redire sur la présence de ce câble, d'autant plus que c'est moi le client. Pour le reste, si on fait ça le soir du réveillon, je veillerai à ce qu'il y ait le minimum d'employés présents.

— Et pour les 80 MW ? ajoutai-je inquiet.

— Ça, c'est une autre histoire ! J'essayerai de camoufler ça en avarie technique, j'ai déjà un plan en tête…

J'étais plus que reconnaissant pour son aide, et je le remerciai chaleureusement. Charles avait toujours été d'un soutien irremplaçable pour moi, que ce soit dans les études ou ma carrière professionnelle, et voilà qu'il était maintenant prêt à risquer sa place pour m'aider dans mes recherches. Je ne sais pas à quoi était dû cet indéfectible amour fraternel malgré mes demandes toujours plus exigeantes, si cela venait de la mort de notre père ou non, mais je me sentais égoïste d'en profiter autant. Toutefois, mes pensées revinrent vite dans le vif du sujet, et maintenant que le projet pouvait se réaliser, je pris un stylo et lui fis part d'une autre de mes découvertes.

— Au fait, Charles, je sais que c'est peut-être encore tôt pour en parler, mais je dois te faire part d'un détail assez technique. Comme tu le sais, j'ai spécialement fabriqué et incorporé une batterie qui me servira à revenir dans le présent. Cependant, malgré tous mes efforts, lorsqu'elle libère le courant, il existe une marge d'imprécision de plus ou moins 0,00001% selon la formule : $(t \times i)^2$, où *i* représente la marge d'imprécision et *t* le temps en secondes.

— Bah ! ce n'est pas bien grave. Ça reste quand même relativement peu comme marge d'erreur non ?

— C'est peu effectivement, mais il faut en tenir compte. Sur un voyage de dix jours, le retour s'effectuera avec un décalage de moins d'un millième de seconde par rapport à ce qui était prévu, mais sur un voyage de trente ans, ça peut monter à deux heures. Je ne voudrais par revenir avant d'être parti, ou pire, revenir *juste* avant d'être parti et m'écraser sur moi-même ! Le plus prudent sera de laisser passer plusieurs heures entre mon départ et mon retour. Autrement dit, je ne pourrai pas, sauf hasard, revenir tout de suite après être parti.

— Je vois, ça double le risque de te faire repérer… Je vais y réfléchir.

Deux semaines passèrent. Charles affina son plan et prépara le câble. Il décida de me faire partir la veille de Noël et de me faire revenir quelques heures après, un peu avant l'aube. C'était précisément la période de l’année où il y aurait le moins de monde à la centrale, et cela lui facilitait les choses puisqu’il n’avait qu’à me déposer en arrivant le soir et me reprendre en repartant le lendemain matin.

De mon côté, j’ajoutai quelques dernières retouches à ma soucoupe. J’insérai par endroits des hublots de plexiglas, afin que je puisse enfin savoir ce que l’œil humain pouvait voir lors d’un voyage dans le temps. Je ne savais pas exactement si cela secouait ou non à l’intérieur, j’y aménageais donc des coffres spacieux sous des banquettes moelleuses, le tout en bois de noyer pour lui donner un certain cachet. C’était bête, mais j’avais quelque temps devant moi pour faire de belles finitions, et j’y mis toute la passion et ma fierté pour qu’elle ait de l’allure. La même fierté, sans doute, que ressentent les grands navigateurs lorsqu’ils présentent leurs voiliers aux admirateurs et aux autres marins.

22 décembre 1985
J -3

Humide, froid, nuageux… Quel temps pourri pour un dimanche ! Ça correspond bien à mon humeur. Pour éviter de trop penser à mon fiasco de la veille, je passe la journée à jouer sur l'ordinateur. C'est un ordinateur très fin et très léger, avec 16 millions de couleurs il paraît ! Rien à voir avec ceux du lycée en noir et blanc, juste bons à tracer des triangles et des cercles ! Ça aussi, c'est un cadeau de mon parrain, sauf qu'il l'a offert à papa, qui me l'a redonné ensuite, car il n'y voyait pas d'utilité. Moi, grâce aux jeux qu'oncle William m'a offerts, j'en profite à fond ! Le soir, je me replonge dans mon walkman, à réécouter les musiques que j'ai aimées, puis à rechercher de nouveaux trésors. Les noms s'affichent sur l'écran ; certains reviennent : Britney Spears, Rihanna, Shakira, Black Eyed Peas, Lady Gaga, Lily Allen, Coldplay, Gwen Stefani, Amy Winehouse, Destiny's Child, Pink, Justin Timberlake, Keane… C'est tellement différent de ce que j'entends à la radio ou dans les boums. Je ne les ai pas trouvés chez le disquaire ; dans quel monde vivent-ils tous ces chanteurs et ces chanteuses ? Avec les années, je me suis faite à leur musique plus rythmée et plus électrique, et elle a construit mon univers… Tout ce qui est ici me paraît tellement… je ne trouve pas le mot… dépassé ? lourd ? Quand Michael, un copain de classe, est venu me présenter tout fier son nouveau walkman, énorme, avec des piles et une cassette, je me suis sentie comme une étrangère tout à coup… Pourquoi ce sentiment bizarre que je ne suis plus d'ici ?

C'est la faute à mon parrain. Avant, quand j'étais petite, à chaque réveillon de Noël j'espionnais discrètement sa venue et je le voyais arriver avec un cadeau planqué sous sa veste. J'essayais alors d'imaginer ce que ça pouvait être et jamais je n'ai été déçue.

C'est toujours lui qui m'a offert les meilleurs cadeaux, alors que papa et maman m'offraient des dictionnaires, des vêtements ou des trucs pour l'école. Mais tout a changé il y a trois ans. Ce soir-là, je ne l'avais pas vu arriver avec un cadeau. Je m'étais dit alors qu'il devait avoir deviné que je l'espionnais, et qu'il l'avait donc caché à l'avance dans la maison. J'étais loin d'imaginer qu'il allait m'offrir ce walkman miniature. Quand j'ai ouvert le paquet, je n'ai pas compris ce que c'était ; je l'ai pris pour un réveil ultra-fin. C'est alors qu'il m'a expliqué à quoi ça servait. Et puis aussi, il m'a confié qu'il avait retrouvé un vrai travail, en tant que chercheur pour une firme australienne spécialisée dans l'électronique. Ils avaient créé de nouveaux produits, et ils voulaient les faire tester auprès d'utilisateurs de mon âge. Mais c'étaient des projets top secrets et tous ces produits devaient rester confidentiels. Chaque Noël, il m'offrait ces cadeaux spéciaux, et chaque fois que je le revoyais, je lui donnais mes fiches sur lesquelles je parlais de l'ergonomie des produits, des points à améliorer, etc. Ce n'était pas facile car je les trouvais parfaits. Puis j'ai arrêté, car, à la longue, j'ai eu l'impression qu'il ne les lisait pas vraiment.

Mais je ne comprends pas. Trois ans déjà que ça dure, et personne dans le monde n'en parle ! Pourquoi ils mettent tant de temps à les commercialiser ? Ces produits sont révolutionnaires, je suis sûre que les gens se les arracheraient ! Tonton me dit que la fabrication coûte encore beaucoup trop cher, et que les gens n'auraient pas les moyens de les acheter… Quand même, je suis sûre qu'au moins les vedettes richissimes paieraient pour les avoir ! Je ne comprends pas… Et je ne comprends pas non plus pourquoi tous ces chanteurs ne passent ni à la télé, ni à la radio.

Pour l'heure, je me noie le plus possible dans cette musique venue d'ailleurs pour éviter de penser à la soirée, à Antoine, à la trahison de Christine, et à tous les ennuis qui m'attendront à la reprise le 6 janvier.

Qui est-ce que je vais bien pouvoir trouver ? Tiens, et si je déclarais ma flamme à Antoine ? Non, il doit me détester après ce que j'ai dit !

Et puis il a l'autre pouffiasse ! Et si j'allais à l'université, et que je payais un gars pour faire semblant d'être mon copain ? Oh non ! la honte si ça s'apprend ! Mince… comment faire ! Oh ! Seigneur, je vous en prie, faites que 1986 n'arrive jamais !

Noël 1985

Enfin arriva ce tant attendu 24 décembre 1982. Comme prévu, Charles s'était arrangé pour faire la permanence de nuit, et avait accordé des permissions à quasiment tout le personnel qui, croyant y voir là un geste de bonne charité chrétienne, l'avait chaudement remercié. La centrale, quand tout allait bien, avait un fonctionnement somme toute très routinier qui nécessitait peu d'intervention humaine.

J'arrivai comme d'habitude chez mon frère vers 18h, pour passer le réveillon avec eux. Ces moments-là, les seuls qui me donnaient l'impression d'avoir une vie de famille, étaient parmi mes préférés. Je voyais Juliette grandir et je regrettais moi-même de ne pas avoir eu d'enfant. C'était un bonheur de passer du temps avec elle, et je considérais mon rôle de parrain comme un privilège inestimable.

Mais ce réveillon me marqua particulièrement ; il y avait comme une pression sourde dans l'air, un suspense… Je ne savais pas si je réussirais, ni si je reviendrais vivant, ni ce qui m'attendrait là-bas. A 22 h 30, nous devions partir pour la centrale où mon frère prendrait officiellement la relève. Pour nous y rendre, nous emprunterions pour l'occasion ma camionnette, une Mercedes 508D. C'était un modèle de 1975 que j'avais acheté peu après la radiation de mon poste de chercheur, afin de pouvoir transporter plus facilement le matériel nécessaire à mon laboratoire et à mes expériences. Grâce à ses 2,10 mètres de largeur et à l'aide de quelques aménagements, j'avais réussi à y faire rentrer la soucoupe.

Quand l'horloge sonna l'heure de notre départ, mon frère et moi échangeâmes un regard solennel, puis nous partîmes sans un mot. Une fois dans la camionnette, Charles lâcha enfin quelque chose :

— Au fait, tu as pensé au cadeau pour Juliette ? D'habitude, tu le donnes discrètement à Michèle en arrivant, pour qu'elle puisse le déposer sous le sapin avant d'aller se coucher…

J'étais devenu blanc dès les premières paroles, réalisant avec choc mon erreur.

— Bordel ! j'ai complètement oublié ! Mince alors !... Je suis tellement absorbé par… en ce moment…

Je passai du blanc de l'effarement au rouge de la honte en pensant à mon égoïsme, et j'eus un gros pincement au cœur. Juliette n'avait plus de grands-parents et, à part ses parents, j'étais le seul à lui offrir un cadeau à Noël. Je savais que chaque année elle attendait avec impatience le moment où elle pourrait découvrir mon cadeau sous le sapin, après son réveil. J'imaginais déjà sa déception le lendemain et les larmes me vinrent aux yeux. Charles avait compris et n'ajouta rien. Son silence me rendit encore plus coupable, et cet épisode me fit pour la première fois réaliser combien j'avais sacrifié, durant toutes ces années, la famille à mes recherches.

Une fois arrivé devant la centrale, je me glissai discrètement vers l'arrière de la Mercedes, afin que le gardien ne me voie pas entrer avec Charles. Il alla la garer, non pas sur le parking, mais dans un endroit un peu plus sauvage, près de la rivière, où il n'y avait pas d'éclairage susceptible de dévoiler mes activités. A peine sorti, j'ouvris les portes arrière et je fis silencieusement descendre la soucoupe, que j'avais munie de roues pour l'occasion. Je la poussai ensuite sur le petit sentier qui menait à la forêt, et une fois arrivé sur le lieu convenu, j'attendis patiemment l'arrivée de mon frère. Je le vis arriver en cachette une petite demi-heure après ; il effectua le branchement sur ma machine, puis se tourna vers moi :

— Je t'envie, tu sais ! Tu me raconteras ! Prends des photos, tout ce que tu peux, j'espère que tu arriveras assez loin ! Je vais retourner à la salle des commandes pour te fournir le jus nécessaire : 102 MW. Tu penses que ça ira jusqu'où ? Enfin, jusqu'à quand ?

J'esquissai un sourire ; il m'en donnait finalement plus que nécessaire.

— Je ne sais pas, répondis-je. Entre vingt et trente ans. Je te dirai ça à mon retour, dans six heures à peu près, si tout va bien.

— Six heures pour moi, répliqua Charles, mais combien de jours pour toi, de semaines… ou d'années ?

— Non, je te l'ai dit, je ne compte pas y faire ma vie, surtout qu'il doit déjà y avoir un autre William, bien vieux, mais sûrement toujours en vie, avec plein de bidules électroniques un peu partout pour le faire paraître plus jeune. Je n'y resterai que quelques jours au maximum, mais pas plus. D'autant que la batterie, même si je ne l'utilise pas, va se décharger rapidement – elle est très puissante, mais c'est ça son point faible. Il ne faudra pas que je tarde trop si je veux avoir assez de jus pour le retour.

— Amuse-toi bien, et reviens entier ! me souffla-t-il en me serrant dans les bras, avant de disparaître dans la pénombre.

Je montai vite dans ma soucoupe, prenant bien soin de refermer la porte derrière moi. J'allumai mon compteur : il n'était ni très esthétique ni très ergonomique, mais je m'y retrouvais. J'avais deux choix : soit rentrer une puissance précise, soit utiliser toute l'énergie disponible pour aller le plus loin possible dans le futur. C'était cette deuxième voie qui m'intéressait, et je réglai mon compteur sur le mode $+\infty$, symbole que j'avais choisi pour représenter cette fuite vers l'infini. Puis je me mis à refaire mentalement l'inventaire de tout ce que j'avais pris, pour être sûr de n'avoir rien oublié, même s'il était trop tard maintenant pour faire demi-tour. Je ne savais pas comment serait le monde dans vingt ou trente ans, si on serait toujours en démocratie, si l'air serait respirable, si le monde serait en guerre, s'il y aurait la famine, si la terre serait détruite par une guerre ou une catastrophe nucléaire… J'imaginais le meilleur comme le pire. Le même genre de questions que lorsqu'on part en vacances dans un pays exotique : quels vêtements porter ? fera-t-il beau ? et s'il pleut ? que mangent-ils ? quelle est leur monnaie ? Sauf que cette fois-ci, je n'avais aucun guide pour me renseigner !

Pour la monnaie, j'avais tout prévu. J'avais converti une petite somme d'argent – encore une partie des économies de mon frère – en deux lingotins d'or de cinquante grammes chacun que je n'aurais qu'à changer à la banque centrale dès mon arrivée. Les monnaies changent, fluctuent, mais le cours de l'or, lui, est relativement stable, et c'était la décision la plus prudente si je ne voulais pas me retrouver avec des billets inutilisables ou ayant trop peu de valeur. Ce précieux argent du futur que j'obtiendrais, je voulais éviter de bêtement le dépenser en biens de première nécessité ; c'est pourquoi j'avais chargé dans les coffres quelques bouteilles d'eau, des biscuits et une trousse à pharmacie. J'avais aussi un compteur Geiger, une combinaison antiradiation, un masque à oxygène, un masque sanitaire, etc. bref, toute la panoplie du parfait paranoïaque, et bien sûr un appareil photo avec plusieurs lots de pellicules. J'avais volontairement laissé vide un des coffres, pour me permettre de stocker les éventuels objets que je rapporterais.

Je fus soudain coupé dans mon inventaire par la mise en marche de la rotation des anneaux. Charles avait lancé le courant, le sort en était jeté. Mon cœur se mit à battre plus fort. Pour la première fois, je commençai à douter, à avoir peur. Et si je m'étais trompé dans mes calculs ? Et que découvrirai-je ? J'allais sans nul doute franchir le cap de l'an 2000. J'imaginais déjà voir passer des voitures volantes, rencontrer des androïdes au service des humains, des gens à l'allure excentrique et aux vêtements folkloriques, tels qu'on en voyait dans les films de science-fiction... Ils avaient peut-être inventé la téléportation, l'éternelle jeunesse... Peut-être pouvaient-ils soigner toutes les maladies, réparer tous les tissus humains, faire repousser des membres ? Aurions-nous des colonies sur Mars, ou dans le système solaire ?

J'étais inquiet et excité à la fois. Plein de questions s'entrechoquaient dans ma tête, embrouillées par le bruit strident des anneaux qui se faisait de plus en plus entendre. La lumière bleutée devint intense, et je me pressai de mettre les lunettes de soleil que j'avais spécialement embarquées à cette occasion, et au cas où il n'y aurait plus beaucoup de couche d'ozone. Déjà trois minutes avaient passé : cela prenait plus de temps qu'avec mes petites sphères, et encore je sentais que les anneaux n'étaient pas au maximum de leur puissance. Soudain, la lumière devint franchement aveuglante, et le bruit strident insupportable. Je me recroquevillai contre mes genoux pour me protéger les yeux, avec mes mains sur les oreilles pour ne pas devenir sourd. Il y eut tout à coup comme un bang et un flash lumineux, puis la vitesse de rotation des anneaux se mit à décroître rapidement. Tout excité, je me dressai pour regarder à travers le hublot. Le jour allait se lever ; en apparence rien n'avait changé à l'extérieur. Je crus même être déjà revenu en 1982, à l'heure convenue. Avec l'air de celui qui craint d'être déçu, j'ouvris la porte et je respirai à fond. L'air était le même… rien dans le ciel… la centrale toujours là… avais-je réussi ? Je redoutai presque de voir apparaître Charles me demandant comment s'était passée mon aventure.

Mais quelques détails attirèrent mon attention. Ce que j'avais craint, sans jamais trop oser y penser, s'était produit : j'avais atterri là où un arbre avait poussé, et heureusement, loin d'avoir endommagé la soucoupe, le champ gravitationnel extrêmement puissant des anneaux avait littéralement pulvérisé une partie de l'arbre où se trouvait l'engin. La saison n'était pas la même aussi, tout était vert et il faisait déjà bon… j'étais en été. Ces découvertes me firent hurler de joie, j'étais transcendé. Je recouvris rapidement la soucoupe avec la bâche de camouflage spécialement préparée à cet effet, puis je pris mon sac à dos avec mes lingots et quelques vivres, et je me mis joyeusement en route vers la ville.

Le jour s'était levé. Il devait être huit heures environ. Je croisais plein de voitures sur la route qui ne me semblaient pas être si différentes de celles de mon époque. Au bout de quelques minutes, je me pris à essayer de faire, pour la première fois de ma vie, de l'auto-stop, et à ma grande surprise la première voiture qui me doublait s'arrêta. C'était celle d'un sexagénaire plutôt vigoureux. Avant de monter, je le dévisageai un moment pour m'assurer qu'on ne se connaissait pas dans le passé, ou qu'il ne s'agissait pas de moi. Une fois dans la voiture, passées les présentations d'usage, j'en scrutai attentivement chaque recoin. Je m'attendais à y voir des tableaux de bord comme dans les avions, où je ne sais quoi, mais rien ne retint mon attention. Je me hasardai timidement :

— Oh ! Je reviens de vacances à l'étranger et je m'aperçois que je n'ai pas encore remis ma montre à l'heure…

Puis je portai la main à mon poignet, faisant mine de régler ma montre.

— Il est 8 h 23, me dit-il, désignant l'heure indiquée sur son tableau de bord.

— Et on est un…

— Mardi !

— Euh, le mardi…

— Le mardi 7 !

— Le mardi 7...

— Ben... juillet !

— Mardi 7 juillet de l'année... repris-je d'une voix lente, faisant toujours mine d'ajuster ma montre.

— 2009 ! Dites, vous êtes parti sur une île déserte ou quoi ?

— Ah ! ah ! je vous faisais marcher !

Intérieurement, j'étais submergé d'une joie immense et je souriais tout seul comme un imbécile heureux ! Puis je me hasardai :

— Pour aller en ville, vous empruntez toujours la route ?

— Ah ! Ah ! vous êtes un comique vous ! C'est une voiture que j'ai, pas un avion !

Nous discutâmes ensuite de choses et d'autres, mais sans rien de bien excitant. Arrivé en centre-ville, je changeai mon or, avec une énorme satisfaction, puisqu'après avoir questionné la banquière, j'appris que le cours de l'or avait doublé de valeur et atteint des records jamais vus depuis trente ans. J'étais d'autant plus satisfait qu'on avait bel et bien changé de monnaie, et j'en obtins 2140 euros. Une fois mon argent en poche, je me mis à arpenter les rues. Au premier abord, la ville avait complètement changé, les rues avaient été refaites, des façades rénovées, de nouveaux commerces et établissements avaient pris place, d'autres avaient disparu… Mais dans le fond, c'était plus ou moins la même chose. Je passai toute la matinée à me balader, et je me sentis déçu. Il n'y avait rien d'extraordinaire à voir. Dans le ciel, pas de voiture volante, juste quelques avions au loin de temps en temps. La mode vestimentaire était quasiment inchangée elle aussi, c'est-à-dire le jean pour le bas, puis pour le haut un tee-shirt, une chemise ou un pull... Seul petit changement : les femmes, surtout jeunes, n'hésitaient pas à dévoiler leur nombril. Mais où étaient passées les combinaisons futuristes en aluminium telles qu'on en voyait dans les films de science-fiction ? Quant à l'allure des maisons, elle était également presque la même : pas de grosses tours bizarres et gigantesques, ni de pyramides urbaines… Dans l'ensemble, on était loin de *Blade Runner* ! Il y avait les mêmes gens, les mêmes arbres, les mêmes chiens, pas de robots, pas de trucs bizarres ! Les menus des restaurants étaient les mêmes, les bars aussi… A première vue, la vie ne semblait pas vraiment différente des années 80.

Moi qui m'étais attendu à des découvertes fascinantes, un monde complètement nouveau, je m'apprêtais à être formidablement déçu, comme si presque rien n'avait évolué en vingt-sept ans. Toutefois, un petit détail, qui n'avait pas trop attiré mon attention au début, le fit à force de se répéter. J'avais croisé un type qui parlait tout seul, un fou m'étais-je dit, comme on en trouve à toutes les époques. Mais je croisais de plus en plus de gens, hommes, femmes, jeunes et moins jeunes, parlant tout seuls ou dans de drôles d'objets collés à l'oreille. D'ailleurs, en observant les jeunes, je m'aperçus qu'ils avaient presque tous des fils qui partaient des oreilles, pour atterrir je ne sais où. Sûrement des walkmans, mais je ne les voyais pas.

J'interpellai un garçon au coin d'une rue, et je lui demandai :

— Dis-moi, c'est quoi ce truc que tu as dans les oreilles ?

— Pardon ? fit-il en retirant le truc d'une de ses oreilles.

— Je voulais savoir… c'est quoi ça ? ça sert à quoi ?

— Ben, ça sert à écouter de la musique, me répondit-il avec un œil méfiant.

Devant mon air hagard, il sortit un minuscule carré de sa poche, d'où partait le fil.

— C'est là, ça sort de là, c'est un iPod, le Nano.

— Ça alors, c'est un walkman ! Et tu arrives à mettre des cassettes là-dedans ? C'est prodigieux ! fis-je en tendant les mains pour l'inspecter.

Le jeune se rétracta soudain en me regardant comme un fou qui voudrait le lui voler, puis s'éloigna rapidement.

— Désolé, on m'attend…

J'aperçus alors l'entrée d'un centre commercial. Je m'y rendis sans tarder, et une fois à l'intérieur je demandai à une petite vieille :

— Excusez-moi, madame, vous savez où je peux acheter un « aillepode-lenano » ?

Elle me fixa avec des gros yeux.

— Je n'en sais rien du tout !

Puis elle continua son chemin, et derrière arriva une jeune fille.

— Excusez-moi, vous savez s'ils vendent des « aillepod-lenano » ici ?

— Pardon ? me dit-elle en enlevant un écouteur de son oreille.

— Je cherche un « aillepod-lenano », enfin un truc comme vous avez, vous savez s'ils en vendent ici ?

— Bien sûr, au fond à droite ! La grosse enseigne sur fond rouge !

Une fois arrivé, je me mis à questionner le premier vendeur disponible. Par chance, il n'y avait pas trop de monde en ce jour de semaine, et celui-ci était plutôt volubile. En un peu plus d'une heure, je découvris tout un monde qui m'avait échappé jusqu'à présent : les lecteurs mp3, les téléphones mobiles, Internet, les e-mails, les appareils photos et caméscopes numériques, les ordinateurs portables, le DVD, l'écran plat, l'écran tactile. Le 21e siècle était celui de la révolution informatique et numérique. C'était fascinant ! Il fallait absolument que je ramène quelque chose à mon frère. Je choisis un ordinateur portable puis, me rappelant de Juliette, je pensai à lui offrir un de ces baladeurs numériques, mais le vendeur me rappela un point important :

— Attention, une fois acheté, il faut que vous le connectiez à Internet pour télécharger vos musiques. Sans ça, ce ne sera qu'une coquille vide.

Je me mis à réfléchir à ce problème quand tout à coup une jeune fille interpella mon vendeur.

— Pardon, je voudrais m'acheter le nano 4G, vous savez si je peux y transférer directement les fichiers de mon lecteur mp3 ? fit-elle en montrant un petit rectangle blanc.

— Non, désolé mademoiselle ! Il faudra d´abord vous connecter à un compte iTunes.

La voilà, la solution ! Je n'avais rien compris, mais je les interrompis :

— Excusez-moi, mais il y a de la musique dans votre « lecteur mp3 », c'est ça ?

— Ouais, au moins cinq cents fichiers !

— Est-ce que ce serait possible de vous l'acheter ?

— Quoi ?

— Est-ce que vous pourriez me le vendre ?

Elle me fixa avec des gros yeux. J'eus peur de la voir partir, comme son alter ego masculin de tout à l'heure.

— Voici huit cents euros, ça vous va ?

Et je sortis les billets de ma poche.

— Euh… OK ! dit-elle en prenant mes billets et me donnant son petit rectangle blanc et les écouteurs de l'autre main. Par contre, je n'ai pas le chargeur sur moi… pour la batterie.

— Ça, j'ai ! fit le vendeur un peu agacé.

Une fois mes achats terminés, je passai dans une librairie, puis je me mis à feuilleter tous les livres sur l'actualité, sur le progrès scientifique, l'astronomie (la politique ne m'intéressait guère). J'achetai quelques livres là aussi et je retournai ensuite à ma soucoupe, en bus cette fois-ci. Elle était toujours là, heureusement, mais malgré mon camouflage j'avais peur que quelqu'un ne la découvre. D'autant que j'avais pensé à tout sauf à mettre une serrure ; j'avais installé une banquette, mais pas un véritable lit où je pourrais dormir.

J'hésitai : repartir maintenant pour 1982 ou visiter encore… Je n'avais presque plus d'argent et le sentiment d'avoir déjà tout vu. En plus, si l'on découvrait la soucoupe, Dieu sait ce qu'il pouvait se passer et si je pourrais rentrer à mon époque. Et puis, je savais que pour la batterie chaque heure comptait, et qu'un manque de puissance pouvait me coûter des années de retour. Je pensai à Charles, Michèle et Juliette qui m'attendaient, et je choisis la prudence.

Une fois de retour, je racontais tout à Charles, mi-excité, mi-déçu. J'avais pris quelques photos en ville, mais je le prévins qu'il n'y verrait rien d'extraordinaire. Toutefois, je lui remis l'ordinateur portable, les livres et le lecteur mp3.

— Tiens, ce sont tes cadeaux et celui de Juliette ! Joyeux Noël !

En rentrant, j'eus du mal à trouver le sommeil malgré ma fatigue. J'étais loin de l'euphorie qui m'avait transporté cette fameuse nuit du 6 février, et c'était au contraire une énorme frustration qui était en train de m'envahir. Je n'avais trouvé aucune réponse à ces grandes questions que je me posais sur l'avenir de l'humanité... Certes, le vendeur m'avait parlé des e-mails, de l'Internet, des téléphones mobiles... mais qu'est-ce que tout cela représentait au fond ? Les e-mails, c'était la possibilité d'envoyer des fax via un ordinateur... Internet, la possibilité de consulter le catalogue d'un fabricant sur un écran... et les téléphones mobiles, ils étaient plus petits que nos téléphones actuels, on pouvait les mettre dans sa poche, mais cela restait des téléphones. Leurs ordinateurs étaient peut-être plus puissants, leurs walkmans plus petits, mais en réalité, toutes ces inventions n'étaient que des gadgets destinés au confort ; et elles étaient sans commune mesure avec toutes les découvertes de ce dernier siècle : l'électricité, l'avion, le téléphone, le cinéma, l'ordinateur, les satellites, les voyages sur la lune... ça, c'étaient des vraies nouveautés qui avaient révolutionné le monde ! Et en 2009, je n'y avais trouvé que des *améliorations*. Ce saut dans le temps avait été de toute évidence beaucoup trop court !

Le lendemain soir, je me remis à mes calculs. J'avais dû faire une erreur quelque part, car 102 MW auraient dû en fait me pousser vingt-neuf ans dans le futur, et non vingt-sept ans et six mois. Je redessinai tous mes modèles et établis un nouveau barème. Dans l'année qui suivit, j'ajoutai une serrure à ma soucoupe pour la verrouiller lors de mes expéditions futuristes, et je m'attelai à trouver un moyen d'améliorer les performances supraconductrices de mes anneaux.

23 décembre 1985
J -2

Lundi ! Demain, c'est le réveillon. Aujourd'hui, mes parents sont au travail toute la journée ! Christine vient à la maison, je ne lui en veux déjà plus trop. Elle me raconte le reste de la soirée et son succès avec Laurent, puis on écoute de la musique ensemble. Comme j'ai réussi à la transférer sur mon ordinateur, on peut l'entendre directement sans écouteur.

On se fait à présent des parties sur la Wii. J'ai un grand écran de télévision, tout plat, rien que pour moi, car il n'arrivait pas à capter les ondes hertziennes. Mon père m'a dit que c'était interdit que Christine voie ça, et c'est pour ça qu'elle vient en cachette. Mais c'est vrai quoi ! A quoi ça sert de m'offrir tous ces cadeaux si je ne peux pas les partager avec des copines ? Et puis Christine, elle ne dira rien ! Elle me l'a promis !

— Ah ! ah ! c'est moi la meilleure !

— Ce n'est pas juste ! me siffle Christine, toi tu peux t'entraîner quand tu veux alors que moi j'y joue une fois tous les quatre matins !

— Bah ! tu es mauvaise, c'est tout ! lui dis-je en rigolant. Puis j'ajoute avec une lueur de rancune : on ne peut pas être bon partout !

— C'est vrai que j'assure plutôt bien avec Laurent… Dis-moi, tu sais comment tu vas faire après les vacances ?

— Je ne vais plus aller au lycée, je suivrai des cours par correspondance !

— Non ? déconne pas !

— Je plaisante ! Je ne sais pas, je n'ai rien trouvé encore ! Peut-être payer un gars de la fac pour faire semblant d'être mon copain, mais ça craint un peu…

— Et si tu demandais à ton parrain ?

— Tu rigoles ? Il y en a sûrement qui doivent le connaître ! Et puis il fait bien trop vieux et trop ringard !

— En tout cas, moi j'aimerais bien avoir un parrain qui m'offre des cadeaux comme les tiens ! … Pfff ! ça me dégoûte à l'avance des cadeaux de Noël que je vais recevoir !

— Ne dis pas ça ! J'essaierai de te faire venir plus souvent, c'est promis !

Je vois Christine baisser les yeux.

— Tu sais… j'en ai parlé un peu à mon père de ton walkman…

— C'est pas vrai ! Tu n'as pas fait ça ! Tu m'avais promis ! Tu imagines si mon oncle ou mon père l'apprend ? Décidément, je ne peux te confier aucun secret !

— Désolée... Je t'assure que mon père ne dira rien ! En fait, il ne m'a même pas crue ! Il m'a dit que ce n'était pas possible, qu'il ne pouvait pas y avoir assez de place pour les transistors si c'était si petit que ça ! Il ne m'a pas crue non plus pour les cinq cents chansons…

— Tu es vraiment nulle ! Heureusement qu'il ne t'a pas crue ! En tout cas, toi tu vois bien que c'est possible !

— Je sais, mais c'est vrai que c'est bizarre ! C'est comme si tous tes cadeaux venaient d'une autre planète !

Là, je ne trouve rien à répondre… Moi aussi, je me suis déjà fait la même réflexion, mais je pencherais plus pour un futur très lointain. Pourtant, dans les deux cas, ça semble dément. Je laisse passer un court silence, puis je reprends à voix basse :

— En fait, c'est à chaque fois le même procédé : le soir du réveillon, mon père et mon oncle partent ensemble pour la centrale, et quand ils reviennent le lendemain mon oncle m'offre ces trucs bizarres. Avant '82, ça n'arrivait jamais, et ce n'était pas mon père qui était de permanence. Depuis trois ans, c'est toujours lui qui la fait.

— Depuis trois ans ? Comme les cadeaux !

— Ben oui ! c'est ça qui est étrange, car je ne comprends pas le lien qu'il peut y avoir entre ces cadeaux et la centrale. Mais c'est sûr que ça ne peut pas être une simple coïncidence…

— Tu sais quoi ? Moi, demain, si j'étais toi, je me cacherais et je les accompagnerais en douce, histoire de voir ce qu'ils font !

— J'y ai pensé aussi… mais tu imagines ce que je vais prendre s'ils me découvrent !

— S'ils te découvrent ? Tu es déjà allée à la centrale avec ton père, non ? Ça doit changer quoi que cette fois ce soit le soir de Noël ? D'un autre côté, s'ils te cachent des choses, ce sont eux les coupables, pas toi !

— Oui, c'est vrai, je pourrai toujours leur dire que je voulais leur faire une surprise ! Ou bien je peux toujours leur demander de les accompagner, on verra bien ce qu'ils diront !

Noël 1985

Ytterbium, europium, lutécium et autres lanthanides... J'étais toujours à la recherche de matériaux plus performants pour mes anneaux quand Noël 1983 arriva. Comme convenu avec Charles, nous reproduirions le même scénario, mais cette fois il me fournirait plus de puissance : 119 MW. Avec ça, je pourrais gagner au moins dix ans de plus. Mais je remarquai chez mon frère qu'il était devenu moins enthousiaste que la dernière fois. Je le comprenais. La dernière fois, il avait pu s'en sortir sans trop de casse à la centrale, mais ce n'était pas dit que ça marcherait chaque année. De plus, mes sorties temporelles lui coûtaient aussi chaque fois de l'argent et je savais que Michèle désapprouvait ces « dons pour la recherche scientifique » qui auraient pu être autrement plus utiles à la famille. Enfin, je n'avais rien rapporté qui le fasse vraiment rêver, et il ne pensait pas que dix ans de plus allaient réellement changer quelque chose.

Je me retrouvai à nouveau dans la soucoupe, mieux préparé et moins anxieux cette fois. J'avais pris à nouveau 100 grammes d'or et la petite monnaie qu'il me restait de l'an dernier. Cependant, ce voyage fut quelque part un échec. Il m'avait bien envoyé 119 MW, soit 17 MW de plus que la dernière fois, mais j'atterris le 6 octobre 2010. Je n'avais gagné que trois mois de plus par rapport à mon précédent voyage (en comptant le décalage annuel). Je ne comprenais pas, ct jc passai à nouvcau unc journéc à fcuillctcr dcs livrcs ct fairc du shopping. Pour l'argent, la chance me souriait, car mes deux lingotins m'avaient rapporté 3082 euros, soit presque 50% de plus que l'année précédente. Cette fois-ci, outre des livres, je lui ramenai un appareil photo numérique reflex, des jeux d'ordinateur pour Juliette (je savais qu'elle utilisait celui de Charles) et une console « Wii » avec des jeux.

Ces voyages commençaient à me laisser un goût amer. Loin du vaillant explorateur qui franchissait des frontières, bravait le danger et faisait progresser la race humaine, j'en étais réduit à un simple touriste faisant du shopping et ramenant des souvenirs à sa famille. Et puis surtout, je ne comprenais pas. Que se passait-il ? Pourquoi n'arrivais-je pas à aller plus loin ?

L'année suivante, Charles et moi nous remîmes ça, mais l'un comme l'autre sans grande conviction. Moi, entre-temps, j'avais mis un peu de côté mes recherches sur les nouveaux matériaux, non pas par manque de résultat, mais par manque d'argent ; ceux-ci étaient rares et hors de prix. Pour la puissance fournie, il était question de 126 MW. Charles me prévint toutefois que ce serait la dernière fois qu'il m'aiderait. Il avait éveillé les soupçons de sa direction lors de ma précédente escapade, et il était sûr qu'il aurait droit à un blâme pour la suivante.

L'expérience fut toutefois encore décevante. J'arrivai le 28 octobre 2011 ; j'avais donc gagné tout juste trois semaines de plus par rapport à l'an dernier. Je pensai à Charles et aux risques qu'il prenait pour m'offrir ces voyages presque inutiles, et cette fois je résolus de lui ramener quelque chose qui récompense vraiment ses efforts. Il m'avait donné moins d'argent, et je n'avais pu m'acheter qu'un seul lingotin de cinquante grammes, mais heureusement le cours de l'or avait encore continué à grimper, et j'en obtins 1971 euros. Cette envolée était en un sens ma découverte la plus agréable. En discutant avec la banquière, j'appris que le monde était en train de vivre une crise économique et financière sans précédent depuis le fameux jeudi noir de 1929, et que l'or devenait ainsi une valeur refuge. Elle me racontait, à titre d'exemple, qu'un millionnaire de la région était d'ailleurs venu la veille convertir toute sa fortune en lingots. Cela me donna tout à coup une idée, et après avoir fouiné çà et là je trouvai deux ouvrages intéressants. En plus de cela, j'achetai à nouveau des livres, et quelques objets high-tech, surtout pour Juliette en fait : des jeux vidéos, une tablette tactile, une télé à écran plat et un téléphone mobile (même si je savais qu'elle ne pourrait pas téléphoner avec, elle pourrait au moins prendre des photos et des vidéos).

C'était mon dernier voyage. Une fois rentré, je déprimai seul dans ma maison pendant tout l'hiver. Pour combler ma solitude, Max n'étant que d'un maigre réconfort, je m'achetai un petit carnet, complice de mon infortune, à qui je confiai mes réflexions diverses sur la vie, mes doutes sur les victoires emportées, et mes leçons sur les espoirs déçus. Ce travail d'écriture m'aida à mieux supporter ces jours sans soleil et à ne pas me laisser complètement envahir par ma part d'ombre. Ce n'est malgré tout que durant l'été que le moral – et avec lui l'espérance – revint tout à fait, grâce à une deuxième révélation qui changea véritablement ma vie. Je lisais un des bouquins que j'avais pris sur l'astronomie et l'exploration de l'espace. Je l'aimais bien; il y avait de grandes photos couleurs, et beaucoup d'informations détaillées sur le système solaire. J'appris d'ailleurs que Pluton n'était finalement pas à proprement parler une planète, et que des sondes robotisées avaient été envoyées sur Mars. Mais une anecdote retint mon attention : on s'était aperçu qu'il fallait une certaine force de poussée pour quitter le champ gravitationnel du système solaire, tout comme il en fallait une pour quitter celui de l'atmosphère terrestre. Les choses se hiérarchisaient dans ma tête. D'abord un premier palier de puissance pour au moins décoller les pieds du sol, accessible même au plus petit des insectes, ensuite un second pour quitter l'influence gravitationnelle de la terre, qui nécessitait l'énergie d'une fusée (plus rien à voir donc), et ensuite encore un dernier pour quitter notre système solaire. Et il devait en exister sûrement un autre pour quitter notre galaxie !

Il n'avait fallu que quelques dizaines de secondes à ma petite sphère pour disparaître, puis trois minutes environ à ma soucoupe… Je vis à ces temps d'échauffement différents une analogie avec la conquête du ciel et de l'espace. Je refis mes calculs en intégrant ce temps ; si ces paliers existaient bel et bien, et s'ils étaient à peu à près proportionnels, il me faudrait environ 1,74 gigawatt pour franchir le palier suivant. Tout en tremblant, j'imaginais les hypothèses possibles, et le fait aussi que, dans ce cas, je ne pourrais pas revenir à mon époque, car aucune batterie ne pourrait stocker l'énergie nécessaire.

Mais je ne voulais pas rester sur ces frustrations précédentes et, en cet été de 1985, je me sentais plus que jamais inutile. Je fis part à Charles de mon ultime requête, et comme je m'y attendais ce fut un refus net. La centrale fournissait 1,82 gigawatt à son fonctionnement maximal, ce qui revenait à couper toute l'électricité de la région pendant au moins neuf minutes. Une chose qui entraînerait son licenciement, et peut-être même un procès pour sabotage… sans compter les indemnités qu'il aurait à payer… et sans compter que son image d'honnête homme serait, cette fois, définitivement brisée. D'autant qu'à cause des incidents des Noëls précédents, non seulement il était repassé responsable adjoint, mais on lui avait bien fait comprendre qu'il était hors de question qu'il refasse une quelconque permanence de réveillon. Ses collègues et ses supérieurs se méfiaient de lui, et il avait perdu beaucoup de l'aura fièrement acquise à ses débuts.

Il avait raison, je ne pouvais rien lui reprocher. Il fallait que je tire une croix sur mon rêve après tant d'années passées à m'en approcher. La rentrée de septembre arriva et me changea un peu les idées. Je décidai alors de me consacrer pleinement à mes élèves et mon rôle de professeur. Je passai mes soirées à corriger des copies ou préparer mes cours, et je résolus de rattraper le manque d'implication qui m'avait fait défaut pendant tant d'années. Mais ce n'était plus pareil. La foi m'avait quitté, et je ne voyais plus en quoi toute la transmission de mes connaissances avait encore une utilité.

Je me mis peu à peu à sombrer dans la déprime. Le soir, seul chez moi, je noyais mon amertume dans un verre, indifférent à tout et même aux caresses affectueuses de Max. Je perdais toute étincelle de vie dans les yeux, et Charles et Michèle, chez qui je dînais certains soirs, finirent par s'apercevoir du changement.

Michèle, que Charles n'avait pas mise au courant de mes tribulations temporelles (il avait peur qu'elle en reparle ensuite à ses amies), imputa ce manque de joie de vivre à ma situation de vieux garçon, et m'enjoignit fortement à me trouver une épouse et à fonder mon propre foyer. Elle n'avait peut-être pas tout à fait tort, bien que j'aie renoncé depuis longtemps à en fonder un. Sans oser leur avouer explicitement, ma vraie famille, pour moi, c'était définitivement eux, et Juliette, c'était la fille que je n'avais jamais eue. Il est vrai cependant qu'une femme à mes côtés m'aurait sans doute fait du bien. Ce n'est pas que je n'en voulais pas, mais les rares aventures que j'avais pu avoir durant ces quinze dernières années n'avaient jamais duré très longtemps. Si mon côté scientifique rêveur les avait séduites au départ, leur côté pragmatique avait vite repris le dessus par la suite, et elles m'avaient globalement toutes quitté en me suggérant d'épouser mon laboratoire.

Charles, de son côté, me proposa de partir en vacances, loin d'ici, afin de me changer pour de bon les idées et de faire un point sur ma vie ; un peu comme une transition avant un nouveau départ.

Vint la Toussaint et, suivant son conseil, je partis en voyage et pris des vraies vacances pour la première fois de ma vie. Cette fois-ci, je décidai d'ailleurs de ne pas prendre mon journal de bord avec moi, afin de bien m'astreindre à ne pas penser à mes lubies scientifiques et de me retrouver réellement avec moi-même. Je le rangeai avec les autres, puis je priai Charles de nourrir Max et d'arroser les plantes durant mon absence, et je mis à profit ces deux semaines de congés pour visiter l'Irlande et l'Ecosse. Ce n'était pas la meilleure saison pour le tourisme, mais ces paysages naturels et sauvages étaient ce qu'il seyait le mieux à mon humeur solitaire. Cette retraite méditative m'aida un peu mieux à accepter mon sort : après tout, la terre était vaste et même à mon époque il me restait encore plein de choses à découvrir. Je devais cesser de m'enfermer dans mon laboratoire, dans mes calculs, dans mes expériences, et ranger une bonne fois pour toutes mes obnubilations au placard. Désormais, j'allais m'ouvrir au vrai monde et à la vraie vie, et rattraper tout ce temps que j'avais gâché.

C'est ainsi que je rentrai chez moi, bien décidé à tourner la page. Je revis mon petit intérieur d'un œil neuf, comme si j'emménageais dans une nouvelle maison. L'agencement avait d'ailleurs été un peu refait, et il y manquait un de mes précieux vases de Chine. Je ne savais pas si c'était un choix de Charles afin de me faciliter la rupture avec mon ancienne vie, mais je ne manquerais pas de l'interroger dès que je le reverrais. Ce fut le cas une demi-heure après, quand j'eus une visite de sa part. Il avait un gros pansement sur le front.

— Salut frangin ! Alors, ces vacances ?

— Enrichissantes ! J'ai enfin appris à relativiser certaines choses et à donner un nouveau sens à ma vie… Je sens que je vais repartir sur des nouvelles bases. A ce propos, je vois que tu as refait un peu la déco…

— Oui, je trouvais que ça faisait mieux, un peu plus aéré, un peu plus serein…

— C'est pour ça que tu as retiré le vase ?

— Non, ça c'est l'œuvre de Max…Il a dû le casser à un moment où je n'étais pas là, désolé !

— Bah, tant pis ! fis-je en cachant un peu ma déception. Ce n'est qu'un vase, après tout, il y a bien plus important dans la vie. D'ailleurs, pour les voyages dans le futur…

— J'ai pu m'arranger ! me coupa Charles. C'est bon, tu pourras partir !

Je le regardais, interdit. C'était bien la dernière nouvelle à laquelle je m'attendais ; il y avait visiblement cogité plus que moi durant mon absence. Intérieurement, il y eut une fraction de seconde durant laquelle je faillis lui répondre que cela ne m'intéressait désormais plus. Mais quand l'information eut jailli véritablement dans mon cerveau, toutes mes anciennes espérances ressortirent de leur placard en fanfare. Je devins excité comme un enfant devant un jouet.

— Waouh ! Ça alors, c'est super ! Je ne m'y attendais plus du tout… Wouah ! Je n'en reviens pas ! Mais comment tu as fait ? Tu t'es battu avec le directeur pour qu'il te cède la permanence du réveillon ? finis-je moqueur, en désignant son pansement.

— Non, ça c'est autre chose. C'est un levier-vapeur qui a cédé à la centrale alors que j'essayais de le décoincer. J'ai voulu l'esquiver et ma tête a cogné contre un angle… tu vois le résultat !

— Oh, mince ! Ce n'est pas trop grave, j'espère ?

— Non, ne t'inquiète pas ! En tout cas, tout ce que je sais, c'est que ça me vaudra une belle cicatrice !

— Et alors, pour le soir du réveillon tu t'es arrangé comment ?

— Je te raconterai tout ça à ton retour, ça te fera une raison de revenir, me répondit-il avec un sourire.

24 décembre 1985
J -1

Attente insupportable ! J'ai stressé toute la journée en pensant à comment je m'y prendrais le soir venu. Je me suis habillée plutôt simplement, avec un jean et un pull à large échancrure, et j'ai mis ma croix de baptême autour du cou pour faire plaisir à maman.

Comme d'habitude, on commence tôt, car ils devront partir vers 22 h 30. Pendant le dîner, maman en remet une couche :

— Tu es pénible, toi, à prendre à chaque fois la permanence le soir de Noël ! Ça va faire la quatrième fois de suite ! Déjà que ces derniers temps tu passes de moins en moins de temps à la maison, avec toutes tes heures supplémentaires et tes interventions spéciales, là… on ne te voit quasiment plus ! Dis-le tout de suite si tu n'as pas envie rester avec nous !

— Calme-toi chérie, je te promets que c'est la toute dernière fois que je fais la permanence du 24, la toute toute dernière fois !

— J'espère bien, parce que sinon, crois-moi, le prochain Noël, ce sera sans moi et sans ta fille !

— Justement, dis-je dans un souci d'apaiser le conflit autant que de profiter de l'opportunité qui se présente, est-ce que je peux venir avec toi, papa, cette fois-ci ? Je vous tiendrai compagnie à tous les deux !

Tonton se tourne immédiatement vers moi d'un air effrayé. Je n'aurais jamais cru que ma proposition fasse l'effet d'une telle bombe. Il se met à bégayer :

— Voyons Juliette, ce n'est pas possible ! tu sais bien comment c'est… les… les consignes de sécurité, tout ça… tu es mineure, étrangère à la Société… Et puis, crois-moi, ça n'a rien de marrant de passer la nuit à la centrale !

— Mais j'y suis déjà allée par le passé ! Et puis pourquoi toi tu pourrais y entrer et pas moi ! Tu ne fais pas non plus partie du personnel que je sache !

Mon parrain, désemparé, se tourne alors vers mon père. Au contraire de lui, papa a gardé un sang-froid apparent, mais il a l'air torturé intérieurement. Il s'arrête de manger, pose sa fourchette, et au bout de presque une minute de tête de constipé lâche seulement cette phrase :

— La décision est non, Juliette, et nous n'avons pas à nous justifier. Ce n'est pas la peine d'y revenir.

Il déconne ou quoi ? Ce n'est pas juste de me refuser ça comme ça sans aucune raison valable ! Je n'insiste pas plus, mais leur attitude confirme mes soupçons ; et loin de me dissuader, elle me rend plus curieuse encore. Le dîner se poursuit de manière pesante. Quand dix heures sonnent, tonton me dit au revoir, mais cette fois, pour la première fois, son ton est très solennel :

— Tu sais, Juliette, sache que j'aurais vraiment aimé t'emmener avec moi (je note au passage l'emploi du *moi,* et non du *nous*) et que tu es la personne à laquelle je tiens le plus au monde. Ecoute ! La compagnie pour laquelle je travaille – tu sais, celle en Australie – eh bien ! ils m'ont demandé d'aller les rejoindre là-bas. C'est possible qu'on ne se revoie plus, et si c'est le cas j'aimerais que tu saches que je t'aime très fort, comme si tu étais ma propre fille.

Cette nouvelle me surprend complètement. Je veux dire quelque chose, mais papa, qui revient de la cuisine, me coupe :

— Ils ont besoin de lui de toute urgence pour avancer dans les projets ; c'est toi-même d'ailleurs qui t'es plainte, la dernière fois, que ça n'allait pas assez vite.

Je ne rajoute rien ; j'ai comme l'impression que cette nouvelle aux allures d'adieu cache quelque chose d'autre. Tonton reprend la parole :

— Au revoir Michèle, et merci pour le dîner ! Il reste quelques détails à régler et je n'ai pas encore arrêté ma décision, mais si je pars effectivement dès demain, je tiens à te remercier pour tout, et à m'excuser pour les soucis que j'ai pu parfois vous créer à Charles et toi.

Maman et lui échangent quelques mots de gentillesse, puis il se tourne vers papa :

— Charles, on peut aller dans ton bureau ? J'ai à te parler en privé...

Mon père jette un œil inquiet vers moi, mais je profite de cette occasion pour m'éclipser discrètement et mener à bien mon projet. Je m´enferme dans ma chambre, j'enfile rapidement ma veste et, glissant par la fenêtre, je file en catimini vers la Mercedes de mon oncle. Je suis sous le choc en ouvrant les portes : une soucoupe volante ! Mince alors, Christine avait raison ! Je referme la porte derrière moi et je l'inspecte attentivement. Incroyable ! J'entends soudain la porte de la maison s'ouvrir, et mon père et mon oncle se diriger vers le véhicule, les clés tintant dans la main. Prise de court, je rentre vite dans la soucoupe afin qu'ils ne me remarquent pas. La camionnette démarre.

Je commence à paniquer ; tout se mélange dans ma tête. Mon oncle est-il un extraterrestre à l'apparence humaine ? Ce n'est pas possible, je le connais depuis toute petite ! Et c'est bien le frère de mon père, ils se ressemblaient beaucoup, et mamie m'avait raconté plein d'histoires sur eux. Ou alors mon père aussi en est un ? et ma grand-mère l'était aussi alors ! peut-être même ma mère également ? Pourquoi ne suis-je pas au courant ? Plus j'avance, et moins je comprends ! Si vraiment on vient d'une autre planète, je dois en avoir le cœur net ! Je sais que mon oncle m'aime sincèrement, et qu'il ne me ferait pas de mal, même s'il me découvrait. Par contre, si je leur dévoile que je suis là, je suis sûre qu'ils vont me renvoyer illico à la maison. J'ouvre alors un des nombreux coffres de la soucoupe pour m'y cacher dedans. J'ai peur, mais je tiens enfin une occasion de m'échapper de ce monde auquel je n'appartiens plus depuis ce Noël 1982. Et puis, si je vais sur Mars ou ailleurs, il y a peu de chances que je sois revenue pour la rentrée de lundi. C'est parfait ! Intérieurement, je savoure ma vengeance : je suis peut-être une fille ordinaire, moyenne à l'école, malheureuse en amour, mais je vais naviguer parmi les étoiles, découvrir d'autres planètes, d'autres mondes où la technologie est bien plus avancée, là où ni Antoine, ni sa pouf et sa sœur, ni mes profs ne sont jamais allés. A dix-sept ans, j'en aurai bientôt vu bien plus qu'ils ne pourraient jamais en voir en toute une vie !

Noël 1985

Je me levai plein d'appréhensions pour ce jour du 24 décembre 1985 ; ce serait fort probablement mon dernier réveillon de Noël à leurs côtés. Je chargeai la soucoupe dans la camionnette et me rendis chez eux. J'avais du mal à me détendre, et durant le dîner Juliette nous fit pas mal de frayeur. A dix heures, je lui dis au revoir péniblement, et je parlai à mon frère en privé :

— Charles, écoute-moi, je vous ai causé beaucoup de soucis à Michèle et à toi, il est temps de m'en acquitter. Si je ne devais pas revenir, ce qui est, tu me l'accordes, la plus probable des hypothèses, je voudrais que tu te serves de ce qui est à l'intérieur de cette enveloppe.

— Mais qu'est-ce donc que cette enveloppe ? me demanda Charles d'un air exagérément surpris, qui en d'autres circonstances m'aurait sûrement fait pouffer de rire.

— C'est un moyen pour toi de gagner de l'argent, répondis-je d'un air grave.

Il ouvrit l'enveloppe avec un sourire en coin, et lut à voix haute :

— *L'almanach des courses de chevaux de 1985 à 2000... L'almanach 2007 des marchés financiers, toutes les statistiques boursières depuis 1856...* Oh là là ! Mais quelle incroyable surprise !

Il avait fini sa phrase sur un ton théâtral et en roulant de gros yeux. Alors que je m'étais attendu à le surprendre par ce cadeau, ce fut au contraire à moi d'être surpris par la désinvolture de son ton en un moment aussi solennel. Il sentait l'alcool, et j'interprétai finalement son attitude extravagante comme tristement logique. Le pauvre, sa peine devait être si profonde que prendre et tourner les choses en dérision devait être pour lui une manière de l'exorciser. Cela m'accabla davantage et il s'en aperçut. Il reprit un air sérieux, me remercia, et les mit en lieu sûr.

On se mit ensuite en route pour la centrale. Une fois arrivés, nous répétâmes le même procédé que la dernière fois, à la seule différence que cette fois-ci il me donnerait toute l'énergie de la centrale : 1,82 gigawatt.

Juste avant de monter dans la soucoupe, je lui fis mes adieux.

— Dis-moi, Charles, à ton avis, quel est le plus noble : découvrir ou inventer ? Inventer, c'est apporter quelque chose qui n'existait pas. Découvrir, c'est que cette chose existait déjà, mais que personne ne l'avait vue.

— Ma foi, je pense que ces deux activités sont nobles… laquelle l'est le plus, je ne sais pas, mais quelle importance ça a, au fond ?

— Tu as raison, les deux sont nobles ; mais si je me pose la question de savoir laquelle l'est le plus, c'est que j'ai le sentiment que, dans cette subtile différence, se cache le secret de la vie, celui du bonheur.

— Tu deviens mystique à présent ? Ne t'inquiète pas, tout se passera bien ! Dis-toi que… quoi qu'il se passe là où tu seras, cela finira bien !

— Dis donc, Charles, toi aussi tu deviens mystique !

Il avait prononcé ces dernières paroles d'un ton qui se voulait rassurant, mais avec une certaine conviction dans la voix, et cela me toucha profondément.

Je le serrai une dernière fois dans mes bras et montai dans la soucoupe. J'allumai mon compteur et le réglai sur $+\infty$, avec d'immenses espoirs en tête. Peu de temps après, l'ensemble se mit en marche et les anneaux montèrent progressivement en vitesse. Le bruit devenait strident, la lumière aveuglante, mais ça continuait toujours plus fort. Machinalement, je mis mes lunettes de soleil et des bouchons dans les oreilles. Au bout de quelques minutes, le bruit devint tellement aigu qu'il me sembla basculer dans l'ultrason. Mes oreilles bourdonnaient malgré les bouchons, et je n'entendais plus rien d'autre. Tout à coup, une banquette s'ouvrit, et je vis Juliette en sortir, toute en larmes.

— Qu'est-ce que tu fais là ? hurlai-je, pris de panique.

Le bruit était tellement intense qu'il couvrait mes paroles et que je ne compris pas sa réponse, mais je perçus sur ses lèvres les mots « veux pas » et « planète ».

De quoi parlait-elle ? Je ne pris pas le temps de réfléchir davantage, il fallait absolument qu'elle quitte l'engin avant qu'il ne franchisse le temps. J'ouvris la porte quand il se mit soudain à décoller, lentement, mais de manière suffisamment instable pour nous faire perdre l'équilibre. Je n'y avais pas pensé : la vitesse de rotation des anneaux était devenue telle qu'elle faisait s'envoler la soucoupe. Elle accéléra brusquement sa montée, mais le câble électrique, accroché solidement, la fit basculer et suivre un quart de cercle. Je vis que nous nous précipitions à toute vitesse vers la tour du réacteur et je hurlai d'effroi. Sous l'effet de la brusque accélération, Juliette fut projetée en arrière et se cogna violemment la tête contre un des hublots. Il y eut un gros bang et un flash aveuglant, tandis que Juliette, qui avait perdu connaissance, était éjectée au-dehors. Quant à moi, la machine racla le sol sur une cinquantaine de mètres, puis heurta un mur et ce fut le noir complet.

?

Embrumées, perdues… j'ai du mal à rassembler mes idées. Tout est noir, j'ai mal au crâne, et mon cerveau a besoin de quelques minutes pour se remette en marche. Je commence à me souvenir : j'ai eu peur, j'ai paniqué, j'ai voulu sortir, puis la soucoupe a décollé et je me suis cogné la tête. Et puis le trou noir... Suis-je morte ?

Je parviens à rouvrir les yeux et je me noie dans un monde renversé, baigné de lumière. Je suis prise par un frisson de vertige. Je tourne un peu la tête. Je suis dans les bras d'un jeune homme, et nous volons dans les airs. Il est extraordinairement beau, le visage grave, des cheveux blonds légèrement bouclés, des muscles saillants, et deux grandes ailes blanches dans son dos. Il porte des habits qui ressemblent un peu à ceux de la Rome antique, du moins ceux que j'ai pu voir dans les livres. Est-ce un ange ? Suis-je bien morte alors ?

Je ne m'imaginais pas le paradis comme ça ; je peux sentir l'air frais sur ma joue, ainsi que la douleur du choc que j'ai reçu à la tête. J'aperçois également le soleil qui se couche.

— Bonjour, je m'appelle Gabriel, me dit-il en souriant.

Gabriel… comme l'ange de la Bible ? Je serais donc dans les bras de l'Archange Gabriel ? J'entrouvre la bouche, mais la voix me manque.

— Ne t'inquiète pas, je te ramène auprès des tiens ! Tu as eu de la chance que je sois passé par là.

— Les miens ? dis-je le regard perdu.

— Oui ! les tiens ! répète-t-il comme une évidence. Tiens ! nous y voilà…

Je regarde au-dessous de moi, et vois un quartier que je ne reconnais absolument pas. Puis je cherche ma ville des yeux, la centrale, mais je ne reconnais plus rien.

Il me pose sur le sol en disant :

— Voilà, tu es chez toi !

Il m'a déposée au milieu d'une place qui m'est complètement inconnue. Je panique et, m'agrippant à lui, je le supplie :

— Non, attends ! Je ne suis pas d'ici ! Ne me laisse pas, je t'en prie !

— Je regrette je dois y aller, on m'attend ; quelque chose de grave s'est produit.

— Mais qui es-tu donc ?

— Je te l'ai dit, je m'appelle Gabriel. Je suis de ton côté, tu peux avoir confiance en moi…

Je le regarde s'envoler, ébahie et fascinée, puis j'observe autour de moi. La nuit est en train de tomber, et je vois la foule prendre peu à peu possession de la place. Certaines personnes semblent aussi normales que moi, mais d'autres sont beaucoup plus étranges. Elles ont l'air complètement bizarres et improbables. Soudain, je vois une sorte de démon se poser à une dizaine de mètres devant moi. Il a de grandes ailes semblables à celles des chauves-souris, une peau rouge et des cornes sur la tête. Il y a comme un éclair fugace dans mon esprit : je suis morte, et l'Archange Gabriel m'a conduite en enfer. *Chez moi*, a-t-il dit, en enfer ! Une émotion atroce me submerge, et je m'évanouis pour la seconde fois.

II
Collision

Olympia

Lorsque Monsieur Thori Niskae-Emric et Madame Freya Abartha-Ogma entrèrent chez *Creative Genes*, le thème des murs et de l'ambiance évoquait un bord de mer paisible avec des palmiers, un ciel bleu, une plage de sable et le doux clapotis des vagues. Au bout d'une demi-heure, il changerait doucement pour se transformer en un village pittoresque de montagne en été, avec des collines fleuries, des chants d'oiseaux et quelques papillons colorés.

— Bonjour, quel plaisir de vous revoir ! Venez dans mon bureau ! Asseyez-vous, je vous en prie. Thé ? Café ? Boissons fraîches ?

— Un thé pour moi, merci, répondit Mme Abartha-Ogma.

— Pour moi aussi, ajouta M. Niskae-Emric.

— Le séquençage de vos échantillons s'est très bien passé. Nous avons pu dégager une douzaine de profils idéaux. Je vais vous montrer tout ça.

Un robot leur apporta le thé pendant que les images s'affichaient devant eux.

— Vous avez pu y réfléchir de nouveau ? Vous avez avancé dans votre projet ?

— Oui ! maintenant on sait exactement ce qu'on veut ! répondit la femme.

— Parfait ! Alors, rappelez-moi, ce n'est pas votre troisième, n'est-ce pas ? Ah ! c'est vrai, c'est votre second ! Parfait, ça nous donne un budget beaucoup plus souple.

Seuls les deux premiers enfants étaient pris en charge par la sécurité sociale, dans la limite des minima requis, tels que les ailes, la taille, et une multitude d'autres critères imposés par la loi. Les options, telles que des yeux de couleur violette, l'absence de pilosité, ou une aptitude spéciale, étaient des suppléments diversement pris en charge selon les mutuelles. Le vendeur poursuivit :

— Le premier, vous l'aviez fait où déjà ?

— Chez *Perfectum Corpus*, mais le vendeur n'était pas très sympathique ; en plus, ils ont un choix d'options plutôt limité et assez cher.

— Vous avez bien fait de venir chez nous. Chez *Creative Genes*, on a une très large gamme d'options et de possibilités. Comme notre nom l'indique, nous faisons en sorte que votre enfant soit unique et doté de caractéristiques non seulement parfaites, mais aussi vraiment originales. Nous avons de multiples brevets dans ce sens. Par exemple, nous sommes les seuls à proposer des couleurs d'yeux qui changent en fonction de l'humeur.

— *Prometheus* fait ça aussi, non ? coupa la dame.

— Oui, mais eux se limitent à des couleurs prédéfinies et elles se situent surtout dans les couleurs naturelles, alors que chez nous vous pouvez spécifier n'importe quelle couleur pour chaque état d'humeur répertorié. D'ailleurs, vous avez déjà fait votre choix ?

— Oui, on a défini tous les critères.

Madame Abartha-Ogma se concentra et un dossier virtuel apparut au-dessus de la table. Il s'ouvrit et les informations qu'il contenait s'affichèrent directement dans un écran supplémentaire.

— C'est parfait ! reprit le vendeur, on va gagner du temps.

Leur premier enfant était un garçon, le second serait donc une fille. La législation imposait que le deuxième enfant soit systématiquement du sexe opposé au premier. Ceci avait été décidé pour maintenir l'équilibre des sexes dans la pyramide démographique. Dès le troisième enfant, en revanche, les parents pouvaient choisir ce qu'ils voulaient, mais ce n'était pas pris en charge par la sécurité sociale, sauf si l'un des deux autres enfants décédait avant ses dix-huit ans. Les mutuelles prenaient parfois en charge une partie des frais concernant le troisième et le quatrième enfant, mais cela variait selon la couverture (et donc le coût) de la mutuelle. La législation, par contre, interdisait la procréation d'un cinquième enfant (sous réserve qu'aucun des précédents ne soit décédé avant dix-huit ans), même pour ceux qui en avaient les moyens. Peu de gens de toute manière décidaient d'avoir plus de deux enfants, et la population du monde développé stagnait autour de neuf milliards.

Sur l'écran virtuel de gauche apparurent une douzaine de portraits de jeunes femmes aux traits légèrement différents, pivotant doucement et continuellement de face à profil. Les deux parents furent émus un bref instant.

— Quels sont ceux qu'on peut déjà éliminer ? proposa le vendeur.

Après un bref moment passé à regarder chaque visage, l'homme se hasarda :

— Freya, on peut peut-être éliminer celui en bas à droite, non ?

— Oui, je suis d'accord. Egalement les trois du haut…

Le vendeur regarda l'écran, et les profils mentionnés se grisèrent légèrement. Après dix bonnes minutes de discussions, il ne resta plus que trois portraits.

— Pour les derniers, on va y ajouter vos options, ça vous aidera à trancher.

Tout à coup, les trois profils prirent une nuance spécifique. Les cheveux se tinrent en rose pâle, proche du saumon, et la couleur des yeux se mit à alterner en fonction de l'expression du visage : rose pâle pour les moments neutres, améthyste pour la tristesse et la peur, rubis pour la colère et l'excitation, et or pour les moments de joie et de plaisir. Les autres portraits disparurent, et les trois restants vinrent se mettre en haut de l'écran, avec en dessous une vue de la jeune femme dans son ensemble, corps nu, avec deux grandes ailes blanches dans le dos. Il n'y avait pas de poils sous les bras, le duvet pubien, rose pâle lui aussi, était plutôt léger.

— On ne peut pas faire la couleur des poils différente de celle des cheveux ? demanda Monsieur Niskae-Emric.

— Nous, nous ne le faisons pas, car d'une part, on estime qu'esthétiquement c'est plus joli quand ils sont de la même couleur, et d'autre part, c'est une option qui coûte assez cher, car il faut rajouter beaucoup de gènes supplémentaires, et en modifier en profondeur un certain nombre d'autres…

— Ça ira, je demandais ça comme ça…

— Thori, regarde, je trouve que celle de droite est plutôt bien ! Vous pouvez l'agrandir ? demanda-t-elle au vendeur.

Une nouvelle image se créa sur le nouvel écran, bien plus grand, qui s'était matérialisé tout à gauche d'eux. Derrière, on pouvait y voir des modélisations de son apparence aux différents âges de la vie.

— Oui, tu as raison, c'est la mieux, commenta l'homme. Peut-être éclaircir légèrement la peau. Oui, voilà comme ça... stop ! un peu moins. Voilà… Qu'est-ce que tu en penses, Freya ?

— Oui, c'est très bien, répondit-elle avant de se tourner vers le vendeur. Vous êtes sûr que les seins sont à 37 % ? Ils paraissent un peu gros.

Les seins faisaient partie des gammes de critères physiques réglementés par la Confédération, au même titre que le reste du corps d'ailleurs. Le maximum autorisé était de 100 % et correspondait à un bonnet D. Le minimum autorisé, 1 %, correspondait à un bonnet C. Cette norme existait depuis plus d'une bonne centaine d'années. Elle était due à une jeune femme du nom d'Acylia Margey-Chris, qui avait porté plainte contre ses parents du fait des petits seins qu'ils lui avaient choisis. Elle estimait qu'ils lui avaient porté préjudice depuis son adolescence car, en cette période de boom de la procréation assistée, la plupart des familles avaient adopté de gros bonnets pour leur fille et elle se trouvait ainsi désavantagée par rapport à ses rivales. Elle avait obtenu gain de cause auprès de la justice, et l'Etat avait été responsable en partie, car il avait laissé faire les parents. Ces derniers avaient dû prendre en charge le coût d'une augmentation mammaire par thérapie génique, tandis que l'Etat payait une indemnité à Acylia Margey-Chris en dédommagement du préjudice subi. Depuis, une loi, appelée loi Acylia, avait défini toute une normalisation afin qu'un enfant conçu artificiellement ne soit victime d'aucune discrimination plus tard. Les tailles du corps et de chaque membre, dont les seins, mais aussi de manière encore plus stricte le pénis, avaient été normalisées selon des gammes propres à éviter tout préjudice futur. Ainsi, la taille totale du corps devait se situer entre 1,82 m et 1,90 m pour les hommes, et 1,74 m et 1,82 m pour les femmes. Les ratios avec la taille des bras, des jambes et des doigts, étaient strictement définis dans une tranche très étroite en fonction de la longueur totale. Le pénis avait été cantonné dans une taille quasi unique, autour de seize centimètres. D'autres critères moins visibles, mais encore bien plus importants et plus sévèrement réglementés, avaient également été normalisés et pris en charge par l'Etat. On y trouvait l'aptitude au sport, la résistance aux maladies, la psychomotricité, la capacité de la mémoire et de la compréhension... Intervenaient également les taux de production de diverses glandes, comme par exemple la testostérone ou l'ocytocine. Les extras, comme une intelligence encore plus vive ou une musculature plus importante, étaient considérés comme des options payées par les parents ou les mutuelles. Elles dépendaient beaucoup des brevets déposés par les agences. Une fois le brevet expiré, le code génétique tombait alors dans le domaine public. Si, de par sa nature, il améliorait significativement les performances d'un individu et devenait donc susceptible d'entraîner une discrimination à long terme, la loi s'adaptait et l'imposait comme une nouvelle norme obligatoire pour toute nouvelle procréation assistée.

Pour les ailes, le processus avait été légèrement différent. Aux débuts de l'ère de l'eugénisme, soit plus d'un siècle avant la loi Acylia, les parents demandaient génétiquement ce qu'ils voulaient. Durant les premières décennies, il y eut beaucoup de têtes blondes aux yeux bleus. La génération suivante voulut davantage se différencier et s'orienta vers d'autres caractéristiques. A cette époque, les généticiens n'arrivaient pas encore à programmer de nouveaux codes génétiques complexes. Ils se contentaient de copier ceux existant déjà dans la population, comme par exemple pour la couleur des cheveux ou des yeux. Certains, un peu plus artistes que d'autres, commencèrent à explorer les possibilités de combinaison avec le monde animalier.

Cette époque était alors propice à ce genre d'initiatives. Le développement de la nanorobotique, au cours des 24e et 25e siècles, avait considérablement fait évoluer les mœurs. L'ensemble des biens et services qui ne nécessitaient pas forcément de compétence humaine avaient été confiés à des robots, alors bien plus évolués qu'autrefois. Bien sûr, par robot, on n'entendait pas vraiment des androïdes avec des bras et des jambes, ce qui aurait été aussi absurde que si les hommes du 19e siècle avaient imaginé, au lieu d'une machine à laver, un robot humanoïde accroupi au lavoir. Non, un nombre inimaginable de machines avaient été créées pour toutes sortes de travaux, mais elles résultaient elles-mêmes d'un assemblage de nanomachines qui se déconstituaient et se reconstituaient selon les besoins : c'était ça la révolution nanotechnologique. Selon le programme qui était lancé ou selon ce qu'elles avaient appris d'elles-mêmes, elles étaient aussi bien capables de se transformer en métier à tisser que de réparer une fente dans un mur. Le temps de travail avait diminué petit à petit, y compris celui domestique, et les humains s'étaient tournés vers les tâches non dévolues aux machines, qui requerraient des compétences telles que la créativité, la négociation, le management, etc. L'ensemble pouvait être segmenté en deux catégories principales.

La première catégorie regroupait tous les métiers dits traditionnels, parmi lesquels :

— la recherche scientifique ;
— la vente ;
— les postes de bureaux (management, marketing…) ;
— les services à la personne (avocats, masseurs, docteurs… bien que ces derniers soient comparativement trois fois moins nombreux qu'au 21e siècle) ;
— les métiers liés à l'art et la création (designers, acteurs, chanteurs, programmeurs…) ;
— les services liés à l'Administration (policiers, pompiers, juges, etc...).

La seconde catégorie regroupait les nouveaux métiers. Parmi ceux-là, on retrouvait trois foyers principaux. Il y avait évidemment tous les métiers liés à la génétique. On trouvait ensuite tous les postes liés au contrôle de la qualité. En effet, tous les biens et services étaient désormais labélisés. Par exemple, sur les produits destinés à la vente, la réglementation imposait d'afficher une indication officielle de leur qualité selon de multiples critères. L'objectif était à la fois de rendre le marché plus efficient, plus transparent et plus équitable, et d'éviter au maximum tout risque sanitaire ou environnemental, ainsi que toute déviance énergétique. Cela nécessitait un nombre important d'agents visitant les fabriques, les ateliers, les entreprises, mais aussi les restaurants, les coiffeurs, et toute autre société de services. On trouvait enfin un dernier type de métier, qui n'en était pas vraiment un, s'apparentant à de la vente en réseau. Paradoxalement, la révolution nanotechnologique avait sonné le déclin relatif de la production industrielle. Bien sûr, un grand nombre de biens étaient encore produits en masse, mais l'art et l'artisanat individuels avaient été élevés à des niveaux d'estime sans doute jamais vus depuis l'Antiquité. Chacun voulait créer sa propre œuvre, qu'elle soit décorative, utilitaire, culinaire, ou purement intellectuelle, et la revendait à l'intérieur du réseau duquel il faisait partie. Certains réseaux comptaient des millions de gens, s'achetant, se vendant, ou s'échangeant les biens qu'ils avaient eux-mêmes créés. Pour beaucoup, leur réputation et celle de leurs créations à l'intérieur de ce réseau constituaient l'élément central de leur vie, et ils y consacraient plusieurs heures par jour. Bien que très importante, cette activité économique était la seule non soumise à une labellisation, puisque chaque produit était par définition unique.

Elle était également le reflet de l'effervescence créatrice qui planait dans l'air du siècle, où chacun tenait à mettre en avant son talent particulier. Dans ce contexte, l'enfant devint vite l'objet de toutes les attentions. « Création personnelle » par excellence, de nombreux parents voulurent l'élever au rang, non plus d'être parfait, mais d'œuvre d'art. Les généticiens de l'époque eurent, dans un premier temps, du mal à suivre la demande, et durent répondre à un nombre d'exigences toujours croissant de la part des parents. Comme leurs compétences se limitaient à ce qui existait déjà dans la nature, ils proposèrent petit à petit des êtres « humains » dont les gènes provenaient en partie du monde animal. Il y eut ainsi de nombreuses nouvelles races « hybrides » créées, et certains parents faisaient même appel à des designers professionnels pour les conseiller dans la création de leur enfant.

Toutes ces races hybrides ne représentaient cependant qu'une très faible partie des naissances, mais certains modèles devinrent vite des classiques, repris ensuite par les autres, et gagnèrent en importance parmi la population. Il y avait le modèle félin, avec un corps souple et des griffes rétractiles ; le modèle reptilien, avec un corps encore plus souple et une peau lisse et résistante, tout en muscles ; le modèle gothique, avec des ailes de chauve-souris, des lèvres et des ongles noirs ; et enfin le modèle qui aurait ensuite le plus de succès, celui d'un humain parfait avec simplement des ailes blanches d'oiseau, qui allait devenir le modèle *Ange*.

Beaucoup de parents avaient tenu à exprimer leurs fantasmes de perfection, ou leurs fantasmes artistiques, à travers leur progéniture, sans penser une seconde que leur enfant pourrait éventuellement se sentir malheureux d'être si différent des autres, et avec un corps pas toujours pratique dans la vie quotidienne. Une fois devenus adultes, ceux issus des races rares se regroupèrent dans des associations qui firent ensuite pression sur les gouvernements de la planète. Au terme de plusieurs décennies de débats intenses dans la vie publique, durant lesquelles intervint justement l'affaire Acylia qui précipita les choses, il fut créé une confédération planétaire au sein de laquelle ce genre de créations hybrides et anarchiques serait désormais interdit. Les agences génétiques furent alors soumises à une réglementation très sévère : les généticiens devaient d'abord obtenir une deuxième licence reconnue par le gouvernement, bien plus contraignante que la première, et toute création d'enfant devait faire l'objet d'une autorisation préalable de la part des administrations compétentes. Sous l'égide de la Confédération, il y eut une harmonisation des lois et des normes au niveau mondial, et seuls deux types génétiques furent retenus. Le premier était le modèle humain parfait, avec des normes standards, mais un large choix d'options possibles, et deux grandes ailes dans le dos : c'était le modèle Ange, qui devait naître génétiquement d'absolument deux parents, de même sexe ou non. Le deuxième modèle qui avait été toléré, sous la pression d'associations religieuses et conservatrices, était la procréation naturelle. Cela concernait une partie des Hybrides, mais surtout l'être humain biologique, dit Bio, c'est-à-dire non génétiquement modifié, et qui naissait dans la quasi-totalité des cas, sauf problème de santé de la mère, par voie naturelle.

S'ils représentaient encore 15 % des naissances en 2600, les enfants conçus naturellement étaient passés à moins de 0,1 % en 2700. Moins beaux, moins robustes et moins intelligents que les autres, ils avaient été victimes, au fil des décennies, de discriminations fréquentes dans la société, et occupaient généralement les postes en bas de l'échelle sociale. Ils s'étaient peu à peu regroupés en communautés, et on n'en comptait plus qu'une centaine au sein de la Confédération à la fin du 27e siècle. Cette chute vertigineuse s'expliquait par le fait que de nombreux enfants Bios, qui avaient souffert de ces discriminations sociales, choisissaient par la suite une procréation assistée pour leurs enfants, surtout dans les cas d'union mixte Bio-Ange, et seuls les plus intégristes d'entre eux avaient gardé cette voie. A l'inverse, il était rare que des Anges décident d'avoir des enfants naturels, vu le risque, même minime, qu'ils se retrouvent sans ailes ou avec une tare génétique.

Ces communautés de Bios avaient été rejointes par une partie des descendants des êtres Hybrides, appelés communément freakos. Il s'agissait surtout de ceux qui avaient été esthétiquement assez réussis et qui, assumant clairement leur différence, refusaient la standardisation sur le modèle Ange. Ils préféraient, eux aussi, se reproduire naturellement pour pouvoir léguer leur patrimoine génétique. D'un point de vue social, ceux-là avaient généralement été cantonnés aux activités jugées dégradantes du point de vue des Anges et inacceptables pour les Bios : ils tenaient surtout les bars, les cabarets, les sex-shops, les maisons de jeu et autres activités à la limite de la légalité. Il y avait eu des conflits au début entre ces deux communautés antagonistes, mais leur nombre s'amenuisant peu à peu, ils s'étaient soudés face à leur « adversaire » commun : les Anges.

Le quartier Sainte-Anne d'Olympia comprenait plus de soixante mille individus. Un peu comme dans un ghetto, ils avaient leurs propres écoles, leur hôpital, leur centre commercial, etc. Un tiers était composé d'Hybrides, et les quarante mille Bios restants étaient composés de chrétiens ou de traditionalistes attachés aux valeurs de la nature et de la terre. Souvent un peu les deux à la fois, ils ne mangeaient généralement que des aliments purement biologiques, c'est-à-dire simplement sans aucune modification génétique, les engrais chimiques et les pesticides ayant été bannis du marché depuis longtemps.

— Nous pouvons les passer à 36 % ou 35 % si vous préférez. C'est bon comme ça ?

— Oui, ça ira merci.

Sur ce point, depuis cette fameuse loi Acylia qui datait des débuts de l'eugénisme, les mentalités avaient nettement évolué. A présent, les poitrines trop proéminentes rappelaient immanquablement les grand-mères du siècle précédent qui en avaient largement abusé, et faisaient un effet « vieille mode ». Parallèlement, le nombre de femmes qui enfantaient et allaitaient était devenu très faible. Cette transformation sociale avait un impact dans l'inconscient collectif : les attributs mammaires renvoyaient de plus en plus l'image archaïque des peuplades primitives.

— Regarde, chérie ! C'est à ça qu'elle va ressembler ! Qu'est-ce qu'elle sera belle !

— Je n'en reviens pas !

— Pour ce qui est des autres options, reprit le vendeur, vous avez donc choisi : acuité visuelle renforcée (nocturne et détails lointains), ouïe fine, cicatrisation éclair, mémoire d'éléphant, minceur sylphide, fluidité des mouvements…

Le vendeur sortit toute une litanie de noms à la sonorité séduisante, correspondant aux différentes améliorations proposées. Thori Niskae-Emric et Freya Abartha-Ogma étaient des parents particulièrement exigeants ; ils n'avaient pas lésiné sur les moyens et seule une petite moitié de ces options était couverte par leur mutuelle ; mais après tout, ils souhaitaient donner à leur fille ce qu'il y avait de mieux sur le marché. A la fin, les parents posèrent chacun leur doigt sur la table et passèrent la commande. Ils étaient satisfaits. Leur petite allait être magnifique et ils pourraient en être fiers.

Le vendeur leur donna leur numéro de box et les conduisit dans une petite salle garnie de fauteuils confortables, d'une table et d'une sorte d´aquarium sophistiqué dans lequel se formerait leur bébé. Seuls le personnel, les agences gouvernementales et eux-mêmes étaient habilités à y pénétrer. En tant que parents, ils étaient d´ailleurs astreints à trois visites par mois minimum. Ils avaient aussi le droit de se rétracter, mais seulement jusqu'au quatrième mois, et dans ce cas la sécurité sociale ne remboursait pas et les parents étaient dans l'obligation de payer 40 % du prix réel de l'enfant, autant dire une fortune. Les visites obligatoires avaient elles aussi été imposées par la loi, de concert avec les agences génétiques cette fois, car dans le passé, trop nombreux avaient été les parents à commander un bébé, puis à regretter ensuite, et n'en voulant plus une fois le terme arrivé. L'agence était bien embarrassée, et envoyait le bébé remplir les orphelinats de la ville. Il arrivait aussi que des parents jugent le résultat non conforme à leur attente, et il s'ensuivait un procès entre l'agence et les parents durant lequel, une fois de plus, le bébé était confié à un orphelinat. Ces dérives étaient notamment dues au fait que le bébé n'était plus porté par les mères. Les femmes avaient vécu cela comme une révolution et se sentaient désormais à armes égales avec la gent masculine. Plus de nausées, plus de douleurs, plus d'épisiotomie, plus de kilos en trop, et plus nécessairement d'interruption de carrière… Pour beaucoup, c'était la vraie libération de la femme, et elles plaignaient leurs aïeules qui avaient accouché dans la douleur, avec tous les risques que l'on connaissait. Seulement, l'enfant étant conçu par contrat et hors du ventre maternel, certaines se sentaient moins redevables lorsqu'elles n'en voulaient plus. Les gouvernements avaient donc instauré ces visites minimums, pour que les parents puissent s'attacher à l'enfant avant sa naissance, ou puissent plus rapidement se rétracter si besoin.

Cependant, cette révolution sur la grossesse n'était qu'une des conséquences sociales mineures des progrès scientifiques de la procréation génétiquement assistée, car la plus importante chamboulait la base même du modèle de construction de la société humaine. Grâce aux immenses progrès de la génétique, il était désormais possible de concevoir un enfant à partir de n'importe quelle cellule humaine, les généticiens possédant le savoir-faire nécessaire pour transformer tout cela en un embryon viable. Autrement dit, il pouvait naître un enfant de deux femmes, mais aussi de deux hommes, mais encore de deux femmes et un homme, ou de trois hommes, ou d'un seul individu, qu'il soit homme, femme, génétiquement transgenre ou encore stérile. La Confédération, assez traditionnelle et conservatrice, n'avait autorisé la procréation génétiquement assistée que pour les embryons provenant de deux individus, ni plus, ni moins, qu'ils soient ou non de sexe différent, se positionnant ainsi à l'opposé de Deridis, cité hors de la Confédération, où le modèle filial était complètement libre.

Cependant, si au sein de la Confédération le modèle filial était plutôt strict, le modèle conjugal était lui relativement ouvert. Ainsi, à Olympia comme dans toute ville de la Confédération, le mariage n'existait plus en tant que tel et avait été remplacé par les fiches familles qui régissaient tous les aspects légaux et administratifs en cas de décès, d'accident, etc. mais aussi les droits et les devoirs. Il y en avait plusieurs modèles, comme il avait existé dans le passé plusieurs types de contrats de mariage. En pratique, si parmi son entourage, il y avait une personne à qui l'on tenait particulièrement, il suffisait de se rendre dans sa propre fiche IGC, de créer une fiche famille (s'il n'en existait pas avant) et d'y inviter la personne en question en tant que nouveau membre. Chacun disposait de sa propre fiche famille, et elle n'était pas nécessairement symétrique à celle de ses membres. Tout était libre, sauf en cas de filiation, où une fiche famille contenant le lien IGC de l'enfant se créait automatiquement. La transmission du nom se faisait au choix selon le système moderne ou traditionnel. Le premier consistait à assembler en guise de nom les prénoms des deux parents génétiques, dans l'ordre de leur convenance. Le second, basé sur l'ancien système patronymique, revenait à léguer à l'enfant le nom de famille d'un des deux parents. Il avait été conservé et toléré, car il était encore pratiqué par près de la moitié de la population ; mais il était condamné à disparaître un jour puisqu'on pouvait migrer de l'ancien modèle au nouveau, mais jamais l'inverse.

— Voilà, c'est ici dans cette cuve que grandira votre bébé. L'implantation de l'embryon est prévue pour dans deux semaines, afin qu'elle naisse bien un 1er juin, comme demandé. En dehors de vos visites, nous diffuserons durant une partie de la journée des sons de la vie quotidienne ainsi que vos musiques favorites – vous pourrez d'ailleurs contrôler la liste directement à travers Mindnet – et à toute heure du jour ou de la nuit vous pourrez lui parler directement via votre ringphone, pour qu'elle s'habitue à votre voix. A présent, comme le veut la loi, je vais vous rappeler les devoirs des parents concernant les visites.

Ils inspectaient et caressaient la cuve pendant que le vendeur débitait le règlement. Ça avait beau être le deuxième, ça leur faisait quelque chose. Avant de partir, le vendeur leur posa une dernière question :

— Au fait, vous savez déjà comment vous allez l'appeler ?

— Calliope, comme la muse de l'Olympe.

— Excellent choix !

Juliette

A peine Juliette avait-elle rouvert les yeux qu'elle reconnut ce qui semblait être une chambre d'hôpital. Les murs étaient blancs, il y avait des tuyaux de toutes sortes qui pendaient, un bouton d'alarme, une table de chevet à côté de son lit et dessus un bouquet de fleurs dans un vase. Une croix chrétienne ornait le mur face à son lit. Une dame d'une trentaine d'années vint vers elle :

— Vous êtes réveillée ? Bonjour, je suis Elisabeth, votre infirmière. On vous a trouvée évanouie sur le trottoir. On vous a fait un scanner et apparemment vous avez eu une légère commotion cérébrale.

— C'est moi qui vous ai trouvée, fit une jeune fille de l'autre côté du lit que Juliette n'avait pas encore vue. J'étais à deux mètres derrière vous quand c'est arrivé. Vous restiez là immobile quand soudain vous vous êtes écroulée sur le sol.

La jeune fille était blonde, et ses cheveux étaient noués en une queue de cheval. Juliette, en la voyant si jeune, pensa qu'elle aurait pu faire partie de sa classe. Puis elle ferma les yeux un moment, plutôt rassurée par ce qu'elle avait vu. Elle les rouvrit en balbutiant :

— J'ai fait un rêve terrible. J'étais morte et un ange m'avait conduite en enfer. Il me disait que c'était là que je devais être. Je le suppliais, mais il ne m'écoutait pas…

L'infirmière éclata de rire :

— Mais non, ne vous en faites pas ! Vous êtes bien vivante et notre Seigneur ne vous a pas encore rappelée à ses côtés. Tous vos examens sont normaux. Le docteur va passer pour vous poser quelques questions, et si tout est OK, vous pourrez sortir ce soir même. Il faudra juste passer à l'accueil avant pour remplir le formulaire de demande de soins, car nous n'avons pas réussi à vous identifier.

Juliette se sentait soulagée. Elle ne savait pas ce qui lui était arrivé, mais il lui semblait enfin émerger d'un vilain cauchemar. Elle esquissa un sourire et se tourna vers la fille.

— Je m'appelle Lucie, dit-elle visiblement satisfaite de son sourire, Lucie Robert-Hélène, et je suis étudiante en première année d'histoire de l'art. C'est marrant, je ne t'ai jamais croisée dans le quartier.

— Enchantée, moi c'est Juliette, Juliette Lenoster. Oui, c'est vrai, on ne s'est jamais croisées. Mais je suis encore au lycée, en dernière année.

— Je me disais bien, tu as l'air jeune. Mais ça me fait plaisir de t'avoir rencontrée. Dans mes amies proches, j'ai peu de filles comme nous et je dois reconnaître que parfois ça me frustre un peu.

— Comment ça *comme nous* ? demanda Juliette mi-perplexe, mi-amusée.

Elle ne savait pas ce que Lucie allait lui sortir, et elle était curieuse, mais le docteur fit son apparition et coupa la conversation. C'était une femme d'une quarantaine d'années, elle avait des cheveux de longueurs inégales – un peu en créneaux de château fort – qui lui touchaient les épaules, et ils étaient de couleur argentée, avec une forte teinte métallique.

— Bonjour, je suis le docteur Maria Giaccalone, et c'est moi qui vous ai prise en charge quand on vous a amenée. Vous vous êtes fait une blessure à la tête, mais apparemment c'est sans gravité, car les examens n'ont rien démontré. Comment vous sentez-vous ?

— Bien, répondit Juliette. Je crois que ça va…

— Comme avec le cerveau on ne sait jamais, reprit le docteur, je vais vous faire passer quelques petits tests, histoire de vérifier que vous avez encore tous vos neurones en place.

Elle avait fini sa phrase avec un sourire, et Juliette la trouvait plutôt sympa avec sa coiffure originale. Mais tandis qu'elle le lui rendait, son monde s'écroula subitement sous ses yeux. Tous les murs de la pièce étaient en train de changer d'aspect. Elles se retrouvèrent au milieu d'une prairie verdoyante sous un ciel bleu. Un écran transparent, intactile, se créa à un mètre devant Juliette et trois formes géométriques, de couleur et d'aspect différents, apparurent.

— Dites, on n'a pas trouvé votre puce lors du scanner. Je ne sais pas pour quelle raison vous n'en portez pas, mais ça ne doit franchement pas vous faciliter la vie ! Du coup, je ne peux pas vous faire déplacer les figures, mais commencez quand même par me dire leur couleur et leur forme.

Juliette était tétanisée ! Elle avait l'impression que le cauchemar reprenait de plus belle. Les deux femmes, qui n'avaient pas l'air surprises le moins du monde, regardaient l'écran et semblaient attendre une réponse de sa part. Cela dura à peine deux secondes ; la réponse ne venant pas, elles posèrent à nouveau leurs yeux sur la patiente et remarquèrent son regard paniqué. Le docteur fronça les sourcils :

— Vous ne vous sentez pas bien ?

— Juliette ? enchérit Lucie.

Juliette était à nouveau perdue, elle se redressa furieusement dans son lit et s'écria :

— Qu'est-ce qu'il se passe ? Mais qui êtes-vous ?

Elle sortit de son lit, les mains toujours agrippées aux draps pour se couvrir. Elles firent un pas en avant, et le docteur reprit la parole avec douceur :

— Juliette, calmez-vous. Vous êtes dans un hôpital suite à une commotion cérébrale, et nous ne vous voulons aucun mal.

— N'approchez pas ! lança Juliette menaçante.

Elle voulut saisir le vase, pour s'en faire une arme de défense, mais ses mains passèrent au travers.

— Qu'est-ce qu'il m'arrive ? Je n'arrive plus à toucher les objets ! Je suis un fantôme ? Je suis morte ?

Elle éclata en sanglots, et Lucie vint doucement la prendre dans ses bras. Juliette entendit le docteur raisonner d'une voix perplexe :

— Apparemment, vous n'êtes pas encore remise du choc. Dormez ici cette nuit, reposez-vous tranquillement, et on verra ça demain matin.

— Elle a raison, chuchota doucement Lucie. Dors, ça te fera du bien.

Et devant ses larmes, elle rajouta :

— Promis, je viendrai te voir demain.

Juliette se recoucha dans le lit encore toute bouleversée, et les murs devinrent noirs. C'est à ce moment-là qu'elle se rendit compte qu'il n'y avait jamais eu de lumière, au sens de lampe, de lustre, dans cette pièce. Puis elle s'endormit, épuisée.

Le lendemain, Lucie revint à l'hôpital Sainte-Anne, qui était justement celui de son quartier du même nom. Sans savoir l'expliquer, elle ressentait une certaine sympathie pour Juliette. D'ordinaire, elle fuyait les Bios, mais cette fois-ci elle avait envie de faire une exception : elle trouvait cette fille bien différente des autres et sa venue tombait à pic. Quand elle arriva à l'hôpital, Juliette était en train de répondre au test du docteur Giaccalone. Elle avait un air parfaitement hagard, mais elle répondait juste.

— Vous pensez que ça ira ? demanda-t-elle au docteur.

— Oui, mais il lui faut un peu de repos, car elle a l'air d'avoir sacrément été secouée. Mais comme les examens n'ont rien donné, je ne sais pas du tout à quoi est dû ce choc psychologique.

Se tournant vers Juliette, elle poursuivit :

— Juliette, vous vous souvenez pourquoi vous vous êtes évanouie ? Et d'où vient ce choc à la tête ?

Juliette ne répondit pas. Elle ne savait pas elle-même ce qu'il se passait vraiment et ce qu'elle pourrait dire sans passer pour une folle.

Après plusieurs secondes, le docteur rompit le silence :

— Vous habitez loin d'ici ? Vous avez de la famille qui peut venir vous chercher ?

Après un temps d'hésitation, Juliette répondit en murmurant, plus pour elle-même que pour le docteur : *mon oncle…*

— Votre oncle ? Peut-on le contacter ou le retracer ?

Elle ne comprit pas bien la demande, et répondit avec inquiétude qu'elle ne savait pas où il était. Le docteur Giaccalone reposa sa question :

— Oui, mais peut-on le contacter ou le retracer ?

— Je ne sais pas… répondit Juliette, le regard dans le vide.

— Tu sais Juliette, interrompit Lucie, si tu veux tu peux habiter chez moi en attendant. J'habite avec ma mère, et nous avons une chambre d'amis. Il y a de la place pour toi.

Juliette leva les yeux vers Lucie. Elle aussi se sentait en confiance avec cette fille.

— Je veux bien, finit-elle par conclure.

A la sortie, l'administration de l'hôpital ne trouva aucun moyen d'identifier Juliette. Désireuses de ne pas trop se compliquer la vie, les secrétaires finirent par enregistrer Lucie à sa place.

Lucie était trop contente. Certes, Juliette avait l'air un peu perturbée, mais elle imputait cela au choc. Elle allait enfin avoir une amie avec elle à la maison vers qui elle pourrait désormais reporter toute son attention. Lorsqu'ils arrivèrent, Juliette se trouva devant une maison dont les murs semblaient faits de verre fumé, entourée d'un jardin composé d'un potager, de quelques fleurs et de quelques arbres. Le toit, pourtant rouge tuile, paraissait constitué de plaques de verre lui aussi. L'aspect global brillant donnait un air totalement neuf à cette maison, mais Lucie lui confirma qu'elle avait été construite il y avait près de vingt ans et que cela faisait plus de huit ans qu'elle y habitait.

La porte s'ouvrit automatiquement avant même qu'elles aient atteint le palier. Juliette suivit Lucie à l'intérieur. A peine furent-elles entrées que les murs et le plafond transparents se recouvrirent d'un paysage digne du pôle sud : ciel bleu azur et plaines glacées à perte de vue. Juliette ne put s'empêcher de pousser un cri de surprise.

— Oui, c'est un thème qui convient bien à mes états d'humeur de ces derniers temps… mais tu as raison, je vais mettre quelque chose de plus gai !

Elle fixa un point sur le mur, et soudain une liste déroulante apparut. Elle choisit *Eden*, et les murs se couvrirent de vergers en fleur, avec une chute d'eau paisible et des couples presque nus loin en arrière-plan qui se promenaient amoureusement. Puis elle se ravisa et sélectionna finalement *Bibliothèque* : tous les murs se couvrirent de rangées de livres. Le plafond était embelli d'une voûte, décorée à la façon de la chapelle Sixtine, et entre les rangées de livres, on pouvait apercevoir des tableaux que Lucie faisait défiler à toute vitesse. Elle s'arrêta sur *Impressionnisme*, et choisit *Portrait de Jeune fille* de Berthe Morisot, *Les Nymphéas* de Claude Monet, et *Le Déjeuner des Canotiers* d'Auguste Renoir. On voyait dans le fond des gens occupés à lire ou à mettre en ordre les étagères. Les tables de la maison, transparentes, prirent l'aspect boisé du vieux merisier. Les pots de fleurs virtuels qui traînaient çà et là dans la pièce se changèrent en lampes anciennes vertes typiques des vieilles bibliothèques.

Juliette ne comprenait pas ce prodige. Elle reprit son air inquiet de l'hôpital et Lucie s'en aperçut immédiatement.

— C'est étrange on dirait que c'est la première fois que tu vois ça… Ne me dis pas que tu as vécu jusqu'à présent séquestrée dans une maison au milieu d'une forêt.

— Euh… si, répondit Juliette sans conviction.

Lucie venait de lui offrir une explication rationnellement acceptable de son ignorance.

— C'est pas vrai ! coupa Lucie. Je me disais bien que quelque chose clochait ! C'est ton oncle qui est derrière tout ça ?

— En partie… répondit Juliette pour elle-même. Mais, il ne m'a pas séquestrée… euh…

— Je comprends mieux ! l'interrompit de nouveau Lucie. Je comprends pourquoi ils n'ont pas réussi à t'identifier à l'hôpital ! Je parie que ta naissance n'a pas été déclarée ! Tu ne viendrais pas de la secte des Messagers de Jésus par hasard ?

Juliette ne connaissait pas cette secte, mais en entendant ce mot elle répondit machinalement non. Puis elle s'empressa de prétexter que ses parents étaient des fanatiques qui n'avaient pas voulu la déclarer, mais qu'elle était majeure depuis hier et s'était enfuie.

— Viens ! on va le faire, décida Lucie. Ton histoire est complètement dingue, mais si tu n'as pas d'IGC, tu ne pourras pas faire grand'chose ici, et puis c'est indispensable pour te faire poser une puce, et même t'acheter un ringphone.

Lucie et Juliette passèrent la fin de la matinée à l'annexe de la mairie. Juliette pensait que ça prendrait du temps ou qu'on lui causerait des problèmes, mais ce fut relativement rapide. Ils lui prirent ses empreintes digitales, ses empreintes rétiniennes, un fragment d'ADN, et tout un tas d'autres indicateurs liés à sa respiration, sa voix, ses battements de cœur, etc. L'employée de la mairie était une jeune femme aux yeux et aux cheveux violets, avec des mèches argentées, une robe antique dont la couleur changeait toutes les cinq minutes, et de grandes ailes blanches repliées dans le dos. Elle confirma que Juliette n'était enregistrée sur aucun état civil de la Confédération, et fit apparaître un formulaire directement sur le bureau. Certaines catégories étaient déjà pré-remplies :

Nom : .... Prénom : ....
Sexe génétique: M☐ F☒ A☐
Née le : *25 mai 2686* à : *Megiddo*
Nature : *Biologique*
Statut : *Réfugiée*
Fiche IGC parent 1 : *non identifié [lien à insérer]*
Fiche IGC parent 2 : *non identifié [lien à insérer]*

Fiche famille : *non* *[créer une nouvelle fiche famille]*

Adresse : ....

— Finissez de le remplir et corrigez les informations inexactes.

Juliette sentit ses jambes se dérober sous elle en voyant la date, mais Lucie, qui en avait déduit son âge, la remit vite sur pied.

— Ben, je croyais que tu étais majeure ?

— Bien sûr, confirma Juliette avec empressement.

— Vous pouvez corriger la date de naissance à trois mois près, signala la fonctionnaire ; au-delà il faut faire une demande d'analyse complémentaire.

— Tu es née quand exactement ? lui demanda Lucie.

— Le cinq février soixan… Je veux dire, j'ai eu dix-huit ans le 5 février dernier.

— Ça ne date pas d'hier alors ! remarqua Lucie ; on est le 14 avril ! Tiens, corrige-la !

Juliette n'était pas très à l'aise pour taper sur le clavier virtuel apparu en dessous, Lucie l'aida en le complétant mentalement. Elle jeta un coup d'œil à Juliette et la vit toute pâle.

— Ça ne va pas ? demanda Lucie.

— Si, si, ça va, répondit Juliette d'une voix tremblante. On est en 2704 c'est ça ?

— Ah mince ! s'étonna Lucie. Tes parents te tenaient vraiment coupée du monde ! Ne t'inquiète pas, on va rattraper le temps perdu ! Bon, je vais la remplir pour toi ; tu t'appelles Layn-Hoster c'est ça ?

— Euh… non, ça s'écrit L-E-N-O-S-T-E-R.

— Oh pardon ! C'est le nom de ton père ? demanda Lucie avec une légère moue.

— Oui…

Lucie préféra ne pas insister ; elle corrigea, puis rajouta le prénom et modifia de son propre chef la ville de naissance et mit Olympia. Elle inséra aussi sa propre adresse puis se tourna vers l'employée de la mairie.

— Il y a d'autres choses à remplir ou c'est fini ?

— C'est fini, votre IGC est enregistré. Si vous voulez mettre la puce, c'est le bureau juste à droite. Dépêchez-vous ! il va fermer.

— Attendez ! objecta Juliette, vous n'avez pas une carte ou un certificat à me remettre ?

— Non, ce n'est pas la peine. Votre IGC est définitivement enregistré au sein de la Confédération. Je peux vous faire imprimer un justificatif si vous voulez, mais…

— Non, ça ira ! coupa Lucie.

Elle entraîna Juliette au bureau un peu plus loin. L'employé était un homme d'une quarantaine d'années, avec des cheveux bleu foncé, des yeux de la même couleur, mais légèrement plus clairs, deux ailes d'ange, et une espèce de toge antique lui aussi. Il parut contrarié de voir sa pause déjeuner repoussée d'une minute.

— C'est pour vous ? demanda-t-il en dévisageant Juliette. C'est votre première fois ou il faut retirer l'ancienne ?

— La première fois, répondit Juliette d'un air hébété.

L'employé parut satisfait, ce serait moins long. Juliette ne savait pas encore très bien ce que tout ça signifiait vraiment, ce que mettre une puce impliquait concrètement, si ça faisait mal, si c'était dangereux, et si ça allait changer quelque chose dans sa vie. Elle s'assit sur la chaise, et un appareil, relié à la table par un tube pivotant, vint de lui-même se refermer autour de son cou.

— Mettez vos mains bien à plat sur le bureau et ne bougez plus ! lui ordonna l'employé.

Juliette retint son souffle. Elle sentit comme un chaud et froid dans sa nuque, puis la minuscule piqûre d'une aiguille, tandis que l'employé regardait attentivement son écran. Au bout de trente secondes, elle ressentit la même sensation, puis la machine émit un bip aigu, desserra son étreinte et se retira.

— Fixez attentivement le point devant vous… C'est bon, c'est fini ! Au revoir, mesdemoiselles !

Une fois dehors, Juliette se sentit tout drôle et se passa plusieurs fois la main sur la nuque. Pour la première fois, elle leva la tête et se mit à regarder attentivement autour d'elle. On était en 2704, le jeudi 14 avril, et elle était désormais citoyenne de ce monde. Elle ne comprenait pas comment sa vie avait pu si radicalement changer en quelques heures. Elle repensa à la soucoupe et à son oncle, mais Lucie l'interrompit aussitôt dans ses méditations.

— Je meurs de faim… Viens, on va manger un morceau ! Je t'invite vu que tu n'as pas encore un sou sur toi ! On va fêter l'évènement !

Lucie emmena Juliette dans un restaurant situé un peu plus loin. Lorsqu'elles entrèrent, une femme d'une quarantaine d'années les accueillit. Outre ses ailes d'ange, elle portait une robe antique qui l'aurait sans doute fait ressembler à la grande prêtresse de Delphes. Il était encore tôt et la salle n'était remplie qu'au tiers. Lucie, qui alla directement s'asseoir à une table dans un coin, se comportait comme une habituée, contrastant avec la mine désemparée de Juliette. Cette dernière, une fois assise, se mit à inspecter la salle avec étonnement. Le restaurant s'appelait *Les Jardins de l'Olympe* et elle comprenait maintenant pourquoi. Autant de l'extérieur il semblait de dimension quelconque, autant de l'intérieur la salle paraissait gigantesque, voire complètement démesurée. Contrairement à ce qu'elle avait pu voir chez Lucie, les murs dégageaient une vraie profondeur, comme dans la réalité, et les tables semblaient alors se trouver au milieu de collines parsemées de jardins et de temples grecs imposants. Il y avait des statues énormes de tous les dieux, et une foule à l'abord des temples qui allait et venait. Les nuages bougeaient, des oiseaux volaient dans le ciel, et une brise agitait légèrement les arbres, les fleurs et les herbes. Un des murs donnait directement sur un temple virtuel, et l'on pouvait apercevoir et entendre une prêtresse antique s'adonner à des incantations et des danses mystiques.

Juliette dirigea ensuite son regard sur sa table, et vit un menu apparaître. A sa surprise, chaque nom de plat qu'elle regardait semblait se détacher légèrement. Elle comprit tout de suite le lien avec la puce qu'on venait de lui implanter et ferma les yeux. Elle n'en revenait pas que cela fut possible. Elle les rouvrit et posa son regard sur le bouquet de fleurs entre elle et Lucie. Elle y passa sa main ; il était virtuel lui aussi. Elle eut quand même un doute et approcha son nez. Un frisson la parcourut : il sentait quelque chose. Il émanait un doux parfum de jasmin. Lucie, qui l'avait observée pendant tout ce temps, lui expliqua que c'était un parfum de synthèse placé dans un diffuseur très discret qu'elle montra du doigt. Ensuite, toutes deux validèrent des yeux leur commande et le plat leur fut apporté un peu plus tard par une espèce de plateau-robot sur roulette.

Juliette regarda attentivement les couverts. Ils n'étaient pas composés d'un couteau et d'une fourchette, mais d'une cuillère et d'une espèce de longue pince à épiler, terminée par une petite fourchette à l'une des deux extrémités. Elle fut également surprise par l'apparence des plats. Elle comprenait maintenant véritablement pourquoi le restaurant se faisait appeler *Les Jardins*… Chaque plat était présenté comme un mini-jardin. On pouvait y reconnaître une pelouse, une rose, un arbre, une rivière, un pont… Tout était très coloré et formait un ensemble très harmonieux. Elle saisit l'espèce de pince et commença à manger. C'était très pratique en fait pour saisir les pétales de la rose. Par contre, elle eut du mal à identifier le goût des aliments qu'elle avalait. Elle ne retrouvait pas la saveur des aliments de son époque.

— Oui ! je sais, ce n'est pas bio ! reconnut Lucie. J'avais envie de t'emmener là parce que j'aime bien l'ambiance et le style, mais ne le dis pas à maman ce soir quand on rentrera. Si elle te demande, dis qu'on était à *La Taverne*.

— Mais c'est quoi exactement ? demanda Juliette en montrant du doigt son plat.

— De la cuisine ornementale ! A la base, ce sont des viandes et des légumes créés génétiquement pour avoir telle saveur ou telle consistance. Ensuite, ces aliments sont remodelés avec d'autres de manière à créer des formes et des consistances originales. Bon, ta rivière c'est simple, c'est une soupe au pimto ; ta rose, c'est un mélange de thonlène et de tofu ; ton arbre, je pense que c'est en partie une mousse de brocoulim et de taro ; pour le pont, il y a des algues, du saumon et un ou deux autres trucs pour la rigidité ; quant à la pelouse, c'est facile, c'est des jeunes pousses de rustica plantées dans une pâte de céréales.

Juliette était stupéfaite. Elle n'avait rien compris à ce que lui avait sorti Lucie, et c'était la première fois de sa vie qu'elle mangeait ce genre de choses. Ce n'était pas vraiment mauvais, mais bizarre. Tout à coup, au milieu du repas, Lucie se mit à discuter toute seule avec une certaine Calliope. Juliette pouvait voir son amie parler, poser des questions, mais n'entendait jamais les réponses. Elle se retourna pour voir si elle ne s'adressait pas à quelqu'un derrière elle, mais elle ne vit qu'un panneau publicitaire virtuel vantant les dernières créations de poissons et de légumes à la mode : le Thonlène®, le Pimto®, le Softis® et la Rustica®. A la fin, Lucie conclut par un *A tout à l'heure !* et Juliette l'interrogea du regard.

— C'était Calliope, une copine… Je l'adore ! On ne se connaît que depuis la fac, mais je la trouve super !

Devant l'air hébété de Juliette, elle ajouta en levant les yeux :

— C'est pas vrai ! Tu as grandi dans le désert, ce n'est pas possible autrement ! Passer chez *Freemind*, c'est la première chose qu'on fera en sortant, finit-elle en montrant sa bague.

Après le déjeuner, Lucie emmena sa nouvelle amie se faire poser – ou plutôt incruster – de manière très discrète deux microécouteurs, d'un millimètre carré chacun, dans la partie osseuse derrière chaque oreille, à la racine. Pendant ce temps où elle ne devait pas bouger, Juliette avait à choisir un bijou, parmi tout un vaste catalogue défilant sur un écran virtuel. Elle ne comprenait rien aux caractéristiques techniques et aux prix indiqués à côté de chacun d'entre eux. Il y avait surtout des bagues, mais aussi des bracelets, des pendentifs, des boucles d'oreille et aussi d'autres bijoux destinés au piercing, au plating ou au strapping que Juliette trouvait bizarres. Elle se tourna, indécise, vers sa nouvelle amie.

— Ce n'est pas grave, la rassura Lucie. Choisis simplement celui qui te plaît.

Une fois l'opération finie, on aida Juliette à se mettre des lentilles de contact sur les yeux, puis on lui apporta la bague sélectionnée : c'était un anneau de couleur or, recouvert en son centre d'un autre anneau aux reflets métallisés bleu turquoise, et qui semblait dégager une faible lueur. La vendeuse lui expliqua brièvement comment elle fonctionnait. Juliette comprit alors que c'était cette bague, appelée ringphone, qui était vraiment le téléphone, faisant office de transmetteur-émetteur entre les abonnés et ses microécouteurs implantés. Tout se gérait purement mentalement, mais pour plus de facilité, les différents menus de services s'affichaient directement devant elle, via ses lentilles de contact. Si elle avait des lunettes spéciales, une table ou un écran à disposition, elle pouvait aussi y faire afficher des contenus tels que des films, des cartes, la météo, etc. Elle fit d'ailleurs un essai en magasin et vit plusieurs dossiers flotter devant elle, dont un carnet d'adresses. Elle trouva également une vidéo de bienvenue qui s'afficha directement sur le mur. Cette bague contenait aussi déjà des chansons, et cela lui fit un effet bluffant d'entendre de la musique venue de nulle part.

— Tu entends, Lucie ? C'est extraordinaire !

— Oui, c'est extraordinaire, mais je n'entends pas, lâcha Lucie comme si elle s'adressait à un enfant. Il n'y a que toi qui peux l'entendre, Juliette ! On n'a pas synchronisé nos rings et tu n'es pas sur haut-parleur !

Une fois sortie, Juliette la remercia pour ce cadeau et accompagna Lucie à un de ses cours. A peine avait-elle mit un pied dehors qu'elle ne reconnut plus la rue. Alors qu'un temps avant elle lui avait semblé plutôt calme et sobre, devant chaque enseigne défilaient à présent des myriades d'informations publicitaires, indiquant les promotions, les nouveautés et les services divers. Juliette poussa un cri de surprise, qui se changea vite en cri de protestation devant la surabondance d'effets visuels. Lucie vint encore une fois à son secours.

— Tu peux bloquer certaines annonces, ou même toutes si tu le veux, et ne garder que celles de ton ringphone.

Juliette n'eut qu'à penser au mot « bloquer » pour qu'une palette de choix s'affiche instantanément. Elle choisit la seconde option conseillée par son amie, et souffla quand tout ce désordre visuel disparut.

Comme elle le lui avait dit lors de leur rencontre, Lucie était en première année d'histoire de l'art, et le jeudi après-midi elle suivait un cours sur les arts audiovisuels. Il était quinze heures moins dix. Elles arrivèrent un peu en avance, et Juliette put contempler à loisir l'amphithéâtre. Elle se serait crue véritablement sur une autre planète.

Il était composé essentiellement d'Anges, tous plus beaux les uns que les autres, et cette étonnante beauté commune la frappait. Ils avaient tous des traits parfaits, avec un nez, des lèvres ou des oreilles bien dessinés. La couleur de leurs cheveux était à chaque fois surprenante, presque irréelle, et s'accordait avec leurs yeux. Il n'y avait personne de trop grand, de trop gros ou de trop petit. Beaucoup portaient des lunettes ou des serre-têtes comme ceux qu'elle avait vus en magasin.

Cependant, c'était l'apparence même que ces étudiants se donnaient qui la fascinait. Près de la moitié d'entre eux étaient maquillés d'une étrange manière, très différente du maquillage du 20e siècle uniquement réservé aux femmes. Plus qu'un maquillage, c'était à chaque fois une œuvre d'art qui couvrait une partie du visage, mais aussi les mains et le torse, le tout mis en valeur par des bijoux de toutes sortes, dont l'originalité dépassait de loin celle des siècles passés. Certains portaient même des créations florales très élaborées, dont ils ornaient leurs cheveux ou leur cou, dégageant une impression poétique et sensuelle très forte. Toutes ces parures artistiques rendaient néanmoins difficile la distinction entre hommes et femmes, et l'assemblée revêtait un caractère assez unisexe. Cela concernait également l'habillement : globalement inspiré des toges de l'antiquité, il s'adressait plus ou moins pareillement aux deux genres.

Tant de beauté lui rappela sa rencontre avec Gabriel. C'est seulement à cet instant qu'elle comprit qu'il était un de ceux-là. Mais pourquoi ces gens avaient-ils des ailes, et par quel prodige ? Et pourquoi étaient-ils si beaux ? Elle n'avait pas posé la question à Lucie par peur de passer à nouveau pour une demeurée, mais se promit de le faire bientôt.

Le cours commença. Juliette avait du mal à suivre, car toutes les œuvres auxquelles le professeur faisait référence lui étaient inconnues. De toute évidence, l'introduction sur la production audiovisuelle du 20e siècle avait dû être passée depuis longtemps. On était déjà en avril, et le professeur expliquait les nouvelles techniques utilisées qui avaient contribué au renouveau des films produits après 2520. Ceux-ci ne pouvaient désormais plus s'afficher sur un écran commun, mais sur des lunettes ou un écran personnel. Composés de nombreux raccords virtuels, ils étaient tournés sous un angle à 360° qui permettait au spectateur de le visualiser à partir du point de vue de son choix. Il pouvait également, juste par la pensée, changer de point de vue à loisir durant toute la durée du film, si bien que deux personnes ayant vu le même film pouvaient avoir compris deux choses complètement différentes. Les salles de cinéma étaient redevenues combles, chacun apportant ses lunettes où était projeté le film, impatient de savoir à la fin de la séance si ses voisins avaient réussi à comprendre la véritable intrigue. Par cette innovation technique, le spectateur était sorti de sa passivité séculaire et pouvait jouer un rôle actif dans la compréhension du film sans rien gâcher de l'œuvre. Il y avait tout un jargon technique auquel Juliette ne comprit que peu de choses, mais les extraits que le professeur montrait la fascinaient. Elle appréciait aussi la manière dont il enseignait. En fait, personne n'avait de feuille ou de stylo ; chacun avait déjà le cours affiché dans un écran virtuel sur la table. Les élèves ne recopiaient pas ce que disait le professeur, ils inséraient mentalement juste quelques notes personnelles ici et là dans leurs cours, essayant davantage de comprendre que de mémoriser. Il y avait globalement beaucoup de questions et d'interactions avec le professeur, car il ne cherchait pas à leur enseigner quelque chose : il les invitait à trouver par eux-mêmes les réponses aux problématiques qu'il posait.

Sans que Juliette ne s'en doutât, il fut malgré tout une époque où la mode avait été aux universités virtuelles. Le professeur faisait alors cours de chez lui, face à deux caméras, et les élèves, de chez eux, pouvaient suivre le cours sur leur écran en trois dimensions et poser des questions. Ce mode d'enseignement eut particulièrement la cote au 22e siècle, mais il avait souffert de deux gros points faibles. D'une part, les élèves et le professeur, non directement en contact, avaient tendance à moins s'impliquer lors de ces cours à distance ; d'autre part, cela entraînait une très faible socialisation des étudiants entre eux. Outre le fait qu'ils devenaient ensuite moins sociables dans leur vie professionnelle, ils y défendaient également moins bien l'image de leur université, car il n'y avait pas d'effet de « promotion ». La révolution cinétique vint précipiter cette baisse de popularité, et l'on revint progressivement aux bons vieux amphithéâtres à l'ancienne, avec toutefois les améliorations que Juliette constatait.

Durant la pause, celle-ci fit la connaissance de Calliope. C'était une Ange, elle avait des cheveux rose pâle, cerclés d'un serre-tête violet à l'allure sophistiquée, et des mèches noires. Contrairement aux autres, elle ne portait pas de tunique romaine ou de maquillage élaboré. Le sien était léger et s'accordait avec des vêtements de style gothique, assez séduisants sans paraître provocants non plus. Elle était d'une beauté fascinante. Quant à ses yeux, Juliette avait du mal à définir leur couleur exacte ; en tout cas, elle n'en avait jamais vus d'aussi beaux, pas même ceux d'Antoine. En pensant à lui, elle se rendit compte qu'il était bien loin, mort depuis longtemps, qu'elle ne le reverrait peut-être jamais… et que tout bien considéré elle s'en fichait ! Elle se concentra de nouveau sur Calliope et contempla une sorte de bijou fin et brillant qui lui collait à la peau ; il partait juste au-dessus de la poitrine pour arriver jusqu'à la joue. L'Ange le remarqua :

— Ça te plaît ?

— C'est quoi ?

— Tu n'en as jamais vu ? C'est un plating, un bijou qui se fixe sur la peau.

— C'est collé ?

— Pas vraiment. En fait, on le fixe avec une sorte d'acide qui attaque un peu la peau, puis en cicatrisant ça accroche l'objet, ça le plaque…

— C’est douloureux ?

— A fixer pas du tout, beaucoup moins que le piercing, ça gratte juste un peu ! Par contre, c’est quand tu veux l’enlever que tu morfles… Mais si tu as peur d’avoir mal, mieux vaut faire un grimage ou un strapping. Le strapping, ça se fait et défait comme tu veux, mais tu ne peux pas le mettre partout sinon ça accroche mal.

Juliette se fit expliquer par Calliope les différentes tendances qu’il existait. Le *piercing* consistait à faire un trou pour fixer le bijou, comme des boucles d’oreille classiques ; le *plating* consistait à plaquer le métal sur la peau, comme on plaque de l’or en orfèvrerie ; le *grimage* était une sorte de maquillage artistique, réalisé à l’aide de peintures spéciales, qui pouvait couvrir une bonne partie du corps et du visage ; et le *strapping* consistait en des bandelettes métalliques à la fois élastiques et collantes qu’on enroulait autour des membres. Cette conversation, en apparence superficielle, lui permit de se familiariser avec l’amie de Lucie et lui fit comprendre que ces Anges, dont la beauté était déjà acquise à tous, essayaient désormais de se différencier en devenant eux-mêmes des œuvres d’art.

Le soir venu, Juliette et Lucie reprirent le chemin de la maison. L’air était un peu plus frais et la lune ronde brillait dans le ciel. Juliette se sentait encore toute grisée par cette journée riche en surprises. Tandis qu’elles marchaient, les dalles du trottoir s’illuminèrent automatiquement sous leurs pieds.

— Ouah ! Comme dans *Billie Jean* ! s’exclama Juliette.

— Comme dans quoi ?

Juliette s’empressa de détourner la conversation.

— Je voulais dire, c’est incroyable ! Tu sais comment ça fonctionne ?

— Ben, c’est simple ! C’est la pression de ton pied qui alimente en courant les lumières en dessous et les allument. Par contre, en journée, l’électricité produite profite à la ville.

Juliette était de nouveau fascinée. Tout en marchant, elle s'amusait avec les dalles, fredonnant tout bas la chanson en question. Bientôt, la maison fut en vue :

— Tu verras, lui glissa Lucie, ma mère est quelqu'un de gentil…

Après quelques secondes d'hésitation, elle ajouta :

— Elle sera contente de te voir, car je ne ramène pas souvent de copines Bios à la maison ; mais ne sois pas surprise, elle est parfois un peu… extrême. Ce n'est pas que je regrette d'être Bio, mais parfois ça me frustre un peu… (elle soupira). Mais bon, c'est comme ça, on n'y peut rien changer ! En tout cas, je ne sais pas si je voudrai la même chose pour mes enfants. Tu y as déjà réfléchi, toi ?

Juliette, qui ignorait encore la nature des Anges, ne comprenait pas vraiment ce que voulait lui expliquer Lucie. Elle essaya d'y voir plus clair dans sa tête avant de répondre, mais Lucie, agacée par ce silence ou voyant la maison, coupa court à ses réflexions.

— Laisse tomber, ce n'est rien ! En tout cas, n'en parle pas à ma mère, ou j'aurai le droit à un sermon !

Quand elles entrèrent, la table était déjà mise et une délicieuse odeur de cuisine emplissait la maison. Les décors muraux avaient changé, et l'atmosphère ressemblait à celle d'une maison de campagne assez rustique, avec des têtes d'animaux empaillés accrochées aux murs, des cadres de fleurs séchées, des fagots de blés suspendus çà et là, de vieux outils agricoles, et un bon feu de cheminée, virtuel bien sûr, qui crépitait près de la table. Les lampes à l'ancienne avaient laissé place à de modestes bouquets de fleurs des champs, qui donnaient un charme et une harmonie à l'ensemble.

La mère de Lucie, Hélène Bertin, fut agréablement surprise en voyant Juliette, et devint vite conquise en remarquant la croix sur sa poitrine et en entendant l'explication de sa fille, qui avait conclu son discours par le devoir de charité chrétienne de lui venir en aide.

— Bien sûr, ma pauvre fille, vous pouvez rester chez nous autant qu'il vous plaira ! Si vous le permettez, j'irai dire un mot à vos parents, car leur attitude est bien éloignée de ce que le Christ…

— Je vous remercie Madame, mais ça ira. J'ai désormais coupé tout contact avec eux et je ne veux plus les revoir.

Juliette prit conscience de l'aplomb sans faille avec lequel elle avait prononcé ce mensonge et cela la fit rougir. Elle pensa à ses parents en s'excusant intérieurement, et sans vraiment réaliser combien ils lui manqueraient par la suite.

Ils s'assirent autour de la table et un robot vint leur apporter les plats. Juliette eut une expression de surprise et un mouvement de recul en le voyant. Lucie la rassura :

— N'aie pas peur, c'est Jiro, notre HR.

— HR ?

— *House Robot*, robot au foyer, par opposition à ceux qui travaillent dans la rue ou pour les entreprises.

Juliette tendit la main et le toucha du doigt. Sa coque externe, de couleur beige métallisé, était faite d'une matière granuleuse et inconnue.

— C'est incroyable !

— N'est-ce pas ? claironna la mère, visiblement fière de l'intérêt que suscitait son investissement. Je l'ai acheté il y a trois ans pour 4500 crédits et je ne regrette absolument pas !

— Il sait faire quoi ? demanda Juliette.

— Tout ! répondit-elle sur un air triomphant.

— C'est-à-dire ? fit Juliette sur un ton perplexe.

— Ben... tout ! A part la cuisine, que je préfère faire moi-même, il s'occupe de toutes les tâches ménagères, y compris les lits et le jardin…

— Il fait même gardiennage, ajouta Lucie d'un ton important, amusée par l'engouement de sa mère.

— Oui, reprit cette dernière qui redoublait de fierté. Il est relié à tous les capteurs de présence et toutes les caméras extérieures de la maison ; en cas d'intrusion, il prévient directement le commissariat du coin, et ils rappliquent en moins de deux minutes.

Juliette était impressionnée. Elle crut bon d'ajouter :

— Et il peut aussi stopper les voleurs, leur tirer dessus ?

— Ah ! non, ça c'est interdit ! rétorqua Hélène sur un ton d'évidence. C'est un HR, pas un soldat ! Il n'est pas fait pour le combat.

— T'imagines l'angoisse sinon, s'il pouvait tuer ? ironisa Lucie. Tu rentres chez toi, il y a un faux contact dans ses circuits, et il te tire dessus… ou sur un invité qui est entré sans prévenir… Ce serait con, non ?

Alors que Lucie continuait à se moquer gentiment de Juliette, le robot leur servit les plats. Le dîner était de bien meilleur goût que le déjeuner aux *Jardins de l'Olympe*. Juliette complimenta la cuisinière, et la mère de Lucie ne tarit pas d'explications et de recommandations sur des produits bios savoureux et sains pour la santé.

A la fin du repas, les deux filles s'accordèrent pour dormir dans la même chambre et l'on fit quelques aménagements avec les lits. Avant de s'endormir, Lucie expliqua à sa nouvelle compagne de chambre que la bague avait une autonomie très longue, car les mouvements de son corps et sa chaleur corporelle la rechargeait en grande partie, mais que si un jour elle trouvait que son ringphone était à plat, elle n'avait qu'à le poser quelques secondes sur la table de nuit afin qu'il se recharge complètement. A la demande de son amie, elle rajouta que c'était pareil pour les lentilles. Et que oui, elle pouvait les garder pour la nuit. Et que non, il n'y avait pas besoin de les tremper dans un liquide ou de les nettoyer. Et elle se retint de justesse de lui demander d'où lui venaient toutes ces questions complètement loufoques.

Une fois la lumière éteinte, Juliette se retrouva enfin au calme et, pour la première fois depuis son réveil, elle put penser à elle-même et à ce qui lui arrivait. Elle était fatiguée ; cette journée lui paraissait avoir été aussi longue qu'une semaine. Elle pensa à son oncle : où était-il en ce moment ? Il avait dû rester dans la soucoupe quand elle était tombée… La soucoupe… En fait, ce n'était pas réellement une soucoupe, car on n'était pas sur une autre planète, c'était une machine à voyager dans le temps. Elle tressaillit d'un coup dans son lit : voilà d'où venaient les objets qu'il lui offrait ! Elle sortit à tâtons son petit walkman de la poche de son jean posé à côté et le serra religieusement dans ses mains. Elle comprenait tout à présent, et se sentit bête de ne pas l'avoir deviné plus tôt. Mais pourquoi ne lui avait-il rien dit ? Papa et maman étaient-ils au courant ? Il fallait qu'elle le retrouve pour qu'ils retournent ensemble en 1985... Enfin... après tout, elle se sentait plutôt bien en 2704, surtout avec ce qui l'attendrait au lycée à son retour. Il y avait tout un monde hallucinant à découvrir. Lucie était super sympa, tellement sympa que ça la gênait même, et Calliope aussi était sympa... et Hélène était très gentille et finalement moins rigide que ce que Lucie lui avait laissé entendre. Rien ne pressait... Elle finit par fermer les yeux en toute quiétude ; quiétude qu'elle n'aurait sûrement pas eue si elle avait su ce qu'il était arrivé à son oncle et à la machine.

Bilael

Il ne s'était écoulé que deux jours quand le premier week-end arriva. Lucie avait contraint Juliette à se coucher tôt la veille, et elles se levèrent vers trois heures du matin. Lucie emmena Juliette dans le garage. Un genre de camionnette les attendait là. Elle était posée sur de petites roues qui dépassaient à peine du véhicule, et bien que la partie arrière, côté marchandises, ressemblât à ce que Juliette connaissait, la partie avant, en revanche, était uniquement composée d'une vaste coupole transparente. Elle s'ouvrit à l'approche de Lucie et, quand elles furent installées, leurs ceintures se bouclèrent automatiquement. Sans utiliser de clé, le véhicule sortit de lui-même du garage, et Lucie se contenta juste de dire à haute voix : *Xiangyang Nan Lu, Shanghai.* Une carte du monde s'afficha sur le pare-brise et Juliette put voir un trait rouge relier la ville de Shanghai et leur point de départ. Durée du voyage : vingt-trois minutes.

— Ça alors ! lança Juliette sidérée, on va aller à Shanghai en vingt-trois minutes ? Ce n'est pas possible !

— Juliette ! soupira Lucie, j'ai l'impression que parfois tu te moques de moi. Ne me dis pas que tu n'es jamais montée en voiture !

« Si, pensa Juliette, mais pas la même vraisemblablement ». Hésitant entre une vérité inavouable et un mensonge honteux, elle ne répondit pas. Elle fut ensuite surprise de voir que Lucie ne conduisait pas. A travers la vitre, elle jeta par curiosité un coup d'œil à l'intérieur des autres voitures qu'elles croisaient et nota la même bizarrerie : les gens semblaient discuter entre eux, vaquaient à des occupations diverses, tout en ignorant complètement la route. Elle nota d'ailleurs que ces voitures se ressemblaient presque toutes. Elles étaient coiffées d'une coupole en verre et cerclées d'un anneau dont seule la couleur variait. Cette allure particulière lui rappela instinctivement la soucoupe de son oncle. Elle remarqua qu'il y avait aussi une autre catégorie de véhicules, encore plus étranges car ils ne possédaient en apparence ni portes ni vitres. Juliette ne comprit pas ce mystère et se cala de nouveau dans son siège. Elle observa alors plus généralement les rues, et se rendit compte qu'il n'y avait ni stop ni feu rouge, comme si toute la circulation s'autorégulait d'elle-même. Elle eut envie d'en faire la remarque à Lucie, mais la camionnette s'engouffra tout à coup dans une sorte de tunnel. Sa progression se fit lente et secoua très légèrement, puis soudain le véhicule sembla s'immobiliser, offrant la même sensation subtile que lorsqu'on emprunte un ascenseur, tandis que l'extérieur devenait flou, obscur et verdâtre. Juliette faillit demander pourquoi ils s'étaient arrêtés, mais elle se retint encore, de peur de passer à nouveau pour une cruche. Le siège de Lucie et le sien s'étaient tournés l'un vers l'autre, et une table se dressait au milieu.

— Ça te dit une partie de *Ghost Fighters* ? demanda Lucie avec entrain tandis que deux petits combattants apparaissaient sur la table.

— Il faut faire quoi ?

— C'est simple, c'est un combat entre nos deux fighters, et tu contrôles les coups par la pensée. Tu verras, c'est facile !

Juliette observait les deux petits bonshommes avec circonspection. Une espèce de ninja habillé d'une longue robe rouge se défoulait avec violence sur un karatéka vêtu de blanc. Elle comprit vite la répartition des rôles, et mentalement, tout en fixant son bonhomme, pensa à décrocher un coup de poing. *Ouah ! ça marche !* C'était facile en effet, et bien qu'ayant perdu de loin le premier round, elle fit amende honorable pour le second. Ce jeu lui plaisait. Elle faisait virevolter son personnage dans tous les coins, et changea même son apparence, optant pour une femme rousse à la peau verte et au décolleté sexy. Ces mini-combats la passionnaient et accaparaient tout son esprit comme une enfant émerveillée devant de nouveaux jouets. Au bout d'un moment, elle sentit la voiture repartir et elles émergèrent du tunnel. Juliette n'avait pas vu le temps passer. Elle se demanda quand même pourquoi son amie… Elle n'eut pas le temps de finir sa pensée, car ce qu'elle vit ne correspondait à rien de ce qu'elle attendait. Elle était bien à Shanghai, et de hautes tours les cernaient. La camionnette alla se garer sur un emplacement qui lui était apparemment réservé, puis Juliette, en sortant, aperçut des milliers d'Anges qui volaient dans le ciel, d'une tour à l'autre, et elle resta figée un instant, fascinée par cette fresque gigantesque. Ces Anges n'étaient pas vêtus de toges antiques, comme les précédents qu'elle avait vus, mais de costumes de soie qui les faisaient ressembler à des empereurs de la Chine ancienne. Elle assistait à un opéra chinois dans le ciel, de dimension grandiose, et restait là bouche bée à regarder.

Après quelques minutes, elle remarqua un affichage nouveau sur la carrosserie, qui signifiait « produits biologiques ». Il clignotait en chinois et en anglais. De l'autre côté, un pan entier s'ouvrit, et elle vit Lucie déjà derrière le comptoir en train de rameuter les clients : *Bio products, honey, milk, soap, dried fruits, medicinal herbs…* !

Au bout de quelques minutes, les clients affluèrent et Juliette donna un coup de main. Elle mettait dans un sac en papier – ou en plastique, elle ne connaissait pas cette matière intermédiaire – les produits que les clients désignaient du doigt. Lucie était à la caisse, banalement constituée d'un écran où s'affichait un prix et que les clients fixaient des yeux et touchaient du doigt pour payer.

Juliette était ravie, elle contemplait ce marché plein de gens et d'articles insolites ; c'était une première expérience pour elle à tout point de vue et cela l'émerveillait. A midi, heure locale, Lucie alla leur chercher des plats de nouilles chinoises un peu plus loin sur le marché, et elles s'installèrent dans la camionnette pour manger. Elles déjeunaient toutes deux les yeux fixés vers le ciel, à regarder les Anges aller et venir. Au bout d'un moment, Lucie rompit le silence.

— J'aurais aimé voler comme ça dans le ciel, moi aussi. Quelle impression de liberté incroyable on doit ressentir !

— Pourquoi ont-ils des ailes ? se hasarda Juliette.

Lucie, d'humeur mélancolique, ne fit cette fois aucune allusion sur l'ingénuité de la question, et se contenta de répondre avec simplicité :

— C'est parce qu'ils sont génétiquement programmés pour avoir des ailes.

— Comment ça se peut ? s'étonna Juliette.

— Ils sont nés sous procréation assistée, répondit Lucie d'un ton solennel.

— Et toi, tu n'es pas née sous procréation assistée ? demanda Juliette sans bien comprendre ce que ces termes impliquaient exactement.

Cette fois, Lucie afficha un pâle sourire, plein d'ironie.

— Tu as vu ma mère ? Pour elle, c'est une hérésie contre Dieu et contre nature de porter des ailes d'ange. Elle refuse même de manger ce qui n'est pas bio… alors de là à avoir des enfants qui n'en sont pas… Non, pour elle il n'y a aucun espoir, soupira Lucie pour elle-même.

Juliette sentit de l'amertume dans les paroles de son amie, et se risqua :

— Tu aimerais être un Ange, toi ?

Lucie lui jeta un regard oblique avec un sourire amusé.

— Et toi, tu aimerais pouvoir voler comme ça ?

— Pourquoi pas ? C'est possible ?

— On ne peut pas greffer des membres dont l'identité est absente du code génétique du corps receveur, répéta Lucie comme une phrase apprise par cœur. Si on te greffait des ailes dans le dos, elles seraient automatiquement rejetées par ton corps. Sinon il existe aussi la thérapie génique, mais dans ce cas-là elle est beaucoup trop contraignante et beaucoup trop chère.

— Si ce n'est pas possible, pourquoi tu me demandes alors ? bouda Juliette.

— Comme ça… parce que peut-être que mes enfants le pourront !

Le repas était fini. Elles servirent encore quelques clients et retournèrent à l'avant de la camionnette.

— Merci pour ton aide. Tu as été super ! s'exclama Lucie qui avait retrouvé son entrain.

Juliette rougissait du compliment. Elle était heureuse de cette expérience, et d'autant plus satisfaite qu'elle n'aurait pas pu vivre ça si elle était restée à son époque. Lucie sortit deux vestes chaudes d'un coffre (l'une devait appartenir à sa mère) et prononça les mots : *Narvskaïa, Sankt-Peterbourg*, et la camionnette repartit pour aller de nouveau s'immobiliser un peu plus loin dans un tunnel. Juliette avait compris qu'il devait en réalité se passer quelque chose, et cette fois elle ne doutait pas que quand elles en ressortiraient ce serait à Saint-Pétersbourg. Durant le petit quart d'heure de trajet qu'elles avaient, elles jouèrent de nouveau, à d'autres jeux cette fois.

Juliette et Lucie passèrent ainsi leur journée à vendre des produits bios sur les marchés. Après Saint-Pétersbourg, ce fut le tour de Barcelone, puis enfin Denver. Lorsqu'elles rentrèrent à la maison, elles étaient toutes les deux épuisées par cette journée extra-longue due au décalage horaire ; il était vingt heures et elles se dépêchèrent d'aller se coucher.

— Alors ? Comment s'est passée la journée ? demanda la mère de Lucie.

— Très bonne maman, et Juliette m'a bien aidée ! Avec son allure rétro, elle est idéale pour attirer les clients.

— C'est très bien ça, Juliette ! Lucie, tu lui donneras une partie des bénéfices, elle le mérite.

— C'est déjà fait ! répondit Lucie avec un sourire malicieux.

— Merci Madame, ajouta Juliette. Ça a été un vrai plaisir d'aider Lucie. Puis se tournant vers elle : j'aimerais que tu m'emmènes les prochaines fois aussi.

— Aucun souci ! s'exclama Lucie enthousiaste, et puis tu verras, samedi prochain on ne fera pas le même parcours, ce sera beaucoup plus relax : Osaka-Francfort-Atlanta – oui, ce ne sont que des villes anciennes, mais c'est là qu'on trouve les plus fortes communautés de Bios.

A l'évocation de tous ces noms, Juliette se sentit à la fois prise de rêverie et de fatigue. Une fois couchée, elle s'endormit rapidement sans même une pensée pour ceux de son époque. Le lendemain, elles se réveillèrent fatiguées, mais Hélène insista pour qu'elles aillent à la messe. Elle en profita pour présenter à toutes ses amies sa petite protégée, qu'elle avait accueillie sous son toit.

Tout l'après-midi fut réservé à la sieste et, le soir, Lucie invita Juliette à sortir avec ses amis. Ils descendirent dans une espèce de bar, appelé *Le Chaudron,* qui aurait pu ressembler à une taverne ancienne. Là, il n'y avait ni écran virtuel, ni électronique. La salle, qui était au sous-sol, avait l'air d'avoir été creusée dans une grotte. Les tables étaient en bois massif, et les fauteuils étaient des sortes de poufs confectionnés avec de la paille et de gros sacs à céréales. L'éclairage était assuré par des bougies de bonne grosseur disposées sur les tables et des torches le long des parois. L'ensemble paraissait cependant bien ventilé, et l'on apercevait çà et là de discrètes grilles d'aération.

Elles arrivèrent les dernières.

— Je vous présente Juliette, qui est nouvelle dans ce quartier, fit Lucie. Juliette, voici Calliope, que tu connais déjà, Artémis, Hermès, euh… François, Lamia et Bilael.

Juliette dévisagea chacun d'entre eux. Artémis et Hermès étaient des Anges ; comme Calliope, ils étaient très beaux, mais affichaient un côté rebelle avec leur tenue gothique. François semblait être un humain normal, et dégageait un air d'intellectuel contrarié. Quant à Lamia et Bilael, ils formaient un couple à l'apparence plus qu'étrange. Lamia avait une peau lisse et brillante mettant en valeur plusieurs piercings et platings, des yeux jaunes bizarres, et les mouvements de ses articulations avaient une fluidité qui semblait aller bien au-delà des limites imposées par le corps humain. On eut dit qu'elle avait été croisée avec un serpent. Bilael, quant à lui, avait de grandes ailes de chauve-souris repliées dans le dos, et l'apparence du diable en général avec ses cornes et sa peau rougeâtre. Juliette lâcha un cri de surprise en reconnaissant celui qui lui avait fait perdre connaissance quelques jours auparavant. Devant l'étonnement de Juliette, l'assemblée laissa échapper un léger rire.

— J'te fais peur ? demanda Bilael d'un air à la fois satisfait et provocant.

— Vous êtes le diable ? demanda Juliette avec une candeur qui fit redoubler de rire le cortège.

— Ça s'pourrait bien ! répondit Bilael avec un regard qui se voulait énigmatique.

— Mais non, ne t'inquiète pas, coupa Lamia en expirant la fumée de sa cigarette, il aime bien impressionner les gens, mais les cornes et la peau rouge c'est juste des trucages.

— Ah… comme les ailes ou les yeux rouges, lâcha Juliette remise de sa frayeur, c'est bien fait !

Là-dessus, tout le groupe explosa littéralement de rire, et ceux qui, comme François, s'étaient risqués à reporter leur verre aux lèvres, en recrachèrent le contenu en pouffant.

— Euh… non, Juliette, intervint Lucie, ça par contre c'est du vrai.

S'adressant aux autres, elle rajouta sur un ton *incroyable mais vrai* :

— En fait, ses parents étaient des fanatiques Bios intégristes qui ne la laissaient pas sortir de chez elle, ni s'intéresser au monde extérieur ; du coup il y a pas mal de choses qu'elle découvre encore !

Puis elle conclut en y mettant encore plus d'effet :

— Elle n'avait même pas de puce quand je l'ai trouvée !

Un garçon apporta la carte des cocktails aux nouvelles venues. Juliette s'aperçut tout de suite qu'il avait dû être croisé avec un félin, mais évita de trop le regarder pour ne pas redevenir la cible des moqueries. Tous les noms de cocktails faisaient référence à des noms qu'auraient pu porter des druides celtiques ; Juliette en choisit un au hasard et respira un grand coup en rendant la carte au serveur. La soirée ne faisait que commencer.

La conversation débuta sur les dernières nouvelles de la fac, puis l'attention se reporta sur Juliette, après que François lui ait demandé d'où elle venait. Elle essaya de raconter une histoire crédible en s'inspirant de la vie qu'elle avait menée jusqu'en 1985.

— La vache ! Je ne savais pas qu'il existait encore des familles qui vivaient encore comme au Moyen-Âge ! s'exclama Hermès.

— Ce n'est pas le Moyen-Âge ! s'insurgea Juliette, nous avons l'électricité, l'eau chaude, le téléphone….

— Oui ! c'est bien ce que je disais, c'est le Moyen-Âge ! insista Hermès en se moquant.

Juliette voulut se défendre et expliquer à cet idiot ce qu'était vraiment le Moyen-Âge, mais Calliope, qui avait déjà bien bu, prit la parole avant elle.

— En tout cas, toi, tes parents ils t'ont laissé vivre. Ils ont fait l'amour, ils ont mis la graine, et ils t'ont laissé pousser comme une fleur en s'émerveillant devant les jolies couleurs que ça donnait. Regarde-moi, regarde-nous ! lança-t-elle en désignant aussi Artémis et Hermès, qui avaient pris un air grave, sachant où Calliope allait en venir. Nous, nos parents ils ont payé très cher pour notre conception, ils ont demandé le meilleur modèle, sans défaut, sans connerie, le modèle parfait, beau, sage, intelligent… *performant* ! Pas question de nous laisser pousser comme des fleurs, non non non ! (elle faisait en même temps le signe avec son doigt). Il faut qu'on ramène les meilleurs résultats dans tout ce qu'on fait depuis la maternelle. Chaque morceau de notre être est évalué, jugé, noté, et nos parents veulent que les résultats soient à la hauteur de leur investissement, de ce que leur a promis le vendeur.

Artémis et Hermès hochaient la tête, Lamia, Bilael et François regardaient leur verre. Juliette commençait à se sentir mal devant l'air vindicatif de Calliope, et Lucie voulut l'interrompre, mais Calliope reprit de plus belle.

— Tu sais combien j'ai coûté, Juliette ? 12750 crédits, options incluses ! Est-ce que tu crois que ça veut dire que je suis meilleure que celui ou celle qui en a coûté 1000 de moins ? Toi, tu as coûté combien ? Zéro crédit ? Ça veut dire quoi ? Que tu ne vaux rien ? Je vais te dire, moi, ce que ça veut dire ! Ça veut dire que quand tes parents t'ont faite, ils t'ont aimée avant même que tu naisses, et indépendamment de ce que tu deviendrais. Moi, mes parents, ils ne m'ont pas faite avec de l'amour, ils m'ont faite avec de l'argent ; et ils ne m'ont pas aimée à l'avance, ils ne m'aiment que si je corresponds bien à la promesse du contrat qu'ils ont signé. Si j'étais née différente, je n'aurais rien valu, ils m'auraient retournée au fabricant comme un rebut… mais comme je suis née conforme, je vaux bien les 12750 crédits. Toi, Juliette, avant même ta naissance tu valais tout l'or du monde pour eux, et ça n'a pas changé. Tu vois, tu es une Bio, mais à toi seule tu vaux plus que tous les Anges de cette terre réunis.

— N'exagère pas, Calliope ! intervint Lucie, tes parents t'aiment, tu le sais bien au fond de toi.

— S'ils m'aiment autant que tu le dis, alors pourquoi ils m'emmerdent autant avec ces résultats d'évaluations et les relevés de performance ?

— Tu sais, moi aussi mes parents ils sont super exigeants, objecta François. Les parents en demandent toujours beaucoup à leurs enfants, c'est comme ça.

— Ce n'est pas la même chose, coupa Hermès. Tes parents, ils te demandent de faire de ton mieux, point. Ils n'ont pas de référentiel. Moi, mes parents ils ont accroché au mur la liste des performances promises par la Société qui m'a conçu : vitesse à la course, vitesse en vol, endurance, résultats aux tests capacitifs de Thiemas et Rosnov, et j'en passe ! Je me demande quelle place ils m'ont laissé à moi, le vrai Hermès, dans ce corps et cet esprit entièrement paramétrés…

— C'est toi qui dis le *vrai* Hermès, rajouta Calliope avec une pointe de cynisme, en s'adressant autant aux autres qu'à elle-même ; pour eux, justement, ça doit être le faux, celui qu´il faut éliminer à tout prix, car il t'empêche d'être parfait. Regarde mes mèches noires. Ce jour-là, mes parents sont entrés dans une rage folle en les voyant. Ils m'ont dit, je cite : « On ne t'a pas fait naître avec des cheveux roses hors de prix pour que tu les teignes ensuite en noir !», puis ils ont même rajouté que si je continuais j'allais finir par ressembler à « ces tarés de freakos ». Tu vois, ces mèches noires, c'est Moi, car c'est moi qui les ai voulues, mais ils n'en veulent pas. Ils ne veulent pas tout ce qui se rattache à mon Moi véritable.

— C'est vrai qu'tes parents sont barjos, commenta en souriant Bilael, qui avait quitté son état végétatif et s'était redressé dans son siège en entendant parler des freakos. Je n'dis pas qu'on n'est pas des tarés, remarque, mais au moins mes parents ils me laissent faire ce que je veux, et ils sont allergiques à tous ces trucs de performance et de résultats.

— Tu ne sais pas comme je les hais, les miens ! soupira Calliope en buvant son verre.

— En tout cas, moi, j'aurais aimé être comme toi, lâcha Lucie. Et même si ma mère est une Bio, crois-moi elle n'est pas commode. Elle voudrait que je sois comme elle : toujours dans mes prières, à ne manger que des trucs bios, à aller à l'église, et à me mélanger le moins possible à tous les hérétiques que vous êtes….

Juliette écoutait et essayait de suivre tant bien que mal la conversation. Elle qui n'avait vu de ce nouveau monde qu'une féérie commençait à comprendre que toute médaille a son revers. Elle saisissait maintenant mieux les confidences furtives de sa copine, les allusions envers sa mère, et la tristesse qu'elle affichait parfois. Elle découvrait aussi que ces Anges, si beaux et si parfaits, avaient eux aussi leurs problèmes. Ce vague sentiment de mal-être qui planait lui rappelait son époque. Même après sept siècles et tant d'évolution, les jeunes éprouvaient toujours les mêmes genres de frustrations !

Juliette et Lucie rentrèrent assez tard, vers deux heures du matin. Une fois au lit, Lucie lui demanda comment elle avait trouvé ses amis. Juliette les aimait bien, surtout Calliope, et puis elle trouvait Bilael et Lamia *super cool.* Elle demanda à Lucie comment elle les avait connus. Celle-ci lui raconta qu'à cette époque ils n'habitaient pas encore à Sainte-Anne, mais dans un quartier de la banlieue sud d'Olympia, beaucoup plus mixte. Son père vivait encore à la maison et, ouvert sur les autres races, il l'avait inscrite à une école élémentaire fréquentée aussi bien par les Hybrides que les Bios, et même par quelques Anges aux parents un peu bohèmes.

C'est là qu'elle avait rencontré Bilael, qui était devenu son compagnon de banc. Sa mère, qui n'approuvait pas trop qu'elle fréquente des non-Bios, lui avait défendu de devenir trop intime avec lui, mais, loin de la dissuader, cela l'en avait rapprochée encore plus. En dehors de l'école, ils allaient souvent se cacher dans de vieux entrepôts qui bordaient la zone pour jouer ensemble. Plus tard, alors que Lucie n'avait encore que seize ans et qu'elle habitait désormais à Sainte-Anne, ils continuaient malgré tout à se voir et avaient même fait ensemble leur apprentissage de la sexualité. Cela dura un an, puis Bilael rencontra Lamia, et ce fut le coup de foudre réciproque. Il y eut une courte période durant laquelle ils firent des expériences à trois, puis Lucie s'éclipsa d'elle-même de leur couple alors qu'elle rentrait à l'université. Bilael n'avait pas poursuivi ses études, et elle savait qu'il vivait maintenant de divers petits trafics, comme celui de la cigarette, dont la consommation était désormais interdite, ou celui des livres de collection.

Juliette était surprise que Lucie lui ait confié autant de choses sur son intimité, et un peu choquée qu'elle ait dévoilé de manière aussi anodine sa bisexualité. Elle n'avait pas encore vraiment pris conscience de la profonde métamorphose que la révolution génétique avait entraînée dans les mœurs.

Il y avait eu trois facteurs à cela. Tout d'abord, la société, plus artistique et intellectualiste, était devenue de par là même bien plus ouverte et libérale. Ensuite, la beauté des corps des Anges, sans cesse mise en valeur, donnait lieu à bien plus de tentations, tentations qu'ils avaient jugé inutile de refréner, et ce de manière d'autant plus libérée que l'androgynie était devenue à la mode. Enfin, la diversité des races, surtout Hybrides, avait attisé une curiosité sexuelle assez contagieuse parmi la jeunesse : coucher avec une race originale était une expérience excitante dont on pouvait se vanter sans aucune honte, de la même manière que l'on racontait ses vacances dans un lieu insolite ou la découverte d'un plat exotique.

Sans que Juliette ne le lui demandât, Lucie revint ensuite sur son enfance avec son père. Elle semblait assez nostalgique et lui raconta certains épisodes de sa vie qui l'avaient agréablement marquée, comme leurs balades au Mont-Saint-Michel, ou encore cette époque où ils s'arrêtaient le soir sur le chemin du retour, pour y lire des poèmes de Marceline Desbordes-Valmore sous un grand saule.

Juliette se risqua à demander ce qu'était devenu son père, mais Lucie, les yeux tristes, lui répondit simplement qu'il avait quitté la maison. Il était maintenant presque quatre heures du matin et toutes deux s'endormirent, terrassées par le sommeil.

Gabriel

Eclairant la chambre à mesure qu'ils laissaient filtrer la lumière du soleil, les murs s'imprégnèrent peu à peu d'une mer et d'un ciel bleu azur. Un lointain clapotis de vagues, mêlé à des cris d'oiseaux emportés par la brise, se fit progressivement entendre. Il était 7 h 15, et Gabriel Laran-Taranis se réveillait, comme chaque matin, en douceur. Il s'assit quelques minutes sur son lit, puis se dirigea directement vers la salle de bain pour faire sa toilette. Outre son reflet, le miroir affichait également des informations sur son poids, son état de santé, le temps extérieur, une horloge, et les principales nouvelles de la journée. D'un simple regard, il pouvait également le faire zoomer sur une partie de son visage. Il était naturellement imberbe (un choix de ses parents), et donc non seulement il n'avait pas besoin de se raser, mais en plus il ne se rendait même pas compte du privilège de ne pas avoir à le faire, sauf en de rares occasions où lui et ses amis plaignaient, en se moquant, la rude vie qu'avaient dû mener les hommes des siècles passés. Sa toilette finie, il enfila sa toge blanche et sa ceinture, et passa à la cuisine prendre son petit déjeuner qui l'attendait déjà là, chaud et prêt. Un écran se projeta à quelques centimètres de la table, et il consulta mentalement tous ses messages, y répondit, puis nagea quelques minutes dans Mindnet.

Gabriel était l'exemple même d'un enfant choyé par la vie, jouissant d'un cadre de vie confortable. Chose fréquente au 28e siècle, ses parents étaient du même sexe et l'avait donc conçu par procréation génétiquement assistée avec leurs gènes combinés. Son premier père, Laran Monteuil, était commissaire de police, et le second, Taranis Tyr-Mani, travaillait dans le labelling alimentaire. Gabriel, enfant unique, avait pris pour habitude de les appeler respectivement « papa-la » et « papa-ta ». Il avait grandi dans ce que l'on appelait un *quartier générationnel.* Ce type de quartier, géré de manière entièrement privée et soumis à un règlement intérieur ultra strict, était très en vogue depuis près d'un demi-siècle. Le sien s'appelait *Eden 84*, en référence à l'année où il avait été inauguré, car lors de son ouverture au printemps, il n'avait accueilli que des familles dont le ou les enfants avaient déjà été commandés depuis plus de trois mois (beaucoup faisaient naître leurs deux enfants en même temps), et ce furent environ cinq mille enfants, tous de cette génération 2684, qui se mirent à grandir ensemble. Les places de ce vaste quartier abritaient des crèches, et une multitude de jeux pour enfants en bas âge. Les commerces également étaient centrés autour du monde du nourrisson et des jeunes parents. Au bout de deux ans, les crèches furent transformées en écoles maternelles, et de nouveaux jeux, pour bambins de deux à trois ans, furent implantés à la place des anciens.

Ce cycle d'adaptation marqua toute l'enfance de Gabriel, les structures du quartier évoluant à mesure qu'il grandissait. Les jeux, avec leurs toboggans et leurs balançoires, firent place à des structures bien plus grandes à la puberté, période durant laquelle les ailes se développaient complètement et où ils apprenaient à voler. Il y eut le même type de transformation pour les centres multimédias, les terrains de sport, etc. Les magasins pour bébé se transformèrent en boutique de jeux et progressivement en *shopping center* pour adolescents... Et ainsi de suite pour le plus grand bonheur des résidents. La seule transformation impitoyable était celle de l'école, car il n'y avait jamais qu'une seule classe, celle correspondant à cette génération 84, et ce de la maternelle jusqu'à l'université, en passant par le lycée. En d'autres termes, le redoublement était impossible, puisque l'enfant ne disposerait plus d'aucune structure pour l'accueillir à la rentrée.

Cette particularité avait une importance capitale, car il était interdit d'avoir un enfant non scolarisé dans le quartier, et cela induisait donc automatiquement l'expulsion de ses parents. Cette mesure ne dépendait pas que d'intérêts financiers liés à l'économie de structures supplémentaires, c'était également un moyen d'assainir en permanence le quartier et de conserver son attractivité. Si autrefois la cause de l'échec scolaire avait pu être un manque de capacité de l'élève, ce n'était plus le cas chez ces Anges conçus avec les minima requis. Dès lors, les statistiques n'avaient pas manqué de souligner la corrélation restante entre délinquance et échec scolaire. Pour les promoteurs immobiliers, ce système d'expulsion était le moyen le plus sûr qu'ils avaient trouvé pour maintenir un certain niveau de bon-vivre et de standing. Les places libérées pouvaient être rachetées par des familles de l'extérieur qui avaient un enfant né en 2684 et, bien que très chères, elles étaient très convoitées.

On pouvait aisément imaginer la pression que pouvaient subir ces enfants tout au long de leur scolarité, mais Gabriel, naturellement porté sur les études, l'avait peu ressentie et avait grandi de manière assez heureuse. Il avait toujours disposé de tout ce qu'il fallait, il s'était fait des tas d'amis – tous de son âge et tous des Anges – et ce quartier, jusqu'à la fin de son adolescence, avait toujours représenté pour lui le centre du monde et le paradis sur terre. Dans quelques années, l'université serait finie et il le quitterait, non sans nostalgie. Toujours dans ce même souci d'adaptation, le quartier se tournerait désormais vers des structures adaptées aux seniors.

Gabriel était étudiant en droit. Comme il lui restait encore un peu de temps avant de partir pour ses cours à l'université, il se mit sur le canapé et fit défiler ses clips préférés sur les murs. Le son, incrusté en plusieurs endroits du salon, lui donnait l'impression d'être situé au milieu même de la scène où jouaient les artistes et il ressentait pleinement les fortes vibrations des basses. Mais il coupa vite le tout, et laissa les murs simplement transparents, lui permettant ainsi de voir dehors. Depuis qu'il l'avait sauvée, Gabriel pensait chaque jour à cette fille. Il avait trouvé dans son allure, son regard, sa façon de s'exprimer, quelque chose qui lui échappait. Comme si elle n'était pas d'ici ; ou plutôt, comme si elle était de nulle part. Il ne pouvait également s'empêcher de penser à son air désemparé quand il l'avait laissée seule sur la place. Sur le moment, il avait pensé qu'elle était simplement droguée ou choquée, mais avec le recul, en se repassant la scène mentalement, il sentait que son interprétation ne collait pas.

Gabriel était bisexuel et trouvait ses amis de faculté, filles comme garçons, d'apparence bien plus belle qu'elle, avec leur corps parfait, leurs traits épurés, leurs grandes ailes blanches et cette certitude de perfection dans leur regard, mais cette fille, toute simple, fragile, avait éveillé en lui un trouble qu'il avait du mal à définir. Il la trouvait objectivement mignonne, mais au fond de lui, jour après jour, dans son esprit, elle devenait la femme la plus belle de la terre sans qu'il sût expliquer pourquoi. Son image le hantait ; il l'idéalisait, la vénérait sans l'avouer, et toutes ses interrogations en suspens alimentaient l'aura mystérieuse de cette jeune fille. Gabriel était trop fier et trop sûr de lui pour le reconnaître, mais il était tombé amoureux, et cet amour inconcevable occupait désormais toutes ses pensées.

Depuis ce fameux jour, il était repassé plusieurs soirs sur la place en espérant la croiser, en vain. Peut-être aurait-il plus de chance le matin ? Peut-être *ce* matin ? De toute manière, il n'avait pas envie d'aller en cours et n'était vraiment pas pressé d'arriver à la fac. Il décida de faire un crochet vers le quartier Sainte-Anne avant de partir, en espérant que cette fois le destin lui serait favorable. Il sortit de la maison, déploya ses ailes, et s'envola le cœur plein d'espoir.

Ce jour-là, Juliette n'accompagna pas Lucie à ses cours. Elle avait envie de se retrouver avec elle-même. Elle se sentait comme une vacancière dans un pays inconnu, et comptait en profiter pour faire du tourisme. D'autant qu'en se baladant à travers la ville, elle aurait peut-être des chances de tomber sur son oncle. En plus, depuis qu'elle était arrivée à cette époque, elle bénéficiait d'un temps superbe, chaud et ensoleillé comme un beau jour d'été bien qu'on soit encore au printemps. C'était l'occasion idéale pour faire une balade. Cela faisait à peine cinq minutes qu'elle se promenait, quand elle aperçut soudain devant elle le garçon qui l'avait portée dans ses bras à son arrivée. Il l'avait aperçue également, comme s'il s'était attendu à la voir.

— Je suis revenu ici quasiment tous les jours, se justifia-t-il. Tu avais l'air tellement perdue quand je t'ai laissée, que j'ai eu ensuite peur que tu ne fasses une bêtise, ou qu'il ne t'arrive quelque chose.

— Je vais bien, merci. Désolée pour la dernière fois, je n'étais pas dans mon état normal… euh… Dis, j'allais me balader un peu – en fait je ne suis pas vraiment du coin – ça te dirait de m'accompagner ?

— Ah ! tu n'es pas d'ici ! Je comprends mieux alors, je te servirai de guide avec plaisir !

— Merci infiniment. Tu t'appelles Gabriel, c'est ça ? Moi, c'est Juliette.

— Enchanté !

Gabriel était comme transcendé par la joie d'avoir retrouvé Juliette, mais il essayait de garder un air volontairement détaché. Ses efforts avaient enfin payé, et il ne regrettait pas une seconde de sécher les cours pour cette noble cause. Il l'emmena en balade toute la journée et lui fit découvrir non seulement les coins les plus emblématiques et romantiques de la ville, mais aussi les environs.

Juliette, de son côté, n'en finissait pas d'être surprise par son environnement. Ce qui la frappa en premier fut l'omniprésence de l'art. La ville regorgeait de sculptures, physiques ou virtuelles, de fresques, de monuments au style excentrique. Tout était tourné vers un idéal de beauté artistique qui s'accordait harmonieusement avec l'allure des habitants. L'autre point était l'abondance de verdure qui agrémentait la ville. Il y avait des arbres partout, mais aussi des plantes exotiques et des créations florales magnifiques qui décoraient les rues, les murs et les places. Cela contrastait grandement avec son époque qui ne jurait que par le béton.

Elle fit également une seconde découverte, beaucoup plus subtile cette fois : les places qu'ils visitaient étaient souvent bondées de monde, et pourtant elle n'avait jamais l'impression d'être en plein centre-ville. Elle mit un petit temps à en comprendre la raison : contrairement à son époque, il n'y avait ni bruit, ni pollution.

Tous les véhicules étaient absolument silencieux et n'émettaient aucune fumée. Et d'ailleurs, il n'y avait plus de grosses artères, plus d'autoroutes ni de voies de chemin de fer pour balafrer aveuglément la ville. La plus grosse part du trafic se passait sous la terre, avec de discrètes stations d'entrée et de sortie ici et là, et la plupart des rues qu'ils empruntaient étaient à taille humaine, agréables et aussi paisibles que des chemins de campagne. Elle n'aurait jamais cru ça possible un jour, et cela lui fit une impression indélébile.

Si Juliette s'accommoda vite à ces bons côtés, elle mit en revanche plus de temps à s'habituer à tous ces Anges et à tous ces petits drones qui zigzaguaient dans le ciel. Lorsqu'ils passaient au-dessus d'elle, elle avait chaque fois le réflexe de lever les yeux, comme si elle craignait qu'ils ne la percutent. Par comparaison, elle avait eu bien moins de mal avec la rapidité des transports, désormais accoutumée à se retrouver à plusieurs dizaines de kilomètres en seulement quelques secondes.

Concernant Gabriel, elle se sentait en confiance avec lui. Elle le trouvait beau comme un dieu, mais il avait également un certain charme quand il lui présentait les diverses curiosités. A chaque fois qu'il lui parlait, il avait une espèce d'humilité dans le regard, teintée d'une douceur enfantine, qu'elle n'avait jamais perçue chez aucun autre garçon. Elle se sentait elle-même troublée qu'il lui accordât tant de temps et tant d'égards, mais la joie de ces moments partagés l'emportait sur le reste, et elle tenait juste à profiter de chaque instant.

Vers la fin de la journée, ils passèrent sur une place au milieu de laquelle se dressait une immense sphère surmontée d'une statue gigantesque, de telle manière qu'on eut dit un Ange regardant dans une boule de cristal.

— C'est quoi ce bâtiment ? demanda Juliette.

— C'est une sorte d'attraction éducative, on y représente l'évolution de la terre depuis sa création jusqu'à nos jours. J'y suis allé avec mon école quand j'étais petit !

— J'aimerais bien y faire un tour, moi aussi ! s'enthousiasma Juliette avec curiosité.

Gabriel lui offrit la visite. Il s'agissait de séances de trois quarts d'heure, et la prochaine allait bientôt commencer.

Ils se retrouvèrent au milieu d'une immense salle dont la structure n'était pas vraiment sphérique mais torique. Les visiteurs montèrent dans des sièges qui semblaient suspendus dans le vide et s'attachèrent avec un harnais. Soudain, la lumière s'éteignit et des étoiles apparurent tout autour d'eux. Pendant plus de vingt-cinq minutes, Juliette assista ébahie à la création de l'univers et de la terre et à l'évolution des espèces. Tandis qu'une voix racontait le cheminement, elle pouvait les voir gambader autour d'elle comme s'ils étaient réels, elle pouvait sentir leur souffle, l'humidité de la forêt et la chaleur des volcans. Puis le rythme ralentit, et Juliette assista aux splendeurs des civilisations antiques, à la barbarie du Moyen-Âge, et au raffinement de la Renaissance. Ils arrivèrent ensuite au 19e siècle. Juliette vit les cheminées des usines se dresser et la fumée obscurcir le paysage. Puis elle vit les guerres mondiales, la pollution, le gaspillage, les puits de pétrole, les émissions de gaz, le réchauffement climatique, l'extinction des espèces, tout en défilant au milieu d'un paysage sale, bruyant et sombre. C'était une vision cauchemardesque aux allures de fin du monde. Le sol s'ouvrit tout à coup sur une verte prairie baignée par une brise agréable. Des éoliennes tournaient, semblant dissiper les nuages noirs et laissant place à un éclatant soleil. Des panneaux solaires sortirent de terre comme des tournesols, tout redevint propre, les gens se remettaient à respirer et à sourire. Brusquement, Juliette crut chuter de dix mètres. Elle se retrouva dans un véhicule volant au milieu d'un tunnel sinueux à une vitesse folle. Lorsqu'elle sortit du tunnel, elle planait très haut au-dessus d'une campagne jalonnée de petits villages. Elle se rapprocha jusqu'à la terre ferme et entra, tout en volant, dans une fabrique où une multitude de machines s'activaient. Elle se sentait aussi petite qu'une mouche et passait entre les robots à toute vitesse, les effleurant presque. Quand elle sortit de l'usine, elle était devenue encore plus petite et se retrouvait au milieu d'un monde de gènes et de cellules. Elle s'échappa de l'aiguille d'une seringue et traversa toute une allée sombre peuplée de créatures humaines à l'apparence bizarre. Au bout du couloir, la porte s'ouvrit sur un monde lumineux où planaient des Anges, et Juliette avait l'impression de voler avec eux.

Ce fut une expérience mémorable, riche en sensations, qui n'était en rien comparable à ce qu'elle avait pu expérimenter au 20e siècle. Une fois sortis, ils se baladèrent encore un peu, puis Gabriel la raccompagna chez elle, et ils se promirent l'un à l'autre de se revoir le week-end suivant. Avant de se quitter, Juliette hasarda une question :

— Dis-moi Gabriel, le jour où tu m'as trouvée, c'était à quel endroit ?

— Pour tout dire, je t'ai découverte inconsciente dans un buisson, dans une ruelle à proximité du tribunal.

— Et il n'y avait personne avec moi, ou aucun autre corps à proximité ?

— Non, tu étais seule. A part toi, la ruelle était absolument déserte.

— Mais pourquoi m'as-tu ramenée à Sainte-Anne ? Je veux dire, je pouvais être une clocharde en train de dormir, tu aurais très bien pu me laisser là…

Juliette ne s'était pas rendu compte de l'incongruité de sa question. L'argent liquide ayant disparu, cela rendait la mendicité beaucoup plus difficile. En outre, chaque individu percevant automatiquement une allocation journalière, il n'y avait plus vraiment de raison vitale ou socialement acceptable de mendier.

— Euh, il n'y a plus beaucoup de clochards de nos jours... répondit Gabriel surpris. Mais, de toute manière, tu n'avais pas l'air d'une ivrogne en train de roupiller.

— Mais quand même, qu'est-ce qui a fait que tu as décidé de me prendre dans les bras et de me ramener ?

— En fait, il y a eu un attentat alors que j'étais en train de sortir du tribunal…

— Un attentat !

— Oui, en plein durant le procès Kesler, un illuminé qui voulait l'aider à s'évader ou je ne sais quoi. Quand c'est arrivé, je sortais pour téléphoner car les réseaux sont verrouillés à l'intérieur, et j'étais donc un des premiers à avoir évacué le bâtiment ; c'est là que je t'ai trouvée.

Gabriel marqua une courte pause tandis que Juliette le fixait avec attention, puis reprit d'une voix plus mesurée :

— La police était en train de boucler le quartier, et je savais que s'ils te trouvaient à ce moment-là dans les parages, ils t'auraient embarquée au poste sans autre formalité. Moi, j'avais très bien vu que tu dormais et que tu ne pouvais donc pas y être mêlée, mais j'imaginais ce qu'il se passerait si tu te réveillais à ce moment-là. Pour t'éviter des ennuis inutiles, je t'ai prise dans mes bras et je t'ai éloignée de ce quartier.

Juliette réfléchit un instant. Gabriel était un des premiers à être sorti du tribunal, et il n'avait vu qu'elle. Se pourrait-il que son parrain ait poursuivi tout seul sa course vers le futur ? Ou alors avait-il été emmené par les policiers ? Gabriel l'interrompit dans ses pensées.

— Ça ne va pas ?

— Non, non ! Tout va bien ! Merci pour ces précisions, et merci de m'avoir sauvée ! On se voit ce week-end !

Juliette quitta Gabriel en lui faisant une bise sur la joue, et rentra dans la maison. Elle ne voyait dans ce procès et cet attentat qu'une sinistre coïncidence qui n'avait fait que compliquer les choses. Il fallait donc qu'elle continue discrètement à chercher son oncle par elle-même. Elle s'étendit sur le lit et se mit à penser alors à sa merveilleuse journée. Elle était si contente d'avoir retrouvé cet Ange qui l'avait sauvée, et elle avait le sentiment que c'était aussi le cas de son côté. Elle ne savait pas encore si elle était en train de tomber amoureuse, mais cette heureuse perspective la transcendait de joie. Elle avait envie de partager ce bonheur avec quelqu'un, et elle avait hâte que Lucie rentre de ses cours pour tout lui raconter.

C'est ainsi que le soir même, au moment du dîner, Juliette narra avec exaltation sa journée passée avec Gabriel. Quant à Lucie, un conflit intérieur l'envahissait et elle sentait la jalousie poindre malgré elle. Une heure auparavant, elle avait refusé les avances d'un garçon Bio, parce qu'elle espérait secrètement qu'un Ange puisse s'intéresser à elle. C'est ce dont elle avait toujours rêvé, et voilà que cette fille, fraîchement débarquée de sa grotte préhistorique, avait réussi à faire en une semaine ce qu'elle n'avait toujours pas pu faire en dix-huit ans. Elle essayait malgré tout de se raisonner : le bonheur de Juliette n'enlevait rien au sien, et elle devait plutôt se réjouir pour son amie.

Ce combat qu'elle se livrait intérieurement l'avait plongée dans ses pensées, et c'est donc d'une oreille distraite qu'elle écoutait les *passionnantes* découvertes de son amie. Ce fut une réplique vindicative de sa mère qui la tira de sa méditation.

— Juliette, tu devrais te méfier des gens comme lui. Ces soi-disant Anges ne sont pas aussi bienfaisants qu'ils le paraissent, et leur belle apparence leur sert surtout à cacher leur vilaine nature ! Ils se croient l'égal de Dieu grâce à leurs modifications génétiques, et se moquent des préceptes du Tout-Puissant. Mais rappelle-toi ce qu'il est dit dans la Bible au sujet de la tour de Babel, quiconque ose…

— Fous-lui la paix avec tes sermons ! Tu vois toujours le mal partout, et tu es complètement engluée dans ta Bible ! Jésus avait dit « aimez-vous les uns les autres », non ? Alors pourquoi tu es toujours là à cracher sur les autres ?

— Je ne crache pas sur les autres ! Il est normal que je mette en garde Juliette contre ces volailles qui ont choisi une mauvaise voie…

— Une mauvaise voie pour qui ? Pour toi ! pour une vieille femme aigrie avec un travail sans avenir…

— Eh ! change de ton ! Mon travail sans avenir, comme tu dis, c'est quand même lui qui te permet de te payer tes extras !

— Je gagne suffisamment au marché pour me les payer moi-même !

— Ah oui ? et tes produits, ils viennent d'où ? Et ta licence, c'est *qui* qui l'a achetée ?

— Et alors ? C'est bien à cause de toi, non, si je ne peux pas trouver mieux ? Tous tes « préceptes » nous ont menées à une vie misérable, alors fous la paix à Juliette. Si elle a une chance de s'en sortir, qu'elle la saisisse, et si elle veut coucher avec lui, qu'elle ne se retienne pas !

Lucie avait quitté la pièce en criant et monté les escaliers. Juliette était terriblement gênée d'avoir assisté à cette dispute dont elle était la cause. Sa mère la regarda avec un air de contrariété mêlé à de la résignation, et partit s'enfermer dans la cuisine. Juliette monta alors rejoindre Lucie pour tenter de la consoler. Elle ne comprenait pas encore bien tout l'enjeu de cette dispute, mais elle avait saisi que Lucie avait voulu faire plus que la défendre, comme si elle était elle-même concernée.

Le week-end arriva et Juliette accompagna de nouveau Lucie au marché. Elles se rendirent à Osaka en à peine trois quarts d'heure, vite passés grâce aux parties endiablées de jeux vidéo. Une fois arrivée, Juliette découvrit là encore un tout autre monde. Les Anges, cette fois-ci, n'étaient pas habillés de toges antiques ou de costumes de soie à la chinoise, mais ils portaient des costumes étranges et fantaisistes très colorés, mis en valeur par une coiffure et un maquillage adéquats. Le spectacle de ces étranges papillons humains, virevoltant dans tous les sens, la captiva au plus haut point. C'était comme une avalanche de couleurs qui tombait perpétuellement du ciel. Vu de près, chacun d'entre eux dégageait une certaine beauté plastique qui la faisait frissonner. Lucie, juste derrière, lui expliqua ce qu'était le Cosplay et les modes en vogue en ce moment. Elle était également fascinée par ce spectacle, et lui suggéra qu'il y avait également des quartiers Cosplay, pas trop loin du quartier Sainte-Anne, où ils pourraient aller se balader. La journée passa très vite, mais une fois finie, Juliette eut de nouveau l'impression qu'elle avait duré une semaine.

Athéna

Chaque jour, Juliette en profitait pour en apprendre davantage sur ce nouveau monde, surtout quand elle se retrouvait seule à la maison. Au niveau énergétique, elle s'était rendue à l'évidence que si à son époque c'étaient les grosses structures qui produisaient de l'électricité pour les foyers, au 28e siècle cela semblait être plutôt l'inverse. Concernant la maison justement, elle avait découvert beaucoup de choses fascinantes. Par exemple qu'elle était largement autosuffisante, comme un petit écosystème, avec une obsession de ne rien gaspiller. Tout d'abord, l'eau était économisée au maximum. L'ouverture des robinets se commandait mentalement, tout comme le réglage de l'eau chaude, mais la fermeture était automatique. Toutes les eaux usées étaient filtrées et récupérées en partie, soit pour les toilettes, soit pour le jardin, soit même pour d'autres tâches domestiques. Au niveau thermique, la chaleur dégagée par la cuisson des aliments et les eaux chaudes rejetées était récupérée pour chauffer l'eau neuve ou la maison. Il n'y avait pas de sèche-linge, car le linge n'absorbait pas du tout l'eau et devenait même presque impossible à salir. Même chose pour la vaisselle, où l'eau et les sauces y glissaient comme sur une toile cirée. En fait, il n'y avait qu'une seule machine à laver, et elle fonctionnait sans eau. On y choisissait au préalable le cycle, vêtement ou vaisselle, et le bac s'adaptait. Une fois remplie et mise en route, elle émettait des ultra-violets et des ultrasons tandis que l'air était filtré, et ce cycle ne durait que quelques minutes. Les blanchisseries d'ailleurs, à l'inverse de celles du 20e siècle, proposaient le plus souvent des nettoyages à l´eau. Les murs et le toit constituaient également une importante source d'énergie. Lorsqu'il y avait beaucoup de soleil, de petits capteurs solaires, ordinairement transparents, s'ouvraient alors au maximum. De l'extérieur les murs devenaient tout noirs, et de l'intérieur on avait l'impression de voir le dehors à travers des lunettes de soleil. Cela agissait comme des volets et maintenait la température intérieure fraîche. Grâce à un petit indicateur sur l'un des murs, Juliette avait alors pu constater que la production d'énergie était au maximum. Inversement, lorsqu'il y avait peu de soleil ou qu'il faisait froid, les murs devenaient plus transparents, laissant passer un maximum de rayons pour chauffer la maison. De l'extérieur, les murs semblaient alors bien moins noirs, mais étaient toujours suffisamment teintés pour qu'on ne puisse pas voir à l'intérieur.

Mais les murs et le toit ne constituaient pas la seule source d'électricité. Les marches des escaliers et le sol quand on y posait le pied, les chaises avec la chaleur du corps quand on s'y asseyait… tout y contribuait. Le plafond du rez-de-chaussée, quant à lui, produisait de la lumière quand c'était nécessaire et pouvait aussi se colorer pour afficher un paysage. Autre point curieux : lorsqu'une mouche s'y posait, elle était aussitôt électrocutée et tombait sur le sol, puis Jiro venait immédiatement l'aspirer. Au début, Juliette eut peur que des insectes lui tombent dans les cheveux, mais cela n'arriva jamais.

Les toilettes – autonettoyantes – étaient également ce qui l'avait le plus laissée pantoise. Elle n'avait plus qu'à s'asseoir, sur un siège déjà chaud, et tout était automatique : lavage grâce aux micro-jets d'un liquide nettoyant, puis séchage ultra-rapide. Mais le plus surprenant, c'est qu'un petit écran lui affichait en direct les résultats d'analyse de ses rejets. Si une carence ou une maladie était détectée, il lui était demandé si elle voulait commander telle vitamine ou tel médicament et, si elle acceptait, elle recevait le produit à la maison moins de cinq minutes après.

Juliette était allongée sur son lit, plongée dans ses rêveries, lorsqu'on sonna à la porte. C'était les courses de la semaine qui, comme à chaque fois, étaient livrées à domicile. Juliette était seule dans la maison ce matin-là ; elle fixa des yeux un mur et l'image des trois robots attendant devant la porte apparut. Ils ressemblaient à de petits chariots sur lesquels des paquets étaient entreposés. Juliette, en tant qu'invitée, c'est-à-dire ayant le statut *invité* parmi les occupants de la maison, ne pouvait autoriser l'ouverture de la porte à distance à un tiers (elle ne pouvait ouvrir la porte que pour entrer et sortir). C'est Jiro qui alerta Hélène sur son ringphone, en lui envoyant l'information transmise par les coursiers et les images de la caméra de l'entrée. L'autorisation vint quelques secondes plus tard et la porte s'ouvrit. Les deux premiers robots déposèrent chacun leurs paquets dans l'entrée tandis que le dernier alla ranger les siens directement dans le réfrigérateur. La liste des produits affichée sur la porte du frigo se mit automatiquement à jour. Jiro, de son côté, alla chercher les deux autres paquets, les déballa, et rangea soigneusement les produits dans les meubles prévus à cet effet, meubles sur lesquels une liste se mit à jour également.

Au sujet de Jiro, elle fut surprise par ses capacités de transformation. A un moment, elle avait même cru qu'il y avait plusieurs HR à la maison, tant il pouvait changer d'apparence en fonction des tâches qu'il exécutait. Son ébahissement fut cependant sans commune mesure avec celui qu'elle éprouva en réalisant l'étendue de ses facultés de compréhension. Il arrivait sans aucun problème à comprendre les ordres donnés vocalement, même tournés familièrement, et parvenait même à en décrypter certains justes pensés mentalement. Il suffisait par exemple que Juliette éprouve la sensation de la soif pour que Jiro lui propose à boire, et il avait d'ailleurs retenu en mémoire ses préférences. Mais cela allait encore plus loin : ayant analysé et gardé en mémoire les signes précurseurs de ses besoins, il arrivait à les anticiper avant même qu'elle en prenne elle-même conscience. En outre, alors qu'il était d'ordinaire silencieux, il se révélait un excellent compagnon de conversation dès que l'on commençait à l'interroger. Non seulement il avait l'air de tout savoir sur tout (il était directement relié à Mindnet), et ayant vocation à apprendre il n'hésitait pas à poser lui-même des questions en retour. Bien qu'il n'exprimât aucune émotion particulière, Juliette se demanda plusieurs fois si elle avait réellement affaire à un robot ou s'il pouvait déjà posséder une âme. En attendant, elle profitait de cet ami inattendu pour lui poser toutes les questions qui lui passaient par la tête, du genre : quel temps fera-t-il demain ? qu'est-ce que le strapping ? tu penses que les hommes sont fidèles en amour ? quelles sont les techniques pour séduire un garçon ? etc.

Juliette savait que beaucoup des réponses qu'il donnait étaient tirées de Mindnet, mais elle avait encore une vision assez vague de ce que ce mot signifiait vraiment. Pour elle, c'était comme une immense source d'information invisible à laquelle n'importe qui, de n'importe où, pouvait avoir accès. Elle avait un peu essayé de trouver son oncle en tâtonnant dedans par l'intermédiaire de Jiro, mais sans succès. Depuis, elle arpentait la ville chaque jour à sa recherche, et voilà maintenant deux semaines que ça durait sans qu'elle n'ait toujours rien trouvé.

C'était assez inconfortable comme situation, car Lucie et sa mère savaient qu'elle se baladait toute la journée comme une touriste, ou qu'elle restait à la maison à ne rien faire, et Juliette craignait qu'elles ne la jugent dilettante et profiteuse. Elle se sentait chaque jour plus redevable envers elles pour l'accueil qu'elles lui offraient, et se voyait de plus en plus comme un parasite. Avec le temps, son sentiment de gêne devint plus difficilement supportable. Deux choix s'offraient à elle. Soit elle décidait une bonne fois pour toutes de faire sa place dans cette société et de devenir indépendante, et donc de trouver un travail qui lui assure une autonomie financière complète ; soit elle mettait fin à son « excursion touristique » et rentrait chez elle en 1985, mais pour cela il fallait d'abord qu'elle retrouve son oncle. Comme le temps passait et qu'elle ne le retrouvait toujours pas, elle se décida à chercher parallèlement un travail. Hélène lui fit quelques propositions, mais Juliette n'avait pas envie de se sentir également redevable de cela. Ce fut Gabriel, de qui elle était de plus en plus proche, qui lui offrit finalement cette opportunité.

Juliette allait en effet le retrouver certains soirs ou après-midi, après ses cours, et ils passaient leur temps à se balader et à discuter. Au fil de leurs conversations, elle avait appris la situation parentale particulière de Gabriel et ses flirts à deux penchants. D'abord choquée, elle fut tentée, en « bonne » citoyenne du 20e siècle, de mettre fin à leurs entrevues. Elle en parla avec Lucie qui ne comprit pas, de toute bonne foi, d'où venaient ses réticences. Juliette se posa alors sérieusement la question en son for intérieur : le fait que Gabriel ait des parents homosexuels et qu'il ait pu avoir des aventures avec des garçons la gênait vis-à-vis de qui ? Vis-à-vis d'elle-même ou vis-à-vis des autres ? Un peu perdue, elle évita les rendez-vous avec Gabriel et s'accorda quelques journées afin d'y réfléchir. Au bout de cette période de cogitations et de franche introspection, Gabriel vint à lui manquer terriblement, et elle en déduisit qu'au fond d'elle-même elle s'en foutait, et que c'était plus par gêne envers la société de son siècle d'origine qu'elle avait éprouvé ce sentiment de rejet. Mais puisque dans cette société du 28e siècle cela n'avait rien de honteux et constituait même plutôt un standard, cela fit disparaître rapidement ses réticences, et elle se sentit même par la suite coupable d'avoir eu de telles pensées envers Gabriel. Ce qu'elle avait d'abord pris pour de solides convictions morales n'était en réalité que le reflet d'un moule social imposé dès son enfance, et Juliette en prenait peu à peu conscience.

Cette transition d'un monde à l'autre ne se faisait pas sans douleur, car il n'était pas facile de remettre quotidiennement en question ce qui constituait la base de son éducation, et tout ne lui plaisait pas forcément. C'est pourquoi, une fois cette barrière psychologique avec Gabriel franchie, Juliette prit le parti de penser le moins possible aux différences de mentalité entre leurs deux époques, et se réfugia rêveusement dans les bulles de coton que représentaient leurs rencontres. Elle appréciait ces moments agréables, insouciants et surtout d'une chaleur réconfortante. Elle trouvait à son nouvel ami toutes les qualités du monde, mais au-delà de son apparente perfection, elle devinait quelque chose de plus touchant, de plus intime, et cet antre encore inconnu exerçait sur elle une attraction dont elle ne pouvait se défaire. Elle tombait petit à petit amoureuse de lui ; elle s'en rendait compte et, pire, ne voulait pas lutter. S'il lui avait dévoilé beaucoup de choses intimes sur lui-même, elle, en revanche, ne lui avait pas révélé d'où elle venait réellement, et se demandait si elle devait le faire. En attendant, elle éludait les questions trop précises sur son passé, jouant avec le mystère comme d'une arme de séduction.

Plongée dans cette idylle, elle en oubliait un peu son oncle et son ancienne vie. Chaque soir, en se couchant, la seule chose qui l'obsédait c'était Gabriel. Elle n'osait plus trop en parler à Lucie, car elle sentait bien que ce sujet de conversation provoquait des sentiments confus chez son amie, alors elle gardait tout pour elle et faisait mille raisonnements dans sa tête. Il prenait tellement bien soin d'elle, il devait l'aimer lui aussi, c'était certain. *C'est décidé : demain, je lui avoue que je l'aime.*

Pour l'occasion, elle avait particulièrement bien soigné sa présentation. Elle avait demandé à Jiro les dernières tendances de la mode chez les jeunes Bios, et à Lucie – sans lui préciser pourquoi – de lui prêter quelques pièces de sa garde-robe. Elle avait fait en sorte de se donner une allure à la fois fragile et sexy, tout en restant assez simple. Lorsqu'elle vint le trouver après ses cours, ce fut lui qui parla le premier :

— Viens avec moi ! Je voudrais te faire découvrir un endroit qui a changé ma vie.

L'imagination de Juliette vagabonda. Elle devinait un lieu romantique à l'histoire émouvante, peut-être lié à son enfance. C'était peut-être à cet endroit qu'il comptait lui faire sa déclaration ! Elle envisagea les différentes possibilités qui s'offriraient à elle. Elle pouvait garder une certaine distance, histoire d'attiser encore plus sa passion. Elle pouvait afficher un air touché, pour le faire craquer et qu'il devienne tendre comme un agneau. Elle pouvait lui répondre qu'elle avait besoin de temps pour réfléchir, afin de le mettre un peu à l'épreuve et de tester son sérieux… Mais non ! finalement toutes ces attitudes calculées n'étaient pas pour elle, et elle sentait bien qu'elle serait incapable de réagir autrement qu'en lui volant un baiser.

Contre toute attente, il l'emmena devant un bâtiment d'allure modeste et, au fur et à mesure qu'il parlait, l'introduisit dans les bureaux d'une organisation.

— Voilà ! Juliette, c'est ici. Voici un des nombreux bureaux de l'organisation internationale Hybiriwa, ce qui signifie *Hybrid and Bio Rights Watch*. Cette organisation est chargée de défendre les droits des Bios et des Hybrides partout à travers la Confédération, et ici c'est le bureau d'Olympia. Athéna Bragi-Meyah, une bonne amie de mon père Laran, y occupe un poste assez important et m'a permis d'y faire un stage récemment. Cette expérience m'a fait sortir du cocon dans lequel je vivais à Eden 84, en m'ouvrant les yeux sur les injustices dont les Bios et les Hybrides étaient victimes quotidiennement. Ça m'a donné envie de travailler dans ce domaine après l'université. Il y a quelques jours, Athéna a dit à mon père qu'ils recherchaient une assistante pour effectuer les diverses petites tâches administratives du bureau. Aucun diplôme n'est nécessaire pour les six premiers mois, et ils sont prêts à prendre en charge ta formation par la suite.

Juliette resta surprise pendant vingt bonnes secondes. Elle ne s'attendait pas du tout à ça ! C'était comme si Gabriel venait de lui verser une douche froide sans crier gare. Elle sentit la déception l'envahir et les larmes lui monter aux yeux ; mais observée à présent par tous les employés, elle reprit vite le dessus : au fond, c'était une attention louable de sa part...

— Et vous faites quoi exactement ?

— Laisse-moi d'abord te présenter l'équipe. Voici Athéna, dont je viens de te parler, Rhéa, Pierre, Mardouk et Catherine.

Athéna dévisagea Juliette un instant, croyant l'avoir déjà vue quelque part, puis parla la première.

— Enchantée ! Juliette, je suis l'avocate responsable du bureau, et voici Pierre, le Président. Gabriel m'a parlé de toi de manière très positive.

Athéna était d'une beauté si parfaite que Juliette en était dégoûtée. Elle était grande, blonde, avec des yeux d'or et une taille de biche. Ses traits étaient fins et délicats, sa peau lisse et claire comme une peau de bébé, et sa poitrine généreuse était discrètement mise en valeur par un petit décolleté. Pour une amie de son père, elle s'était attendue à quelqu'un de plus âgé, or celle-ci avait l'air d'avoir vingt-cinq ans tout au plus. Quant à Rhéa, elle était toute aussi sublime. Une éclatante chevelure rousse et des yeux d'un vert si vif et si profond qu'on aurait pu les voir briller dans l'obscurité. Elle avait aussi des motifs sur ses ailes et l'ensemble lui donnait un peu l'apparence d'une fée. Sa silhouette était aussi parfaite que celle d'Athéna, et leur beauté à toutes les deux contrastait effrontément avec l'allure grossière de Catherine. Cette dernière était plutôt petite, assez grosse, avec des boutons d'acné, et ses cheveux, aussi ternes que ses yeux, se situaient dans une couleur indéfinissable entre noir et marron.

La vue de Catherine, simple mortelle entre ces deux déesses, la renvoya à sa propre définition, et Juliette se sentit rougir de honte. Comment pouvait-elle espérer rivaliser avec ces deux incarnations de la beauté ? Rhéa prit la parole et l'interrompit dans ses pensées.

— Moi, je suis l'avocate déléguée et je m'occupe aussi de la communication. Nous venons en aide aux Bios et aux Hybrides qui sont victimes de discrimination dans leur quotidien, que ce soit dans leur travail, avec l'administration, ou tout simplement dans leurs activités en société.

— Nous les conseillons et nous leur fournissons également une assistance juridique, continua Athéna.

— D'ailleurs, si tu as été victime de discrimination, d'insultes, ou si tu connais des gens dans ton entourage qui le sont, il ne faut pas hésiter à nous en parler, reprit Pierre. Quand j'étais plus jeune, je travaillais dans une boîte de marketing et j'étais victime de harcèlement de la part de mes supérieurs : pas de prime, pas d'augmentation, une mise à l'écart dans la plupart des projets, et des allusions insultantes à longueur de journée, alors que je m'investissais à fond dans mon travail, et que je faisais des heures supplémentaires sans compter. J'ai craqué et j'ai fini par démissionner, puis j'ai eu vent de l'association, je les ai contactés, et j'ai pu obtenir des dédommagements équivalents à dix-huit mois de salaire. Depuis, j'ai fait mon chemin ici.

— Franchement, ce qu'on fait est vachement utile, renchérit Catherine. Moi je travaille ici depuis '99 et je ne compte plus le nombre de gens qu'on a pu aider.

— Tu serais chargée des échanges d'informations avec le siège, et tu t'occuperais également des diverses formalités administratives avec la ville d'Olympia. Mardouk et Catherine seront là pour t'épauler au départ, mais bien sûr tu peux également t'adresser à Pierre, Rhéa ou moi. On est tous très disponibles dans cette équipe.

Gabriel reprit la parole :

— Bien sûr, prends ton temps pour réfléchir, tu n'es pas obligée de répondre tout de suite…

Juliette se sentit submergée d'informations et de sentiments contradictoires : la discrimination envers les gens comme elle, la reconnaissance envers Gabriel, la beauté de ses collègues, sa colère envers Gabriel, enfin un travail… Cela lui semblait autant de pièces d'un puzzle qu'elle n'arrivait pas à mettre en place. Tous les regards étaient braqués sur elle, et elle accepta le poste par politesse, sans vraiment bien s'en rendre compte.

Pour fêter l'évènement, ils décidèrent de concert d'aller tous manger un morceau pas loin, et Juliette prévint Lucie par ringphone de ne pas l'attendre pour la soirée. Le bar-restaurant où ils avaient l'habitude d'aller étant plein, ils optèrent pour un second choix de fortune. Juliette connaissait mal ce quartier situé au nord de la ville, et contrairement à Sainte-Anne ou à celui de la faculté, il était presque exclusivement fréquenté par des Anges. Durant la soirée, ils partagèrent des anecdotes de travail et des points de vue sur des dossiers de discriminations constatées, dans une ambiance qui voulait rester décontractée. Juliette se sentait plutôt étrangère à la conversation et avait du mal à y prendre part. Elle essaya de s'y intéresser, mais les sujets abordés lui étaient si peu familiers qu'au bout d'un moment, elle abandonna et cessa carrément d'écouter. Elle préférait ne pas penser à ce qu'elle avait appris ces dernières heures et à ces histoires d'injustice envers les Bios. Elle se réfugiait dans ses rêves et dans ses calculs amoureux, s'imaginant ramener Gabriel à son époque et le présenter à toutes ses camarades de classe. Quelle tête elles feraient ! C'est sûr, ça leur clouerait le bec pour de bon ! Elles seraient toutes super jalouses !

Il commençait à se faire très tard ; on était vendredi, et le bar voyait entrer de plus en plus de jeunes à la fois excités et éméchés. Soudain, alors que Juliette regardait dans le vague, un Ange qui titubait en face d'elle la prit à partie.

— Qu'est-ce que tu regardes, la primate ? Tu veux ma photo ?

Juliette, plongée dans ses rêveries, ne comprit tout d'abord pas qu'il s'adressait à elle.

— Eh ! C'est à toi qu'je parle ! T'es trop stupide pour comprendre ou quoi ? Qu'est-ce tu fous ici ? Retourne dans ta caverne !

Gabriel se leva immédiatement, suivi de Mardouk, puis du reste de la bande. Gabriel repoussa violemment des deux mains le type qui avait insulté Juliette, et celui-ci vint s'écraser sur une table. En face, les Anges qui l'accompagnaient se levèrent à leur tour, bien qu'un peu chancelants. Il y eut des cris de part et d'autre, y compris parmi les autres clients, et quelques coups furent échangés. Le gérant et le service de sécurité intervinrent pour éviter une bagarre générale, et sans même chercher la cause de la dispute, ils demandèrent à Gabriel et ses amis de partir. Athéna lui balança les articles de loi sur la discrimination raciale, et la conversation prit une tournure houleuse. Dégoûtés par ce bar, Gabriel et les autres n'insistèrent finalement pas longtemps et s'en allèrent avec dédain.

Une fois dehors, l'air frais agit sur Juliette comme une douche froide. Elle commençait enfin à descendre du nuage sur lequel elle avait tenté de rester accrochée si longtemps. Elle comprenait qu'elle avait été la cause du problème, mais surtout elle commençait tragiquement à saisir pourquoi. Il avait parlé de caverne… C'est comme ça que les Anges voyaient les humains conçus naturellement ? Comme des hommes préhistoriques à l'aspect physique repoussant et à l'intelligence limitée ?

Gabriel raccompagna rapidement Juliette chez elle. Elle alla se mettre au lit en prenant garde de ne pas réveiller Lucie, mais elle n'arrivait pas à dormir. Elle savait maintenant que la vie en cette époque, pour une fille comme elle conçue naturellement, était loin d'être aussi paisible qu'elle ne l'avait pensé. Elle se tourna, et scruta dans la pénombre son amie qui dormait. Elle commençait maintenant à comprendre – mieux, à ressentir – les frustrations de Lucie. Elle se demanda si Gabriel pouvait l'aimer. Comment la voyait-il ? Comme un animal abandonné dont on a pitié ? Toutes ces heures qu'il avait passées avec elle, peut-être n'était-ce que par charité envers les gens de sa race ? un peu comme une mission pour son organisation... Cette pensée la fit frémir. Pour la première fois de sa vie, elle se sentit vraiment malheureuse. Sa famille et son époque lui manquaient terriblement ; elle aurait aimé revoir son père et sa mère, être chez elle bien au chaud dans son lit, et se réveiller le 25 décembre 1985 comme si tout ça n'avait été qu'un mauvais rêve. Elle se serait dépêchée de se lever et serait partie joyeusement chercher le cadeau de son parrain. Oncle William… où était-il ? était-il mort ? l'avait-il abandonnée ? Etait-elle donc coincée ici à tout jamais ? Cette pensée redoubla ses pleurs et elle mit la tête dans son oreiller pour essayer de les étouffer. Malgré elle, ses gémissements finirent par réveiller Lucie. Cette dernière se frotta les yeux et alluma une petite veilleuse. Elle fut touchée en découvrant le visage rouge et gonflé de Juliette. Elle se leva alors et vint s'asseoir auprès d'elle. Juliette lui raconta, sans rien cacher, sa journée et son lot de déceptions. Lucie était sincèrement émue. Elle avait craint un moment que Juliette ne devienne une rivale, mais elle vit en elle une alliée, et plus que ça, une sœur de peine. Juliette avait enfin compris la situation, comme une enfant qui perd son innocence, et Lucie s'en attristait. Elle la consola comme elle put, et lui conseilla quand même de prendre ce travail : c'était une belle opportunité qui lui donnerait une expérience et un accès à une formation. Par ailleurs, puisqu'elle aimait Gabriel, cela lui permettrait justement de le revoir sans avoir à chercher de prétextes.

Bercée par les caresses et les paroles réconfortantes de son amie, Juliette finit par s'endormir. Ce fut Lucie qui, à son tour, eut du mal à retrouver le sommeil. Les déboires de Juliette lui rappelaient ses premiers cris de révolte, et la renvoyaient au lointain passé où son père vivait encore à la maison. Elle se rappelait les jours heureux passés en sa présence, les matins où il l'emmenait à la piscine, les bons repas à la maison, les balades le soir en plein été… une foule de petits détails qui, mis bout à bout, constituaient ce qui avait été son bonheur. Puis, plissant légèrement les paupières, elle se remémora des disputes entre son père et sa mère, les désaccords, les crises, et son départ de la maison six ans auparavant. La suite, elle préférait ne pas s'en rappeler, elle voulait oublier, tout oublier, à tout prix. La nuque posée sur l'oreiller, les larmes perlaient silencieusement jusqu'au creux de ses oreilles. Elle regardait le plafond étoilé, comme aspirée dans ce vide artificiel, et la nuit finit toutefois par l'emporter sur sa mélancolie ; Lucie succomba elle aussi au sommeil.

Calliope

Calliope Thori-Freya, même avec sa peau plissée de nouveau-né, était une merveille de beauté. Ses parents étaient satisfaits du choix qu'ils avaient fait, et ils ne doutaient pas un instant que leur fille aurait, une fois adulte, l'étoffe de la muse divine dont elle avait emprunté le nom. Elle commença à marcher à l'âge de dix mois, en même temps qu'elle prononçait ses premiers mots. A deux ans, elle arrivait déjà à tenir une conversation claire avec un adulte, et à quatre ans, elle savait déjà lire et faire des mathématiques. Elle était légèrement plus douée que la moyenne des autres enfants, mais ce « légèrement » suffisait pour qu'elle soit la meilleure, et pour ses parents c'était déjà une fierté inestimable. Par la suite, elle s'avéra très vite excellente dans toutes les matières, surtout dans celles de l'art et de la créativité, essentielles pour faire une brillante carrière dans la vie adulte. La petite Calliope était heureuse de voir le bonheur qu'elle apportait à la maison, et le sourire de ses parents faisait le sien. Elle était même plus douée que son frère dans ses résultats, ce qui recentrait davantage l'attention sur elle et ce n'était pas pour lui déplaire. Elle grandit au milieu de ces éloges, et des conversations tenues par ses parents qui ne se privaient pas de conseiller leurs amis, ébahis par les talents de leur fille.

— Elle est prodigieuse ! Mais où l'avez donc conçue ?

— Chez *Creative Genes*, ils ont un choix d'options incroyable, avec un prix tout à fait honnête.

— C'est aussi là que vous avez fait le premier ?

— Non, le premier c'était chez *Perfectum Corpus*, mais on regrette un peu notre choix : ils étaient un peu chers pour ce que ça a donné…

Calliope poussa comme une rose dans une serre, contemplant son inestimable valeur dans le reflet des yeux de ses admirateurs. Elle devint égoïste, nombriliste, orgueilleuse et cynique. Sa vision du monde était simple : ses résultats d'évaluation faisaient d'elle ce qu'elle était, et plus ils étaient bons, plus elle se sentait importante et aimée par ses parents. Son frère la détestait, mais elle s'en fichait : il était tout simplement jaloux ! Comment aurait-il pu ne pas l'être auprès de la fille la plus géniale et la plus belle de la terre ? Jour après jour, elle redoublait d'ardeur au travail, consciente de recevoir encore plus d'amour et d'admiration en retour, tandis que lui, par révolte, se laissait de plus en plus aller.

A ses onze ans, ses parents décidèrent de sacrifier leurs économies et de la placer en pension dans une école privée plus appropriée à son *intelligence exceptionnelle* : l'école Zeus d'Olympia, réservée à l'élite de l'élite. Calliope dut abandonner ses anciennes amies qui la vénéraient pour entrer dans un monde de parfaits inconnus. Habituée à porter son regard sur elle-même, Calliope n'était pas très douée pour les relations sociales. Son air suffisant et sa manière hautaine de se considérer comme la meilleure lui attirèrent vite l'animosité de ses nouveaux camarades. Par la suite, durant les récréations, Calliope avait tenté de leur expliquer qu'il ne fallait pas qu'ils soient jaloux parce qu'elle était plus intelligente qu'eux, mais ils n'avaient pas réussi à le comprendre, et elle sentait bien depuis qu'ils la dévisageaient avec dédain et hostilité dès qu'elle s'approchait. Enfermée dans sa logique, Calliope ne voyait aucune autre voie d'approche avec ses camarades.

La première vague de résultats d'évaluation vint malheureusement empirer les choses. Habituée à toujours être la première, Calliope se retrouvait maintenant avec des élèves au moins aussi bons qu'elle, et sur des exercices autrement plus difficiles qu'à l'école publique où elle allait avant. Ses résultats, sans être cependant mauvais, furent néanmoins décevants par rapport à la conduite vaniteuse dont elle avait fait preuve jusqu'alors. La plupart des élèves se moquèrent d'elle sans aucune retenue, et elle passa petit à petit du statut de paria à celui de souffre-douleur.

Durant cette période difficile à laquelle personne ne l'avait préparée, Calliope aurait certainement eu besoin du soutien de sa famille ; mais dès que ses parents eurent vent de ses résultats passables, elle tomba en disgrâce. Autrefois petite fille modèle, elle se vit accusée de fainéantise, de bêtise, et surtout de leur coûter une fortune. Ils seraient désormais plus stricts avec elle : finis les compliments, les cadeaux, les amusements ! Elle allait se remettre à étudier, et plus vite que ça ! Ce fut comme si le monde s'écroulait pour cette adolescente qui n'était encore qu'une enfant. Elle chercha alors à confier son mal-être à son frère, mais celui-ci avait nourri une haine viscérale envers sa sœur, une haine qu'elle avait elle-même entretenue et fortifiée au fil des années, de par son attitude condescendante. Elle se heurta donc là aussi à un mur, et se retrouva complètement seule au monde.

Calliope passa six ans dans cette école, six ans durant lesquels elle ne fut jamais une bonne élève, ni une mauvaise. Son caractère changea profondément. Les premières années, au fil des humiliations subies par ses camarades et ses parents, elle perdit goût à la vie et commença à considérer ce monde comme factice et inutile. Elle se considérait elle-même comme inutile, et devenait indifférente à toute chose, voire violente, hostile, y compris envers elle-même, n'hésitant pas à se scarifier la peau en cachette. Vers l'âge de quatorze ans, elle fit des progrès étonnants en sport, où l'art du combat aérien était la discipline majeure. Habitée par la rancœur et la haine, elle se vengea de cette manière sur ses camarades et devint rapidement une des plus fortes de tout le lycée. Ceux-ci, effrayés par tant de hargne, finirent par la laisser tranquille et décidèrent de l'ignorer. Les parents de Calliope, de leur côté, se résignèrent en partie à accepter l'idée que leur fille ne serait plus la première de la classe. Calliope vécut ainsi ses deux dernières années de lycée, et c'est dans ce terreau d'indifférence générale qu'elle développa sa propre personnalité, celle qui venait bien d'elle-même et non de *Creative Genes*. Son bonheur coupable jusqu'à ses onze ans, brutalement assassiné, lui avait insufflé un idéal empreint à la fois de nostalgie et de remords. Elle aspirait à vivre sa propre vie, sans plus dépendre du regard des autres, si inconstant, et elle cherchait un amour pur, qui se désintéresserait autant de sa beauté que de ses facultés, et qui n'aimerait que son âme, gratuite, mais irremplaçable.

Durant sa dernière année de lycée, elle fit la connaissance d'une nouvelle élève, Artémis, qui allait également partager sa chambre. Elle venait de la Guadeloupe et faisait l'aller-retour chaque week-end chez ses parents. Ses aïeux avaient dû avoir une peau de couleur chocolat, mais chaque génération successive d'Anges en avait éclairci légèrement l'éclat, si bien qu'à présent Artémis offrait un teint proche de l'ambre. Ses cheveux étaient naturellement méchés de l'or à la noisette, tandis que ses yeux dégageaient un roux chaud et profond.

Calliope l'avait trouvée à la fois belle et fascinante, et lors de leur toute première rencontre, elle s'était rappelé le désarroi qu'elle avait subi en tant que nouvelle. Devenue plus mûre et plus sage, elle avait décidé de s'ouvrir humblement à cette inconnue, avec le désir sincère de l'aider et de devenir son amie. Toutes deux avaient de nombreux points communs, outre leur tenue vestimentaire un peu gothique, et elles devinrent de très bonnes copines, faisant de cette dernière année de lycée la plus heureuse de la vie de Calliope.

Devenues inséparables, elles avaient décidé d'entrer dans la même faculté d'art, et c'est là qu'elles avaient rencontré Hermès et Lucie. Calliope aimait beaucoup Lucie. Non seulement elle était l'une de ses rares connaissances Bios, mais en plus elle représentait cet idéal de simplicité auquel elle aspirait. Elle enviait les Bios parce qu'ils étaient libres, libres de se tromper ou d'avoir des défauts, et que leurs parents, malgré cela, les estimaient plus que tout l'or du monde. Elle avait parfois envie de s'arracher les ailes et de partir loin de sa famille, d'aller dans un endroit où personne ne la connaissait, de refaire simplement sa vie ; mais ce n'était pas vraiment une solution, mais une fuite. Alors, elle fixait Lucie à longueur de journée, se familiarisait avec son monde, et découvrait également ses amis Hybrides, encore plus libres eux aussi, car la société n'attendait rien d'eux.

Ce soir, ils s'étaient tous donné rendez-vous à vingt heures à l'*Arena*, un complexe situé dans la proche banlieue de Rome. Il s'agissait d'une gigantesque arène dans laquelle s'affrontaient virtuellement plusieurs équipes. C'était un lieu très populaire qui attirait des joueurs du monde entier. Là-bas, il n'y avait pas de racisme anti-Bios ou quoi que ce soit d'autre, tout le monde était à égalité, seul le score comptait. Elle partit à moins le quart et arriva un peu en avance. Juliette et Lucie étaient déjà là, ainsi que Lamia et Bilael. Hermès et Artémis allaient arriver et l'équipe serait au complet. L'*Arena* proposait un programme différent pour chaque journée et chaque soirée de la semaine. Le jeudi par exemple, le complexe faisait vraiment office d'arène romaine, et du matin jusqu'au soir des combats virtuels de fauves, de monstres et de gladiateurs romains y défilaient. L'entrée était libre, et chacun rentrait et sortait comme il voulait. Dans les gradins, en face de chaque siège, il y avait un petit boîtier noir relié directement à l'arène. Si l'on désirait participer à un combat, il suffisait d'y poser le doigt, et de se mettre sur la file d'attente. Un catalogue apparaissait alors et vous pouviez y choisir votre combattant – humain, bête ou autre – puis personnaliser tranquillement votre avatar, voire même le sauvegarder pour une prochaine partie. Le compte était débité automatiquement, et une fois son tour venu le boîtier passait du rouge au vert. Votre héros entrait alors dans l'arène, et le combat pouvait commencer. Si vous gagniez, vous pouviez rester pour le combat suivant, et les points obtenus vous permettaient de vous acheter des armes ou autres talents virtuels.

Ce soir, c'était samedi, le soir des jeux de rôles, et chaque fois le thème de la quête était différent. Les joueurs physiques entraient directement dans l'arène, munis d'une combinaison et de lunettes spéciales, et ils évoluaient au sein d'un décor virtuel. La combinaison prenait alors l'apparence vestimentaire du personnage qu'ils étaient censés incarner, que ce soit un magicien, un chevalier ou un elfe... A part eux, tout était virtuel, mais l'effet était presque aussi saisissant que le monde réel. Ils jouaient par équipe, et chacune d´elles disposait d'une foule d'objets pour atteindre son but : argent, armes, fioles, boucliers, etc.

Calliope aimait bien ces jeux où elle s'évadait complètement de la réalité et devenait quelqu'un d'autre. Elle se débrouillait particulièrement bien, mais le meilleur à ce type de jeu c'était Bilael qui jouait à fond son personnage. La nouvelle, Juliette, qui y participait pour la première fois, semblait complètement perdue. Heureusement, Lucie et Artémis prirent le temps de lui expliquer les règles et le principe, et vers la fin du jeu elle créa même quelques surprises.

La partie dura trois bonnes heures, et ils arrivèrent troisièmes sur une douzaine d'équipes, ce qui n'était pas si mal. Ils partirent ensuite boire un verre dans le centre de Rome, afin de profiter de l'atmosphère festive du Sud. Ils retournèrent chez eux passablement éméchés, vers trois heures du matin, en se jurant de remettre ça.

Kesler

Rapidement recrutée, Juliette allait commencer sa première journée de travail au sein d'Hybiriwa le lundi 9 mai à neuf heures, c'est-à-dire moins d'un mois après son arrivée en 2704. Elle était nerveuse ce matin rien qu'à cette idée. Elle n'avait qu'une conception vague de la vie professionnelle, surtout au 28e siècle. De plus, elle redoutait de revoir Athéna et Rhéa, qu'elle considérait comme ses potentielles rivales auprès de Gabriel.

Pour se donner du courage sur le trajet, elle écouta *Hello* de Martin Solveig. Quelques jours avant, elle était passée devant une boutique au nom bizarre – « @geek.com » –, et elle avait reconnu dans la vitrine un modèle similaire à son walkman miniature. Le propriétaire était une sorte de collectionneur un peu farfelu qui rachetait et revendait tous les objets technologiques anciens. Elle était entrée pour lui demander s'il était possible de transférer sur son ringphone les musiques de son walkman et lui, à la fois fier et excité, avait sorti un boîtier doté d'une prise USB – *un modèle exceptionnel du 21e siècle encore en état de marche !*

Il avait été médusé par l'état de conservation de son lecteur mp3 et non seulement il ne lui fit pas payer le transfert, mais en plus lui avait proposé de lui racheter pour 300 crédits. Juliette, devant son enthousiasme, avait accepté de bonne grâce sans contrepartie, mais il avait insisté. En tout cas, elle était ravie d'entendre à nouveau ses musiques préférées, qui plus est sans écouteur. Le son semblait émaner d'elle-même et elle avait l'impression de pouvoir augmenter indéfiniment le volume sans s'abimer les tympans.

Ce fut sur ce rythme entraînant qu'elle se rendit à son travail, se déhanchant sous un ciel bleu limpide, avec une brise fraîche lui caressant agréablement la joue, dernier sursis avant les grosses chaleurs annoncées par la météo. Cette ambiance estivale lui redonna courage et optimisme, et elle fit finalement son arrivée dans les bureaux d'un air confiant.

Rhéa lui fit visiter les locaux, et lui expliqua en détail le fonctionnement et les règles de l'organisation. Juliette fut notamment amusée en apprenant qu'il y avait, hors mission, une sieste obligatoire d'une demi-heure minimum à faire entre 12 h 45 et 14 h 30, d'autant que cela n'était pas spécifique à Hybiriwa mais constituait une règle générale du droit du travail. Mardouk et Catherine la prirent ensuite à tour de rôle pour lui expliquer le quotidien et les tâches concrètes de sa mission. Au départ, et afin de se familiariser en douceur, elle se cantonnerait aux tâches de secrétariat basiques avec l'administration d'Olympia et le siège social, ainsi qu'à l'accueil des visiteurs. Dans quelques mois, si elle se sentait à l'aise, elle pourrait commencer sa formation mais également se rendre de temps en temps sur le terrain pour recueillir des témoignages ou constater des cas d'abus envers la minorité dont elle se savait désormais faire partie.

Juliette était finalement heureuse de cette formidable opportunité qui s'offrait à elle, même si elle avait été un peu étonnée par cette embauche, étant donné qu'elle n'avait ni expérience ni formation. Ce qu'elle ignorait, c'est que les institutions avaient pris conscience depuis longtemps que la situation des jeunes face à l'emploi n'était pas facile et qu'ils étaient bien souvent confrontés à un double dilemme. D'une part, il leur était très difficile de choisir une formation, car ils n'avaient qu'une vague connaissance de la vie professionnelle et de leurs préférences, alors même que cette formation allait sceller leur avenir dans une voie bien précise. D'autre part, même avec un diplôme en poche, trouver un emploi ne restait pas une chose aisée, car la plupart des entreprises exigeaient une première expérience. Les jeunes victimes de ces logiques absurdes, qui n'avaient pas réussi à faire leur premier pas dans le monde du travail, en restaient marquées toute leur vie. Afin d'éviter ce genre d'impasse, les institutions avaient instauré des minima et des incitations fiscales importantes aux entreprises qui embauchaient des jeunes sans expérience et sans diplôme. Après une période de trois mois, si le jeune recruté s'avérait satisfait par cette première approche, il pouvait alors suivre une formation en rapport avec ses fonctions et les perspectives d'évolution du poste. Cette formation, financée pour une partie par l'entreprise (et pour l'autre par les pouvoirs publics) dispensait ainsi des cours bien plus proches de la réalité pratique du terrain. Le salarié, honoré par la confiance que l'entreprise avait placé en lui, et ravi de pouvoir suivre une formation directement utile, s'investissait alors complètement dans ses fonctions. Les recruteurs avaient enfin réalisé que ce qui comptait n'était pas l'expérience mais la motivation, et qu'un jeune motivé est capable de tout faire, pourvu qu'on lui en donne l'occasion et qu'on le lui apprenne.

Encore vaguement étrangère à toutes ces considérations, Juliette se mit rapidement dans le bain, plus facilement qu'elle ne l'aurait pensé. Elle partageait un bureau avec Catherine et Mardouk, et l'ambiance était plutôt détendue. Comme outil de travail, elle avait tout simplement une espèce de table assez épaisse, inclinée à 45° et formant un demi-cercle autour d'elle. Son plan en verre faisait en fait office d'écran d'ordinateur, et lui offrait une profondeur donnant l'illusion d'être quasi infinie. Juliette comprit de suite pourquoi on disait *plonger* ou *nager* dans Mindnet, car cela lui faisait réellement l'effet d'être sous la mer, en train de nager dans un espace en trois dimensions. Elle n'avait besoin que de penser pour évoluer à l'intérieur, et ne baladait ses mains sur le verre que pour exécuter des tâches plus complexes. Par bonheur, les logiciels étaient extrêmement intuitifs : il suffisait qu'elle pense à une tâche pour que l'ordinateur l'exécute, et si elle n'était pas prévue par le programme, une liste apparaissait et lui indiquait les solutions alternatives les plus probables, le tout à une vitesse incroyable. Lorsqu'elle regardait le bureau de Catherine, c'est à peine si elle arrivait à distinguer les motifs *dans* son écran tellement ils défilaient vite.

Chaque midi, ils allaient manger tous les trois dans un des restaurants de la ville, et parfois ils s'offraient un petit plaisir et empruntaient une voiture pour des destinations plus lointaines. Athéna et Pierre étaient souvent absents. Pour Athéna, c'était surtout pour ses audiences au tribunal ou ses visites aux victimes. Quant à Pierre, son rôle de président était essentiellement symbolique (le président d'un bureau devait être ou Bio ou Hybride) et il était souvent en délégation au siège ou accompagnait parfois Athéna lors de ses missions. Lorsque les deux autres étaient absents, c'était Rhéa la responsable et, quand elle n'était pas également en mission, elle se joignait à eux pour déjeuner. Après le travail, ils sortaient parfois s'amuser dans le quartier, et Gabriel les rejoignait quand il pouvait. Il venait de commencer sa période d'examens, et avait peu de soirées libres.

Les deux premières semaines de Juliette furent très stimulantes et très enrichissantes. Poussée par son milieu professionnel, elle apprit à mieux utiliser son ringphone et à afficher des informations plus pertinentes dans ses lentilles de contact. Même chose pour Mindnet où elle apprit à nager avec aisance. Parallèlement, de par l'environnement où elle travaillait, elle se familiarisait peu à peu au contexte sociopolitique de l'époque. Elle se sentait utile et, durant les dîners à la maison, elle avait désormais à son tour des choses à raconter à Lucie et sa mère. Elle se sentait un peu moins bête, et également moins redevable, car elle avait enfin acquis son indépendance financière. Lorsqu'elle s'était fait enregistrer son identité, on lui avait créé un compte monétaire personnel directement lié à son code génétique. Depuis, sept crédits y étaient quotidiennement versés par l'Etat, lui permettant de s'acheter tout juste de quoi manger. Grâce au nouveau salaire qu'elle touchait, de dix-sept crédits par jour, elle était en mesure de s'offrir une petite location et quelques extras. Elle avait donc informé Lucie qu'elle pourrait se chercher un logement à part, mais Lucie avait insisté pour qu'elle reste, au nom de leur amitié. Un compromis fut trouvé : Juliette resterait et verserait périodiquement une modeste contribution aux frais. On l'enregistra officiellement comme *résidente* de la maison, et on lui confia également les codes de sécurité de Jiro. Ce n'était plus une invitée, elle faisait maintenant en quelque sorte partie de la famille.

Dans ce tableau harmonieux, il existait cependant une petite dissonance que Juliette n'arrivait pas à expliquer. C'était quasiment imperceptible, et invérifiable, mais elle sentait une certaine nervosité émaner de Lucie, et dans une moindre mesure de sa mère, chaque fois qu'elle parlait de ce qu'elle faisait au sein de l'organisation. Toutes les deux paraissaient tendues et attentives, mais elles avaient l'air de ne pas vouloir le laisser paraître et affectaient un air jovial. Ce mélange improbable de sentiments laissait Juliette dubitative et un peu mal à l'aise. Elle ne mit pas longtemps à comprendre le pourquoi, car la réponse vint s'imposer d'elle-même au cours d'une journée dont Juliette se souviendrait toute sa vie.

En deux semaines, Juliette avait eu le temps de se familiariser avec une petite quinzaine de dossiers, sauf un : l'affaire Kesler et ses attenants. C'est ce qui accaparait une bonne partie du temps d'Athéna. C'était un dossier chaud qui intéressait la presse de par la renommée de la personne concernée et l'originalité de l'affaire. Le tribunal rendait son jugement le lundi 23 mai, l'audience commençant à midi. Mardouk et Catherine, qui tenaient absolument à connaître au plus vite l'issue de l'affaire, décidèrent de se faire livrer le déjeuner au bureau. Dès midi, ils activèrent un écran de télévision qui apparut sur un des murs de la pièce. Catherine sélectionna mentalement une chaîne d'informations en continu, où l'on pouvait voir une journaliste, dos au tribunal, qui énumérait les différentes sentences possibles. Mardouk en profita pour expliquer à Juliette tous les détails de l'affaire.

Robert Kesler était né en 2659, de manière biologique, d'un père agriculteur et d'une mère pasteur. Il avait ainsi passé son enfance à la campagne, entre les merveilles vivifiantes de la nature et la profondeur mystique du christianisme. A l'école, il s'était révélé particulièrement doué, voire surdoué. Il avait suivi une formation en droit et en sciences politiques dans une grande université. Il avait fait ses débuts dans le monde du travail en tant que magistrat, et par la suite s'était reconverti dans le journalisme tout en commençant parallèlement une carrière d'écrivain. Il s'était mis en ménage assez tôt, à l'âge de vingt-quatre ans, avec une commerçante, également Bio, et de cette union, qui avait duré une dizaine d'années, était née une fille. Ce fut pendant ses premières années de couple, durant cette période de relative stabilité, qu'il publia ses premiers succès et acquit la renommée qu'on lui connaissait aujourd'hui. Ses romans et ses nouvelles tournaient souvent autour d'un thème de prédilection : l'acceptation de soi et des autres, et prônait la tolérance entre les différentes races que constituaient les êtres Biologiques, Hybrides et les Anges. Cela racontait souvent l'histoire de gens aigris par la vie et repliés sur eux-mêmes, qui – sans même parfois s'en rendre compte – ne croyaient plus au bonheur. Cependant, ils y parvenaient quand même, après avoir traversé une série d'épreuves, souvent symboliques, destinées à faire tomber les barrières qui les aveuglaient. Il y avait toujours beaucoup de philosophie et de tragédie, et plusieurs de ses histoires avaient été adaptées en film ou en feuilleton. Elles étaient très populaires auprès des Bios du monde entier, mais également chez les Hybrides et un certain nombre d'Anges qui partageaient ses idées progressistes. Robert Kesler avait ainsi acquis une réputation d'intellectuel engagé, à la fois sage et humaniste.

Quelques années après son divorce, sa carrière prit cependant un étrange tournant. Il se fit embaucher en '98 comme secrétaire personnel d'Héméra de Lanson, une Ange, riche héritière de l'empire du prêt-à-porter de luxe *Dentelle Romaine*. Ses pairs eurent beaucoup de mal à comprendre ce revirement inattendu : avait-il besoin d'argent ? était-il en manque d'inspiration ? ses idéologies s'étaient-elles étiolées avec les années ? Toujours était-il qu'il n'avait plus rien publié depuis cette date, et quelques rumeurs laissaient entendre qu'il travaillait sur une saga de grande ampleur dont l'action se situait au

Mont-Saint-Michel. Il avait fini par se faire un peu oublier quand, au petit matin du 29 janvier de cette année, arriva une nouvelle qui fit l'effet d'une bombe : Robert Kesler venait d'être arrêté pour le viol et le meurtre de son employeur, Héméra de Lanson. Le crime avait eu lieu durant la nuit, et les preuves étaient irréfutables : traces de sperme retrouvées sur le corps de la victime, et traces d'ADN un peu partout dans la chambre, la scène du crime. Robert Kesler avait avoué les faits, et très vite la presse conservatrice s'était emparée de l'affaire. Selon elle, Robert Kesler n'avait simplement pas su résister à une pulsion sexuelle incontrôlable et avait contraint sa bienfaitrice à des relations forcées, confirmées par le rapport du médecin légiste. Il avait ensuite assassiné sa victime dans le but de la faire taire, mais heureusement elle avait eu le temps d'activer un appel de détresse et la police avait pu arriver sur les lieux avant qu'il n'ait eu le temps de prendre la fuite. Ce crime atroce démontrait bien, selon la presse conservatrice des Anges, combien il était dangereux de coexister avec les hommes biologiques. Leur production d'hormones androgènes n'étant pas génétiquement corrigée, ils étaient davantage enclins à commettre des agressions sexuelles. Parmi leurs victimes, c'étaient les femmes Anges, plus nombreuses et plus attirantes que les femmes Bios ou Hybrides, qui en faisaient particulièrement les frais. La communauté Bio était mal à l'aise devant ce crime à la fois si imprévisible et en même temps si indéniable, et avait décidé de garder une position neutre en attendant les conclusions de la justice.

La période d'instruction, très médiatisée également et menée par le procureur Verkmann, connu pour son efficacité redoutable, n'avait nécessité que quelques mois à peine. Le procès avait été ensuite fixé au 12 avril, et devait s'étaler sur trois jours. La défense de Kesler était assurée par un avocat de sa connaissance, mais Athéna et Pierre s'étaient quand même rendus au tribunal pour suivre l'affaire de près. Au deuxième jour d'audience, un attentat contre le tribunal était venu interrompre le procès. Un homme avait percuté à la voiture-bélier un des murs extérieurs de la salle d'audience, y ouvrant une brèche béante. Il n'y avait pas eu de morts, juste quelques blessés légers. Kesler avoua plus tard au tribunal que cet homme était en fait un complice chargé de le faire évader, qu'il avait réussi à contacter durant sa mise en détention. Il fut décidé par la suite de placer Kesler en cellule d'isolement total, afin d'éviter que ce genre d'incident ne se reproduise.

Pierre et Athéna, quant à eux, présents sur les lieux au moment de l'attentat, avaient rapidement décidé d'assurer la défense du complice en question, en puisant sur les ressources propres de l'organisation. Leur but avait été d'obtenir un rôle dans le procès Kesler, et conférer ainsi à Hybiriwa une visibilité plus importante. Ils s'étaient ensuite repentis de ce choix, car le prévenu, loin d'avoir une cause à défendre, n'avait aucune revendication, ni même d'explication à son geste. D'un côté, il niait toute complicité avec Kesler et prétendait que c'était purement un accident ; mais de l'autre, il n'était pas capable d'expliquer pourquoi et comment c'était arrivé. Dans ce contexte défavorable, Athéna et Pierre avaient eu bien du mal à élaborer une stratégie de défense. Le procès Kesler, dont l'audience, suite à ces événements, avait été reportée au 11 mai, reprit à huis clos dans une salle spéciale, plus à l'abri des attentats. Une fois terminé, il fut immédiatement suivi du procès contre l'auteur à la voiture-bélier au cours duquel Athéna assura sa défense, sans grande conviction hélas ! Le tribunal avait ensuite mis les affaires en délibéré, et le jugement devait être rendu aujourd'hui, tant pour Robert Kesler que pour William Retsonel.

Juliette tressaillit en entendant ce nom ; elle venait d'avoir une sinistre intuition. Elle demanda à Mardouk de l'épeler, et nota sur une feuille, de droite à gauche, chaque lettre qu'elle entendait. A la fin, cela donnait L-E-N-O-S-T-E-R. William Lenoster. Elle venait donc enfin de retrouver son oncle William !

Mardouk et Catherine remarquèrent le regard troublé et le silence de Juliette, mais leur attention fut aussitôt détournée par la journaliste de la télé. L'audience était terminée et elle interviewait les magistrats à peine sortis du tribunal.

« Robert Kesler a été reconnu coupable d'agression sexuelle et de meurtre non prémédité à l'encontre d'Heméra de Lanson, son employeur, et a été condamné à une peine de prison ferme de trente ans. William Retsonel a été reconnu, lui, coupable de tentative d'évasion d'un prévenu et de dégradation de biens publics. Il a été condamné à une peine de six ans de prison ferme et à une amende de 25 000 crédits. »

Juliette laissa s'échapper un cri malgré elle. Jamais elle ne s'était attendue à retrouver son oncle dans de telles circonstances. Catherine se permit un premier commentaire :

— Au fond, ils s'en sortent plutôt bien. Pour Kesler, la préméditation n'a pas été retenue, et pour Retsonel, ils n'ont pas retenu la tentative d'attentat. Pour l'un comme pour l'autre, c'est nettement moins préjudiciable.

Mardouk, quant à lui, avait davantage scruté les réactions de Juliette :

— Ça a l'air de te toucher vachement ! Tu le connais ce William Retsonel ?

Juliette mit un temps avant de répondre. En quelques fractions de seconde, comme une illumination, elle venait de comprendre pourquoi William avait tourné son nom à l'envers, et pourquoi il n'avait pas pu assurer efficacement sa défense. Mais encore toute secouée par ce qu'elle venait d'apprendre, elle ne put s'empêcher de répondre en murmurant : *C'est mon oncle.*

Ce n'est qu'en fin de journée seulement que Juliette put enfin lui rendre visite, officiellement en tant que sa nouvelle avocate et représentante d'Hybiriwa, car seules ces visites étaient autorisées en attendant le transfert. Pour l'occasion, elle s'était coiffée, maquillée et habillée à la mode olympienne, suivant les recommandations d'Athéna qui tenait à ce qu'elle paraisse crédible dans ce rôle. Rhéa, toujours le cœur sur la main, s'était portée volontaire pour l'aider dans cette démarche. Elle lui avait prêté quelques-uns de ses bijoux, peaufiné son maquillage, et arrangé sa coiffure avec un ornement floral. Juliette s'était ensuite parée d'une sorte de toge romaine, composée en réalité d'une large étoffe de soie blanc nacre parcourue de discrets filaments lumineux, et d'une palla supplémentaire jetée sur les épaules, dont les reflets changeants oscillaient entre le pourpre et l'amarante. Cette sorte de longue étoffe, à plier et enrouler savamment autour de soi, était très pratique pour les Anges, car elle leur permettait de laisser sortir leurs ailes sans être gênés. Par contre, il fallait un certain savoir-faire pour l'ajuster correctement, et si quelqu'un d'expérimenté le faisait machinalement en une minute, il avait fallu à Juliette près d'un quart d'heure et l'aide de Rhéa pour y parvenir. C'est ainsi transfigurée par toute la splendeur de la mode olympienne qu'elle arriva sur les lieux.

Juliette eut un énorme pincement en cœur en retrouvant son oncle ; elle mit même un instant à le reconnaître tant il avait changé ! Il avait davantage de cheveux gris, ses joues s'étaient creusées, son teint était terne, son regard morne et il paraissait très affaibli. Sa carrure était plus maigre et légèrement voutée. Il avait l'air d'avoir écopé, avec ses six ans de prison, de vingt années d'âge en plus !

Quant à William, il eut comme un choc en apercevant sa nièce ; il mit même un instant à la reconnaître tant elle avait changé ! Elle était sublime : resplendissante, fraîche, droite, élégante et parfaitement à l'aise. On l'avait même annoncée comme une avocate d'Hybiriwa ! Quel contraste et quelle ironie ! Lui, qui avait inventé la machine à voyager dans le futur, s'y était retrouvé comme un misérable, un hors-la-loi, alors qu'elle, embarquée malgré sa volonté, y avait rencontré le succès !

Et pourtant, il avait eu si peur pour elle, se demandant ce qu'elle était devenue, si elle avait réussi à se débrouiller et à survivre, si elle était bien arrivée dans la même époque que lui… Dans ses pires moments, il l'avait même crue morte et se torturait de remords.

Ils se dévisagèrent l'un et l'autre dans une espèce de silence immobile, un instant fugace mais intense, et ô combien lourd de sens, durant lequel chacun comprit la situation de l'autre. Juliette ne put retenir ses larmes de compassion et se jeta dans les bras de son oncle, tandis que lui, à la vue de sa nièce si longtemps attendue et de cette vision merveilleuse, sentit ses yeux s'embuer d'émotion et reprit des couleurs. Passées les premières effusions, chacun s'assit autour de la table.

Alors que Willam s'apprêtait à parler, la bague de Juliette émit une lumière bleue, et cette dernière se mit à parler toute seule.

— Bonjour Calliope, je ne peux pas trop te parler pour le moment… non, je ne sais pas où est Lucie… pas de problème… ciao.

Puis William se mit à raconter sa longue histoire, que Juliette écouta attentivement.

William

Il y a plusieurs années de cela, j'ai inventé une machine à voyager dans le temps. Son principe repose sur les flux magnétiques engendrés par la supraconductivité, et sa contrainte majeure reste qu'elle requiert une énorme puissance électrique. C'était Charles, ton père, qui, grâce à sa position à la centrale nucléaire, pouvait me la fournir quand j'en avais besoin. J'ai fait trois voyages dans le futur, chaque fois le soir de Noël, car c'était le moment le plus discret, c'est-à-dire où il y avait le moins de monde à la centrale. Au cours de ces trois voyages, je ne pus me projeter que d'une petite trentaine d'années en avant. A chaque fois, je te ramenais quelques cadeaux, des cadeaux qui devaient te paraître bien étranges mais, pour ton propre bien, nous nous étions résolus à ne pas te révéler leur véritable provenance.

Cependant, le faible nombre d'années que je traversais me frustrait. Un jour, je compris qu'il me fallait puiser toute l'énergie de la centrale si je voulais pouvoir faire un bond de plusieurs siècles. J'en parlai à Charles qui, après bien des hésitations, accepta. Il fut convenu de faire le saut au prochain réveillon de Noël, c'est-à-dire durant cette fameuse nuit du 24 décembre 1985, où je t'annonçai partir peut-être pour un long voyage en Australie. Je t'avais dit ça parce que, pour un saut temporel d'une telle ampleur, les batteries de la soucoupe ne pouvaient pas stocker toute l'énergie nécessaire au retour - d'ailleurs, je ne sais pas encore comment nous pourrons rentrer à notre époque.

Seulement, je ne m'attendais pas du tout à ce que tu te caches dans cette maudite machine ! J'ai eu tellement peur en te voyant glisser hors de la soucoupe. Je me suis repassé la scène des milliers de fois… J'ai cru que tu étais blessée, peut-être dans une autre époque, et parfois je t'ai même crue morte ! Comme tu avais pu malheureusement le constater, la soucoupe avait décollé, et ce à cause de la vitesse des anneaux. C'était une chose absolument imprévue ! Comme elle était toujours reliée au câble d'alimentation électrique, au lieu de poursuivre une élévation verticale, son vol a décrit un arc de cercle et, si nous n'étions pas passés dans le futur juste à temps, la soucoupe se serait écrasée sur l'une des tours de refroidissement de la centrale. Toutefois, ce qui se produisit à la place ne fut guère mieux. Toi, tu fus éjectée juste à temps ; mais moi je fus projeté cinquante mètres plus loin, en plein sur le tribunal. Par bonheur, je ne fus pas blessé mais la collision me fit perdre un bref instant connaissance. Grâce à ses arceaux en titane, la soucoupe était extrêmement résistante et avait pu encaisser le choc, même si – hélas ! – ses anneaux ont été brisés. Par contre, le mur, lui, n'avait pas résisté une seconde à la violence de l'impact, et je déboulai ainsi, sans m'en rendre compte, en plein durant l'audience d'un criminel.

Quand je rouvris les yeux, j'étais déjà encerclé de toutes parts par les policiers. Ils prirent mes empreintes digitales et un échantillon de mon ADN, puis me conduisirent directement dans une cellule sans me poser de questions. Dix minutes plus tard, un couple vint me voir et l'on me mit dans une salle à part, comme celle-ci, dans laquelle se trouvait une table singulière, recouverte d'un plateau de verre. L'homme avait environ quarante ans, comme moi, et les cheveux bruns coupés court. Elle, elle avait l'air bien plus jeune, des cheveux longs, blonds, et surtout des yeux dorés et des ailes blanches dans le dos. Elle était d'une beauté fascinante et me faisait penser à un ange. Je me demandai si elle était humaine ou si elle venait réellement des cieux. J'étais loin de me douter que, par la suite, ils deviendraient quasiment mes seuls contacts avec le monde extérieur. Ce furent eux qui commencèrent la conversation :

— Bonjour, je me présente, je m'appelle Pierre Julia-Martin, et je suis le président d'Hybiriwa, l'organisation pour la défense des droits des races biologiques et hybrides. Voici Athéna Bragi-Meyah qui, si vous le voulez bien, sera votre avocate. Elle est brillante et sincèrement engagée dans ce qu'elle fait ; vous pouvez avoir une totale confiance en elle.

— Je défends depuis plusieurs années des Bios comme vous, et je suis là pour vous aider. Je ferai tout mon possible pour vous sortir de là. Tout d'abord, comment vous appelez-vous et que faites-vous dans la vie ?

— Je suis un... (je cherchais mes mots) ...un scientifique. Dites-moi, en quelle année sommes-nous ?

— L'année de votre incarcération ! me répondit-elle visiblement contrariée par le flou et la frugalité de ma réponse. Résumons les faits qui vous sont reprochés : attaque terroriste contre le palais de Justice, dégradation de biens publics, tentative de meurtre et tentative d'évasion d'un suspect. Quelles ont été vos motivations ? Quels sont vos liens avec Robert Kesler ? Et comment cela se fait-il que vous n'ayez pas d'IGC ?

Ce discours me semblait irréel, et je ne sus que répondre.

— Quelle ligne de défense souhaiteriez-vous adopter ? me demanda-t-elle après un petit silence. Je vous conseille évidemment de plaider coupable à 100%, car il y a une bonne cinquantaine de témoins et des enregistrements vidéos à la pelle : votre culpabilité ne fait absolument aucun doute. Par contre, c'est sur le motif qu'il faut travailler, sur l'intention.

— Qu'est-ce qui vous a poussé à faire ça ? reprit l'homme. Et pourquoi d'ailleurs avec un tel engin ? Vous savez, ce n'est pas ça qui améliorera l'image que les gens ont de nous ! Si Robert Kesler est effectivement l'innocente victime d'un complot, ce sera à la justice de le démêler. Il a déjà un avocat pour l'épauler, et ce que vous avez fait ne l'aidera pas !

Je m'étais attendu à beaucoup de situations inédites en préparant mes visites dans le futur, mais celle-là je ne l'avais pas du tout prévue. Machinalement, je me défendis :

— Je ne suis pas un terroriste, ni son complice. J'ai eu un accident et je me suis écrasé contre ce tribunal.

— Voyons, cela fait bien longtemps que ce genre d'accident n'existe plus ! me coupa l'avocate. On veut vous aider, mais il faut aussi que vous fassiez un effort. Cette version n'est pas crédible une seconde, surtout avec un véhicule pareil ! Ça se voit qu'il a été conçu exprès pour défoncer un mur. Et pile pendant l'audience en plus ! Vraiment, quel stupéfiant hasard ! conclut-elle ironiquement.

Je n'en savais pas exactement les raisons, mais moi-même je me rendais compte que la coïncidence entre l'accident, le tribunal et le procès semblait trop improbable pour être vraie. Pourtant, j'étais bel et bien innocent. J'étais en pleine cogitation quand elle reprit :

— Laissez-nous faire, nous allons répondre aux interrogations de la police, et demain nous élaborerons une stratégie pour votre procès. Mais d'abord, on va aller enregistrer votre identité. Comment vous appelez-vous ?

Je réfléchis avant de répondre. Ils le remarquèrent, mais ils n'avaient pas le choix. Je pensais à toi ; je me disais que peut-être tu irais leur demander où j'étais, aux policiers ou aux gens du tribunal, et s'ils te demandaient ton nom je ne voulais pas qu'ils identifient de manière évidente notre lien de parenté, ça pouvait te porter préjudice. D'un autre côté, il fallait aussi que tu puisses me retrouver, c'est pour ça que j'inversai les lettres de notre nom. Je leur sortis péniblement :

— William Re… sto… euh… tso… nel… William Retsonel !

— Allez vous reposer, allez dormir ! me suggéra Pierre. Vous avez l'air exténué. De toute façon, il est bientôt vingt heures, et pour l'enregistrement nous avons un délai de vingt-quatre heures, nous pourrons le faire demain.

Il était vingt heures ! Je ne savais toujours pas quelle année on était, mais en faisant un rapide calcul (nous étions partis du présent un peu avant minuit, et une bonne heure devait s'être écoulée depuis), j'en déduisis qu'il devait être environ une heure du matin en 1985. Oui, j'étais fatigué, mais mon inquiétude était bien ailleurs.

— Attendez, juste une question : vous n'avez pas retrouvé une jeune fille de dix-sept ans, les cheveux châtains légèrement ondulés, près de la machine à…, de la voiture, je veux dire ? Elle est peut-être blessée !

Ils firent tous les deux demi-tour :

— Il y avait quelqu'un d'autre avec vous ?

Ils n'étaient pas au courant. Ne voulant pas t'attirer d'ennuis pour rien, et que la police ne se mette à te rechercher, je me rétractai :

— Non, non, ce n'est rien ! c'est une fille que j'avais aperçue, c'est tout !

Ils se regardèrent un moment dans les yeux, et il fut clair qu'ils me prirent pour un barjo ou qu'ils se doutèrent de quelque chose. Ils s'en allèrent ensuite répondre à la police tandis qu'on me remettait dans ma cellule. Je m'effondrai sur mon lit et pensai à toi, Juliette. J'étais quasiment sûr que tu étais tombée *après* le saut dans le futur, mais c'était étonnant qu'on ne retrouve aucune trace de toi. Je me demandai comment tu avais réagi en découvrant la vérité.

Une fois dans ma cellule, je m'endormis rapidement. Le lendemain matin, l'avocate revint me rendre visite, seule, et commença par m'informer des principales nouvelles. Le procès de Robert Kesler avait été reporté au mois suivant, le 11 mai, et le mien se déroulerait probablement à la suite, le vendredi 13. Sans grande surprise, la demande de liberté conditionnelle qu'elle avait posée avait déjà été refusée. Ma voiture avait été examinée et ils avaient trouvé des arceaux extrêmement solides et des anneaux de consolidation, ce qui n'arrangeait pas mon cas.

Elle m'annonça ensuite une nouvelle surprenante : Robert Kesler venait de confesser à la police que j'étais un complice chargé de son évasion. J'étais abasourdi par cette nouvelle. Je ne comprenais plus rien, cela devenait complètement surréaliste. Où étais-je donc vraiment ?

Elle me parla ensuite de la stratégie à adopter, du rôle que j'aurais à jouer, mais je ne l'écoutais plus que très vaguement. A la fin de l'entretien, je lui posai une seule question :

— Pourriez-vous me prêter un livre, un livre d'histoire ?

Sa réaction fut immédiate :

— Un livre ! Où voulez-vous que je trouve un livre ?

— Il y a bien une bibliothèque ou une librairie dans le coin ?

— Il y a le musée du livre, mais ils ne vendent pas leurs bouquins... ils ne les prêtent pas non plus ! Et je n'ai pas envie d'écumer les antiquaires et les collectionneurs ...

Je restai perplexe :

— Vous n'avez pas de livre ?

— Evidemment ! ça fait des siècles que ça n'existe plus ! D'où est-ce que vous débarquez ?

Je faillis lui répondre, mais je me retins ; je ne voulais pas qu'elle me prenne pour un illuminé, et encore moins qu'elle sache la vérité.

— Ecoutez, je voudrais simplement étudier un peu l'histoire de ces derniers siècles, il n'y a pas de moyen de...

— Ah ! c'est ça que vous vouliez ! Il fallait le dire tout de suite !

Elle fixa la table des yeux, et celle-ci s'alluma soudain comme un téléviseur. Des textes, qui ressemblaient à des titres d'ouvrages, se mirent à défiler très vite, et il y en eut soudain un qui se figea et clignota très vite, puis un livre en hologramme se détacha de la table et apparut sous mes yeux, légèrement incliné, à quelques centimètres au-dessus de la plaque de verre.

J'étais fasciné ; je voulus prendre le livre ou tourner une page, mais mes doigts passèrent au travers.

— Ah oui ! c'est vrai, vous n'avez pas de puce ! me dit-elle en levant les yeux vers le ciel. A propos, il faut qu'on aille vous enregistrer tout à l'heure. C'est le commissariat qui le fera ; ils créeront votre fiche IGC, par contre, eux, ils n'implantent pas de puce.

Tandis qu'elle parlait, ce qui ressemblait à un clavier avec des flèches apparut sur la table. Je n'avais qu'à appuyer dessus pour tourner les pages du livre.

— Puis-je rester ici ? lui demandai-je.

— Il y a des tables en réserve ; je demanderai qu'on vous mette celle-ci dans votre cellule.

Quand je fus enfin installé, je lus fébrilement le titre des yeux : *De la révolution industrielle à la révolution génétique : 1000 ans d'histoire du monde*. Par la suite, je passai des journées entières dans ma cellule à lire et relire ce bouquin. J'étais fasciné. Durant mon enregistrement, j'appris que nous étions en 2704, et tu ne peux imaginer la joie qui m'a transporté. Mais je me demandais parfois à quoi cela servait d'aller dans le futur pour se retrouver enfermé dans une cellule. Je ne voyais rien du monde extérieur, mais, heureusement, j'avais ce livre, ce simple livre d'histoire, avec ses photos et ses petites vidéos, qui dans un sens récompensait à lui seul tous mes efforts.

Par la suite, l'avocate revint souvent me rendre visite et nous devînmes plus familiers. Athéna me questionnait afin de mieux comprendre mes motivations et mon histoire, mais je veillais à toujours rester le plus évasif possible. D'autant que je lui avais raconté que, avant mon accident, je vivais reclus dans une grotte. Je pouvais ainsi lui demander des précisions sur ce que j'avais lu. Elle me répondait de plus ou moins bonne grâce, mais m'apprit au final pas mal de choses. Je me souviens d'une conversation que nous eûmes au sujet de la révolution cinétique, sujet qui m'intéressait particulièrement, et où, ce jour-là, elle était d'assez bonne humeur et ne fut pas avare d'explications :

— La révolution cinétique est fondée sur la récupération de l'énergie du mouvement, et elle est étroitement liée aux progrès sur l'hyperconductivité. Avant le 23e siècle, la supraconductivité n'était possible que sur des matières rares et qu'à très basse température, ce qui rendait impossible son utilisation à grande échelle, sauf au pôle Sud. Je plaisante ! Ensuite, on a découvert, enfin inventé, un nouveau matériau plus accessible la rendant possible également sans refroidissement. Il s'agit de l'anthallium, un matériau qui fait partie de la catégorie des hyperconducteurs. C'est cette découverte qui a permis la récupération de l'énergie cinétique.

Je me mis tout de suite à penser que, si je connaissais ce matériau, nous aurions plus de facilité pour rentrer en 1985.

— Vous m'écoutez ?

— Pardon ! Que signifie *hyperconducteur* ?

— Vous savez qu'un matériau chauffe lorsqu'il est traversé par un courant électrique ?

— Oui, bien sûr. C'est dû au phénomène de résistance électrique. En gros, plus la résistance d'un matériau est élevée, plus il chauffera, la perte d'énergie se transformant en chaleur.

— Et pour les supraconducteurs ?

— S'ils sont suffisamment refroidis, la résistance est nulle, donc ils ne chauffent pas.

— Eh bien, pour les hyperconducteurs, cela va encore au-delà : ils refroidissent lorsqu'ils sont traversés par un courant !

— Impossible !

— Si, car leur résistance électrique n'est pas seulement nulle : elle est négative. Lorsqu'un courant les traverse, ils génèrent d'eux-mêmes encore plus d'énergie en absorbant la chaleur du matériau. Jusqu'à un certain niveau. L'anthallium, par exemple, atteint sa limite optimale à -21°C où sa résistance devient alors nulle. Il ne peut refroidir de lui-même au-delà.

— Poursuivez…

— Cela a révolutionné la manière de faire du froid, mais surtout la supraconductivité. A partir de là, on a mis en place dans des tunnels des trains hyperconducteurs à vitesse supersonique, qui pouvaient aller à plus de 20 000 km/h. Non seulement ils allaient vite, mais en plus ils ne consommaient quasiment rien.

— Attendez ! Vous allez trop vite… Il y a des choses que je ne comprends pas : tout d'abord, comment pouvez-vous aller autant au-delà de la vitesse du son ? Le frottement à l'air doit être extrêmement contraignant, et l'énergie colossale !

— Je ne vous le fais pas dire ! C'est pourquoi on les a mis dans ces tunnels. Ce sont des tunnels privés d'atmosphère – sous vide quoi ! – et il n´y a donc aucune résistance ni aucun frottement !

— Et pour le bruit ?

— Quel bruit ? Avec l'hyperconductivité, il n'y a aucun bruit de frottement de la part du train puisqu'il n'y a pas de roue, et qu'en plus il n'y a pas d'air non plus. D'ailleurs, comme il n'y a pas d'air, il n'y a pas de son ! De toute manière, évidemment, ces trains pressurisés possédaient une excellente isolation sonore.

— Oui, mais ça ne me dit pas comment ces trains pouvaient aller aussi vite ?

— Alors vous, j'ai du mal à croire que vous êtes scientifique ! C'est pourtant simple, c'est comme dans l'espace. Si vous lancez une chaussure dans l'espace, très loin de toute planète ou étoile, comme il n'y a ni air ni gravité elle ne s'arrêtera jamais, et toutes les forces de poussée que vous ajouterez ne feront qu'augmenter la vitesse. C'est pour ça qu'on peut aller à l'autre bout de la planète en moins d'une heure.

— Mais les gens ne sont pas secoués par l'accélération et la décélération ?

— Non, c'est ça qui est astucieux : l'hyperconductivité – tout comme la supraconductivité – crée son propre champ gravitationnel ! Du coup, pour les passagers, c'est aussi stable que si rien n'avait bougé. En fait, on se rend à peine compte que le véhicule a bougé alors qu'il a peut-être parcouru des milliers de kilomètres.

Je me sentais bête, car j'étais particulièrement bien placé pour connaître le phénomène. J'essayai de me rattraper avec la question suivante :

— Mais, ces grandes distances, ça doit quand même consommer plus d'énergie ?

— Pas du tout ! c'est ce que je vous expliquais : la récupération cinétique ! On récupère l'énergie de la force motrice. Je vais reprendre l'exemple de l'espace. Imaginez que vous y lancez votre chaussure : il va vous falloir une certaine quantité d'énergie pour la lancer, n'est-ce pas ?

— Oui !

— Eh bien ! il vous en faudra autant pour la stopper. C'est cette énergie-là qu'on récupère. Du coup, il suffit de remplir une fois les batteries du train pour le voyage le plus long qu'il aurait à faire, et ensuite il ne fera que dépenser puis récupérer cette énergie, respectivement en démarrant puis en s'arrêtant.

— Ce n'est pas bête !

— Ah ça oui, c'est bien plus intelligent que les premiers moyens de transport. Les voitures de l'an 2000 consommaient une quantité énorme d'énergie pour démarrer, mais aussi pour rouler, pour ralentir et pour s'arrêter ; c'était un gaspillage stupide !

— Mais il fallait bien un courant électrique pour alimenter le matériau supraconducteur – enfin, hyperconducteur – de base ?

— Oui, bien sûr !

— Mais qui payait cette énergie ?

— A l'époque, il y avait des tarifs différents selon les distances parcourues, on appelait ça des billets de train.

— Vous parlez toujours des trains au passé… ça n'existe plus ?

— Quasiment plus… En fait, maintenant, chacun peut avoir son propre véhicule, mais on n'utilise quasiment plus que des voitures en libre-service. Elles ressemblent un peu à des bulles. On peut les prendre dans des stations TVS (pour Transport à Vitesse Supersonique) ; il y en a un peu partout et leur répartition est gérée en temps réel par un système informatique.

Je fronçai les sourcils, elle poursuivit :

— En fait, à l'époque, tout le monde prenait le train et il n'y avait des stations TVS que dans les grandes et moyennes villes. Mais au fur et à mesure que le réseau s'est développé, les stations se sont également étendues aux villages et aux campagnes. Parallèlement, on a commencé à produire ces voitures hyperconductrices en grande série, et donc à moindre coût, et ça s'est complètement démocratisé. Pour en conduire une, il suffit de dire l'adresse où vous voulez vous rendre, et un système vous trouve automatiquement la station la plus proche et le chemin pour s'y rendre. Ensuite, une fois dans le tunnel, il n'y a rien à faire. Tout le trajet est contrôlé automatiquement par le réseau, d'une part pour vous conduire au bon endroit, et d'autre part pour réguler le trafic et éviter les collisions avec d'autres voitures.

— Il n'y a pas de commandes manuelles ?

— Dans le tunnel ? Vous êtes fou ! ça va à plus de 6 km/s ! L'œil humain ne perçoit plus ni les formes, ni les couleurs, ni les contours. On ne voit qu'une faible lumière verte. Et de toute manière, vous n'auriez pas le temps de réagir.

— Mais en cas de panne ?

— Il n'y a pas de panne possible car il y a différentes couches alimentées par des sources différentes et des générateurs de secours. Les seules pannes pourraient être dues à de très grosses coupures de courant généralisées et prolongées. Et dans ce cas-là, chaque véhicule puise sur son énergie de secours pour ralentir, sortir ses roues et se diriger vers la sortie la plus proche.

— Et donc, si je comprends bien, grâce à la récupération cinétique, elles ne consomment pas de carburant ? Chacun peut aller où il veut, c'est gratuit.

— Pas du tout. On paie en fonction du nombre de kilomètres de réseau parcouru. Mais globalement ce n'est pas cher, et puis le tarif est dégressif si vous faites un long trajet.

— Dites, vous vous y connaissez drôlement bien, et pas seulement sur les transports. Vous êtes particulièrement douée en physique pour une avocate…

— Je ne suis pas particulièrement douée du tout, mais chacun sait plus ou moins comment fonctionne une voiture. C'est plutôt vous qui m'avez l'air particulièrement peu doué…

Elle ne me ménageait pas, mais j'appris encore bien d'autres choses de nos conversations et du livre d'histoire. Je voudrais te le montrer, mais la table se trouve dans ma cellule…

— Comment s'appelle ce livre, demanda Juliette ?

— *De la révolution industrielle à la révolution génétique : 1000 ans d'hist…*

Juliette, qui fixait des yeux la table, l'avait déjà allumée et les informations s'affichaient si vite que William pouvait à peine les distinguer. Puis son livre apparut, et Juliette l'ouvrit sur la page de présentation :

De la révolution industrielle à la révolution génétique : 1000 ans d'histoire du monde

• **1750 – 1950 : La Révolution Industrielle**
Essor de la production et de la consommation de masse

Les processus d'automatisation de la fabrication des biens se mettent en place : la production passe du stade artisanal au stade industriel.
Les biens sont produits en quantités de manière à satisfaire la demande mondiale : début de la société consumériste, naissance de la publicité et essor du système bancaire. Début de la pollution.
Au niveau politique : naissance du capitalisme et passage de la monarchie à la démocratie.

• **1900 – 2100 : La Révolution de l'Information et de la Communication (ère du Wager)**
Essor de l'industrie du transport, des télécommunications et de la numérisation des informations

Les moyens de transport transnationaux se démocratisent et les moyens de communication se perfectionnent : début de la mondialisation.
L'information devient numérique et touche tous les supports (écrans, tissus, vitres, murs, etc.) : naissance du cinéma, du téléphone, d'Internet, des univers virtuels et de la réalité augmentée.
Au niveau industriel : destruction environnementale et pillage énergétique.
Au niveau spatial : premières conquêtes et lancements des premiers satellites artificiels ; début de la pollution de l'orbite géostationnaire.
Au niveau politique : internationalisation des politiques gouvernementales via les politiques communautaires et les organismes internationaux (UE, OMC, OMS, ONU, OTAN, UNESCO, etc.), et des premières négociations concernant le changement climatique (Protocole de Kyoto…).

• **2050 – 2250 : La Révolution Energétique**
Essor des énergies renouvelables et de la récupération d'énergie.

Les énergies proviennent désormais de sources renouvelables et deviennent non polluantes.
Au niveau économique : les biens de consommation deviennent entièrement recyclables et biodégradables, essor des labellisations énergétiques et environnementales. Les entreprises assainissent leurs méthodes de production et de développement.
Au niveau spatial : premières colonies scientifiques sur Mars.
Au niveau politique : passage du capitalisme à l'environnementalisme. Des accords internationaux, ratifiés initialement par 89 pays, mettent fin à la production et à l'importation de produits issus d'entreprises polluantes ou non-éthiques.

- **2200 – 2400 : La Révolution Cinétique**

Découverte de l'hyperconductivité. Essor de la récupération de l'énergie cinétique et des transports à vitesse supersonique (TVS).

Création des matériaux hyperconducteurs : amélioration importante des performances électriques.
Les secteurs de la réfrigération et de la climatisation se restructurent et engendrent une baisse importante de la consommation électrique au niveau mondial.
Les transports deviennent instantanés et peu énergivores, les distances se réduisent considérablement.
Redistribution géographique : rurbanisation des campagnes et abolition des frontières.
Au niveau économique : essor de la consommation locative pour les biens de gros volume.
Au niveau spatial : premiers voyages touristiques sur Mars et sur la Lune.
Au niveau politique : le pouvoir redescend de l'échelon international à l'échelon local (communes) ; déclin des pouvoirs étatiques.

- **2350 – 2550 : La Révolution Nanorobotique**

Essor des nanotechnologies et des robots intelligents

Au niveau économique : la production et la restauration de biens ainsi que la prestation de services passent au stade nanotechnologique et robotique ; chute rapide des besoins en main d'œuvre humaine et réorganisation du

travail. Apparition du revenu minimum vital. Déclin de l'hégémonie bancaire.
Au niveau social : une pandémie létale accélère le déclin de la société consumériste. Essor du *total labelling* et début de la société intellectualiste.
Apparition du contrôle à impulsion mentale : Mindnet prend le relais d'Internet.
Au niveau spatial : premières cités extra-terrestres entièrement robotisées à vocation industrielle.
Au niveau politique : fin des pouvoirs étatiques et disparition des nations. Début des démocraties athénistes.

- **2500 – 2700 : La Révolution Génétique**
Essor de l'eugénisme et des nouvelles races humaines

Le contrôle de l'équation de l'ADN humain permet la procréation assistée et la naissance de nouvelles races : essor de l'eugénisme.
Nouvelle réorganisation sociale du travail en fonction des appartenances génétiques.
Au niveau économique : revalorisation de l'art et de l'artisanat et naissance des réseaux d'échange.
Au niveau spatial : amorçage de la dépollution de l'orbite géostationnaire et premières conquêtes robotisées hors du système solaire.
Au niveau politique : début d'harmonisation des politiques locales et redistribution eugénique des partis. Regroupement des communes en métropoles et création de la Confédération.

- **2650 – 2850 : Les révolutions à venir : la Révolution Spatiale et la Révolution Télépathique**
Essor de la colonisation spatiale et de l'intelligence partagée

La fin de la dépollution de l'orbite géostationnaire permettra le renouveau de la conquête spatiale au niveau humain. Développement des premières cités humaines extra-terriennes.
Perfectionnement et bilatéralisation des flux du contrôle mental à distance : essor de la télépathie et apparition des premières consciences artificielles.
Au niveau politique : émergence d'un gouvernement de taille planétaire.

Juliette parcourut rapidement les titres, puis se mit à feuilleter le livre sans aucune intervention manuelle. William était impressionné. Il avait beau examiner Juliette, il avait du mal à retrouver dans sa nièce l'adolescente qu'il avait quittée en 1985. Son aisance, son allure, son extraordinaire adaptation... Elle semblait avoir toujours vécu au 28e siècle.

Tout à coup, la zone bleutée de sa bague s'illumina de nouveau et elle se figea, puis prononça légèrement : *oui, j'arrive dans deux minutes*. Elle se tourna vers son oncle et ajouta :

— Je n'ai pas vu le temps passer ; ils vont bientôt fermer... Il faut qu'on se dépêche et qu'on élabore une stratégie pour te faire sortir de là. Le mieux est encore de leur avouer que tu es venu à l'aide d'une machine à voyager dans le temps, non ? Cela te disculperait complètement !

— Surtout pas Juliette ! Il ne faut le dire à personne ! Jamais ! Les conséquences pourraient être terribles. Des tas de gens mal intentionnés pourraient s'en emparer, pour leur propre profit ou celui de leur patrie, avec des conséquences qui pourraient mener à la destruction totale de la terre. Crois-moi, j'y ai cogité suffisamment longtemps pour savoir de quoi je parle.

— Mais comment prouver ton innocence alors ?

— Au cours de ma détention j'ai appris une chose certaine : on ne peut pas prouver que l'on est innocent, on peut seulement prouver que l'on n'est pas coupable. Et si pour moi le seul moyen de prouver que je ne suis pas coupable est de dévoiler mon invention, alors tant pis je resterai en prison. Cette peine, quelque part, je l'ai méritée et je l'accepte. J'ai fabriqué cette soucoupe uniquement pour satisfaire ma curiosité, sans jamais m'arrêter aux dangers qu'elle représentait et aux conséquences qu'en subissait ton père. Il est juste que je paie aujourd'hui le prix de mon égoïsme. La seule chose qui me fasse mal, c'est que toi aussi tu en paies le prix, car tu te retrouves désormais coincée au 28e siècle.

— Cela ne te servira à rien de te le reprocher, et ne t'inquiète pas pour moi, je ne suis pas malheureuse ici. J'ai un toit, un travail, des amis et un monde formidable à découvrir. Je suis heureuse de t'avoir enfin retrouvé, mais je ne pourrai pas vivre ici tranquille pendant six ans en te sachant enfermé dans cette cellule. Je ne sais pas encore comment je vais m'y prendre, mais je te promets que je ferai tout pour te sortir de là !

Ils s'embrassèrent et Juliette s'en alla, tandis que William était reconduit à sa cellule. Quelle surprise ! Il se sentait encore enivré par le fait d'avoir retrouvé Juliette – ou plutôt, qu'elle l'ait enfin retrouvé – et en bonne santé en plus. Quelle réussite de sa part ! Et combien elle semblait avoir mûrie ! Il n'aurait pu rêver mieux pour elle. Ce soir-là, il s'endormit le cœur apaisé.

Juliette, quant à elle, téléphona à Gabriel pour lui annoncer la nouvelle, puis rentra à la maison, partagée entre le bonheur d'avoir retrouvé et revu son oncle, et les tourments de la situation dans laquelle il se trouvait. Encore plongée dans ses pensées, elle eut un choc en arrivant devant la porte. Hélène, méconnaissable tant son visage était déformé par l'affolement et les larmes, était justement sur le point de s'en aller.

Lucie

Troublée, un peu nerveuse, Lucie marchait d'un pas mal assuré sur le trottoir qui la menait à la fac. Elle avait essayé de se faire aussi belle que possible pour donner le change, et ses chaussures à talons battaient sur l'asphalte d'un bruit sec et légèrement irrégulier. Elle sentait son cœur se serrer dans sa poitrine, et elle soufflait pour s'apaiser.

Elle était seule sur ce trottoir, sans ses amis, sans personne pour la regarder, et elle avait laissé de côté le sourire qu'elle arborait les autres jours, celui qu'elle affichait comme une invitation à l'aimer et à l'accepter. Elle savait combien sa force était fragile, et elle avait compris, au cours de ses nuits d'insomnie, quel était son point faible et ce qu'il fallait qu'elle cache.

Aujourd'hui était un jour aussi redouté qu'attendu, qui la mettait face à elle-même, à sa lâcheté, et à ses désirs inexauçables. La matinée se passa sans encombre, sans rien de particulier. Lucie était restée taciturne, et avait pris l'air affecté de celle qui se serait mis en tête de travailler sérieusement. Elle ne décrocha pas un mot, et se contenta d'écouter le professeur d'un air grave.

Calliope avait remarqué que quelque chose était différent, mais elle connaissait Lucie et savait qu'il lui était parfois difficile de refréner sa vraie nature mélancolique. Elle savait qu'elle jouait un rôle en public, et qu'au fond de son cœur se cachait une immense tristesse qui parfois ressurgissait. Elle décida de l'inviter aux *Jardins de l'Olympe*, son restaurant préféré, mais Lucie eut un faible appétit et resta fermée comme une huître. Elles se séparèrent à la sortie du restaurant. Lucie reprenait à treize heures pour un cours sur la littérature de l'Ere Industrielle, une option différente de Calliope qui, elle, avait choisi la littérature du Moyen-Âge et de la Renaissance.

Lucie avait regretté très tôt d'avoir choisi cette option, non pas pour ce qu'elle lui apprenait, mais parce que le professeur lui était foncièrement antipathique. Il s'appelait Homère Cavacci. C'était un Ange imbu de lui-même, et la plupart des œuvres qu'il choisissait étaient clairement orientées. Même lorsqu'il s'agissait de romans bien plus neutres qu'elle affectionnait, il arrivait toujours à en dégager un message exactement contraire à celui que Lucie en avait tiré. Il y avait déjà eu quelques rares conflits entre eux durant les cours, quand elle ne pouvait se permettre de lui laisser affirmer certaines choses. Cela avait été le cas lors de l'analyse faite sur *Les Armoires Vides* d'Annie Ernaux, une écrivaine de la seconde moitié du 20e siècle. Le professeur voulait clairement démontrer que l'héroïne, affublée de tous les vices, avait pris conscience de ses tares héréditaires, mais aussi qu'elle ne pourrait jamais s'en affranchir, car telle elle avait été conçue. Il avait fini en faisant l'apologie du déterminisme, soulignant l'impossibilité de l'héroïne à changer son destin. Lucie, dont c'était un des romans préférés, s'était insurgée avec violence contre cette interprétation complètement erronée et pleine de sous-entendus blessants pour ceux qui, comme elle, aspiraient à élever leur condition. Elle l'avait même insulté devant tout le monde, en lui disant que s'il écrivait comme il lisait, il devait pondre de beaux ramassis de connerie. Cela avait été leur plus grand *clash*, et l'une des rares fois où les autres étudiants avaient pu apercevoir la « vraie » Lucie, celle qui se cachait derrière ce masque de candeur joviale. Elle avait regretté par la suite d'avoir donné un aperçu de qui elle était vraiment, mais heureusement ce n'était qu'une option qui ne concernait qu'une cinquantaine d'élèves sur les deux cents inscrits en histoire de l'art.

Ce jour-là, le professeur arriva avec un bon quart d'heure de retard. *Si j'avais su*, pensa Lucie, mais elle fut très vite coupée dans ses pensées par un mauvais pressentiment. Il affichait une bonne humeur sarcastique, plus enjouée qu'à l'accoutumée. Dès qu'elle vit le titre du cours s'afficher au tableau, Lucie pâlit et songea à se lever, mais elle n'en eut pas le temps, car le professeur commença immédiatement en focalisant l'attention dans sa direction.

— Comme vous pouvez le voir, le thème du cours d'aujourd'hui sera l'écriture et la morale. Peut-on lire et apprécier l'œuvre d'un écrivain dont la vie a été entachée d'actes honteux et méprisables ? Je pense à Paul Verlaine, un poète de la fin du 19e siècle qui, en plus d'être homosexuel, battait régulièrement sa femme et son enfant, et a tiré à bout portant sur son ami, le fameux Arthur Rimbaud. Je pense aussi à Marco Vaquez, le célèbre auteur de *La Terre Enragée*, publié en 2078, qui a par la suite assassiné ses quatre enfants en mettant le feu à sa maison. Mais il n'est parfois pas nécessaire d'aller si loin. Prenez Robert Kesler : il a publié une douzaine de livres « populaires » et constitue l'un des auteurs contemporains les plus appréciés, du moins auprès de la communauté Bio, et pourtant c'est un violeur et un meurtrier sans scrupule qui vient tout juste d'être condamné à trente ans de prison pour les crimes qu'il a commis. Je vous pose la question : peut-on encore lire ses œuvres, soi-disant empreintes de bonté et de tolérance ? (Sa voix se fit tout à coup plus insistante) Je vous pose la question, à vous *mademoiselle Kesler* ?

Tous les regards de l'amphithéâtre, effarés, convergèrent vers l'élève que fixait le professeur : c'était Lucie. Le professeur enchaîna avant même qu'elle ait le temps de réaliser ce qu'il se passait :

— Oh ! pardon. C'est vrai qu'à votre entrée au lycée vous avez opté pour le système moderne. Remarquez, je comprends, personne ne voudrait porter le nom d'un père pareil !

Lucie devint toute rouge et un murmure parcourut l'assemblée. Elle était déjà l'une des rares Bios à assister à ce cours, et maintenant elle était aussi la seule fille de criminel. Elle qui avait tant aspiré à vivre une vie normale, et à être acceptée et intégrée par la communauté des Anges, voyait tous ses efforts anéantis par *ce putain de prof*. En plus, et c'est ce qui la blessait le plus au fond d'elle-même, son père avait donc été déclaré coupable et condamné pour trente ans. Ses rêves qu'il revienne un jour à la maison, qu'elle savait déjà irréalistes, étaient maintenant tout à fait morts. Ses instants les plus heureux de sa vie, ceux de son enfance, qu'elle avait passés auprès de lui, ne reviendraient jamais plus, définitivement. Elle éclata en sanglots malgré elle et, sans ajouter un mot, quitta l'amphithéâtre maladroitement, se frayant un chemin entre les rangées, au milieu des regards médusés et du murmure des autres étudiants. Cavacci souriait à pleines dents, il prenait enfin sa revanche.

Une fois sortie de la faculté, Lucie alla se cacher dans un endroit discret pour pleurer. Elle avait coupé complètement son ringphone pour être sûre de ne pas être dérangée ou embêtée par les autres étudiants. Elle n'avait pas envie de rentrer chez elle ; elle redoutait le regard de sa mère. Comment avait-elle pris la nouvelle ? Elle se leva et erra comme une ombre à travers la ville. Au fond d'elle-même, elle espérait ne jamais rentrer, ne jamais rentrer nulle part, comme une éternelle voyageuse sans attache, sans place à se faire, sans personne pour la juger ou même la connaître. Au bout d'une heure, et n'ayant pas l'habitude de marcher avec, ses hauts talons commencèrent à lui faire mal et elle chercha un endroit pour s'asseoir tranquillement. Elle se rendit d'abord à un café où elle était déjà allée plusieurs fois avec ses amis, mais il y avait trop de monde et elle risquait de tomber sur quelqu'un de la faculté. Elle cherchait le calme, la solitude, l'anonymat… l'oubli en quelque sorte. Elle erra encore un moment, puis se souvint d'un endroit que Calliope lui avait fait découvrir. Elle n'y était allée qu'une fois, mais elle avait bien aimé, et cela correspondait tout à fait à son humeur. C'était un café-restaurant situé au dernier étage d'une tour de plus de deux cents mètres de haut. Cette tour contenait essentiellement des bureaux ; c'était d'ailleurs dans un de ces bureaux que travaillait la mère de Calliope. De ce fait, il n'y avait quasiment aucun touriste, et comme il était assez cher, il était peu fréquenté, car les employés préféraient déjeuner aux étages du bas, meilleur marché. C'était essentiellement l'endroit où l'on emmenait déjeuner ou dîner les clients importants que l'on recevait. Mais Lucie se foutait du prix, elle avait juste envie d'être tranquille.

Elle arriva vers dix-sept heures. A ce moment de la journée, l'endroit était désert, c'était idéal. Elle se mit sur la terrasse et commanda un Cosmopolitain. Elle le but rapidement, le regard perdu sur l'immensité de la ville qui s'offrait à elle. Cet état contemplatif dura plus de deux heures et sept verres. Elle regardait le soleil se coucher, comme s'il s'agissait de son propre crépuscule. Tout se mélangeait dans sa tête, et tout lui paraissait vain et inutile. Quand le soleil arriva à sa hauteur, face à elle, elle voulut l'embrasser, l'entourer de ses bras, se consumer dans son immortelle splendeur de lumière et de félicité. Sans même s'en rendre vraiment compte, Lucie venait de sauter dans le vide.

Lorsque Calliope reprit les cours du tronc commun à seize heures, elle fut surprise de ne pas retrouver Lucie, mais ne s'inquiéta pas outre mesure. Ce n'est qu'à dix-sept heures, à la pause, qu'elle apprit de la part d'Artémis la nouvelle concernant son amie. Celle-ci était en train de se répandre comme une traînée de poudre à l'intérieur de la faculté. Pour la première fois, Calliope commença à réellement s'inquiéter pour celle qui était, avec Artémis, sa meilleure copine. Elle essaya de l'appeler, sans succès. Elle lança une procédure de traçage, mais sans plus de succès. Le dernier endroit identifié remontait à plusieurs heures et était précisément aux abords de la faculté ; entre-temps, elle avait pu disparaître n'importe où. Elle appela chez sa mère, et tomba sur Hélène qui l'informa que Lucie n'était pas encore rentrée. Calliope connaissait les relations houleuses entre elle et sa fille, et préféra ne rien lui dire de ce qui était arrivé. Elle appela alors Juliette, mais elle semblait très occupée et ne savait pas non plus où elle était. *Tant pis* !

Elle enleva son serre-tête et le posa sur son nez. Celui-ci lui enserra automatiquement le visage et deux verres se mirent en place devant ses yeux. Ces lunettes particulières étaient obligatoires pour tout vol en agglomération, autant que pouvaient l'être les phares pour une voiture roulant de nuit. Les informations affichées n'étaient par nature pas les mêmes que celles des lentilles de contact. La monture était munie de capteurs qui transposaient sur les verres des indications telles que la vitesse de vol, l'altitude exacte, la direction du vent… et, de par son mode en réalité augmentée, elle affichait également les distances, les couloirs à prendre, et la présence de drones ou d'Anges avec leurs courbes de trajectoire.

Calliope donna un grand coup d'ailes et, dès que ses pieds eurent quitté le sol, ses bottines se collèrent l'une à l'autre magnétiquement et deux éventails en forme de rectrices en surgirent automatiquement. Elle se mit à sillonner la ville à la recherche de Lucie, s'aidant parfois de ses lunettes pour zoomer sur ce qu'elle voyait. Elle survola les parcs, entra dans les cafés où ils avaient tous l'habitude d'aller, scruta les places publiques, les centres commerciaux… en vain. Au bout de deux heures, fatiguée, elle revint sur terre et se reposa quelques minutes pour soulager ses ailes. Où avait-elle bien pu aller ? Elle avait fait tous les endroits qu'elles avaient l'habitude de fréquenter ensemble, elle avait même survolé le quartier Sainte-Anne, au cas où… Le soleil se coucherait bientôt et Lucie demeurait introuvable. Elle essaya de se mettre à la place de son amie, et imagina ce qui avait dû lui passer par la tête après son humiliation à la fac.

Si j'avais été à sa place, je serais allée dans un endroit tranquille, où personne ne me dérangerait, quelque chose de calme. Oui, mais j'ai déjà fait tous les parcs qu'elle apprécie. Elle a dû chercher un endroit où prendre du recul, où personne ne la connaissait…

Calliope lista mentalement tous les endroits susceptibles de correspondre à cette description, et au bout de quelques minutes vint à son esprit la tour du bureau de sa mère. Elle s'exclama à haute voix :

— Ben oui ! mais elle ne la connaît pas…

A peine avait-elle fini sa phrase qu'elle se souvint y avoir emmené Lucie une fois. Elle eut soudain l'intuition d'avoir vu juste et qu'il fallait se dépêcher. Elle s'envola et se dirigea tout droit vers la tour, sans même faire attention aux autres Anges qui parcouraient le ciel. Calliope, qui arrivait de biais, dut contourner plusieurs immeubles, et lorsque la tour fut à sa vue, elle poussa un cri d'effroi en voyant Lucie debout sur une table près de la rambarde. Elle avait les bras écartés comme si elle voulait enlacer quelqu'un, et son regard semblait tourné vers le soleil couchant. Ses ailes commençaient à lui faire mal, mais elle accéléra son vol, consciente du danger imminent. Elle vit soudain Lucie faire un pas avant et tomber dans le vide. Calliope fonça et rasa les vitres fumées de la tour. Elle orienta sa trajectoire vers le sol, espérant rattraper Lucie avant l'inévitable. Le garçon de café – un Bio – avait assisté trop tard à la scène et, appuyé sur la rambarde, contemplait bouche bée le spectacle. Au sol, personne n'avait encore rien vu. Il y avait une sorte de petite pizzeria au pied de l'immeuble, dont la terrasse était protégée du soleil par une toile verte, et de la circulation par une rangée de haies. Calliope percuta Lucie de plein fouet et, malgré la violence du choc, réussit à la garder dans ses bras. Toutefois, Lucie avait acquis trop de vitesse et Calliope, malgré tous ses efforts, n'arrivait pas à stopper la chute. La pression de l'air était telle qu'elle n'arrivait même plus à redéployer ses ailes pour les faire battre à nouveau. Tout juste arriva-t-elle à les ralentir légèrement, et à les orienter vers le store vert qu'elle avait aperçu en contrebas. Le choc était imminent. Calliope comprit ce qui lui restait à faire : dans un esprit de sacrifice, elle serra fort Lucie dans ses bras et la tourna vers le ciel, puis elle fit un effort surhumain pour replier ses ailes dans son dos juste avant l'impact. Leurs deux corps enlacés vinrent percuter la toile avec fracas, et par chance s'écrasèrent sur les haies du restaurant. Les clients se retrouvèrent brutalement ensevelis sous une masse de tissu vert sans même comprendre ce qu'il leur arrivait.

Lucie percuta le sol sur son flanc droit, ce qui eut pour effet de lui briser de ce côté la jambe et trois côtes. Quant à Calliope, elle tomba directement sur le dos. Ses deux ailes furent instantanément brisées, mais protégèrent sa colonne vertébrale, et la partie arrière de sa tête vint heurter le bitume sous la toile.

Calliope et Lucie furent conduites toutes les deux à l'hôpital Belle-Hygie, et leurs lits installés dans la même chambre. D'habitude, on ne mettait pas les Anges et les Bios dans le même hôpital, question de spécialisation, mais le cas de Lucie avait nécessité une prise en charge immédiate, la fracture des côtes ayant déclenché une hémorragie interne sur le flanc droit. Son opération avait duré une heure, et ce n'est qu'une fois son état stabilisé qu'elle pourrait être transférée à l'hôpital pour Bios de Sainte-Anne. Le cas de Calliope était plus problématique. Son choc à la tête avait provoqué une hémorragie cérébrale. Heureusement, elle avait été prise en charge rapidement par les chirurgiens, mais il était encore trop tôt pour savoir quelles en seraient les séquelles.

Il était dix heures du matin. Lucie se réveilla la première, et lorsqu'elle ouvrit les yeux, elle vit Juliette et sa mère la regarder avec tendresse et inquiétude. Elle ne se souvenait pas de ce qu'il lui était arrivé. Elle se souvenait du Cosmopolitain, du soleil et de la terrasse, et rien d'autre. Elle tourna la tête et vit une fille allongée dans le lit à côté. Elle faisait pitié avec toutes ses machines autour d'elle, ses fils, ses lunettes nasales, et son bandage sur la tête. C'est seulement quand Juliette lui raconta ce qu'il était arrivé que Lucie prit conscience qu'il s'agissait de Calliope. Elle fondit en larmes et se maudit à haute voix pour ce qu'elle lui avait fait. Sa mère la serra délicatement dans ses bras, tandis que Juliette lui étreignait la main, les larmes aux yeux.

Les parents et le frère de Calliope étaient là aussi. Ce dernier partit quelques minutes seulement après qu'elle eut ouvert les yeux, voyant que tout allait mieux. Calliope écouta en silence ses parents lui rappeler combien elle était importante pour eux, et lui reprocher à voix basse d'avoir risqué ainsi sa vie pour une primate. Fatiguée, Calliope s'endormit de nouveau et ses parents s'en allèrent.

En début d'après-midi, Hélène, rassurée sur l'état de sa fille, retourna à son travail. D'ailleurs, elle avait bien senti qu'elle et Juliette avaient des choses à se dire en privé. Une fois sa mère partie, Lucie raconta la vérité sur son père, ainsi que ce qu'il lui était arrivé avec le prof de littérature. A la fin, elles entendirent une voix éraillée leur dire :

— Et c'est pour ces conneries que tu as voulu te foutre en l'air ?

Calliope s'était de nouveau réveillée et avait profité de la conversation. Lucie était soulagée et heureuse de l'entendre enfin ; si elle avait pu se lever, elle n'aurait pas hésité à se jeter dans ses bras. Heureusement pour Calliope, l'hémorragie n'avait apparemment laissé aucune séquelle.

Passées les effusions de joie et les visites du corps médical, Juliette prit la parole d'un air grave. Elle avait décidé de faire une entorse aux principes de son oncle, poussée par le besoin de se soulager d'un poids et d'être honnête avec ses amies.

— J'ai également un secret à avouer : j'ai retrouvé mon oncle.

— Super ! répondirent-elles en chœur.

— Oui, mais ce n'est pas tout. Il vient d'être condamné à six ans de prison, pour avoir tenté de faire évader ton père durant son procès.

— Quoi, c'est lui son complice ? Ce fou qui a défoncé le mur du tribunal avec un engin bizarre ! s'écria Lucie.

— Euh ! oui... mais crois-moi, il n'y est pour rien, c'était un accident. Justement, ce que je voulais vous dire...

Lucie et Calliope se regardèrent, interdites. Elles avaient redressé chacune un peu leur lit, et se demandaient ce que Juliette avait de si gênant à confesser.

— Il y a autre chose ? demanda Calliope engageante.

Juliette était véritablement gênée, elle évitait de les regarder dans les yeux. Elle fit quelques pas en arrière et s'adossa contre un mur.

— Dis-nous ! l'invita Lucie. Je ne vois pas ce qu'il peut y avoir de pire que ce qu'on s'est déjà dit...

Juliette inspira un grand coup, et sortit d'un bloc :

— Je viens du passé !

Lucie et Calliope se regardèrent à nouveau.

— Tu viens de passer *quoi* ? s'impatienta Calliope en insistant bien sur le dernier mot.

— Je viens *du* passé, reprit Juliette plus lentement. L'engin qui s'est écrasé sur le tribunal, ce n'est pas une voiture, c'est une machine à voyager dans le temps. C'est mon oncle qui l'a inventée, il est scientifique.

Puis elle leva la tête et ajouta en les regardant dans les yeux : *je viens du 20e siècle* !

Le désarroi de Juliette semblait sincère, et rendait difficile l'idée de mettre sa parole en doute. Calliope en restait bouche bée ; quant à Lucie, elle répondit sur un ton désinvolte.

— Curieusement, je te crois et ça ne m'étonne pas plus que ça. Quand on s'est rencontrées tu n'avais pas d'identité, pas de puce, pas de ring, tu étais effrayée dès qu'une image apparaissait sur un mur ou sur une table, tu ne connaissais pas les robots, pas les Anges, tu as pris Bilael pour le diable... A part en ayant grandi sur une île déserte, je ne voyais pas comment c'était possible autrement !

Juliette se sentit soulagée de voir que son amie la croyait, elle se tourna alors vers Calliope qui, motivée par le discours de Lucie, lui rendit le même écho :

— Tu viendrais du *Wager*, c'est incroyable... Mais c'est vrai que vu comme ça, c'est encore la solution la plus rationnelle. Et qu'est-ce que tu vas faire ?

— Je ne sais pas ! répondit Juliette avec un sombre pressentiment.

Elle s'approcha de la fenêtre, puis regarda au loin, comme à la recherche d'une réponse. Les yeux perdus dans l'horizon, elle souffla comme si elle se parlait à elle-même :

— De toute manière, il faut d'abord que je fasse sortir mon oncle de là. Pour le reste, je verrai ensuite.

III
Explosion

2704

Par son travail au sein de l'organisation, Juliette avait pu assimiler le climat politique ambiant et comprenait encore mieux que ses amies les enjeux du procès de Robert Kesler. Le jugement du tribunal, qui avait confirmé sa culpabilité, causait pas mal de remous et faisait les gros titres de la presse. Il alimentait également les débats publics et la sphère politique s'en était emparé. Robert Kesler, le chantre de la tolérance, de la paix et de l'amour entre les communautés, se révélait n'être qu'un criminel sordide. C'était une énorme désillusion pour toute la communauté de Bios, et un prétexte à saisir pour tous les Anges qui pensaient qu'il était enfin temps d'en finir avec cette race inférieure qui ne causait que des problèmes.

Car chacun reconnaissait que Robert Kesler avait été un grand sage et, justement, c'était cela qui soulignait encore plus la faiblesse des êtres humains conçus naturellement. Les gènes responsables de l'agressivité et de la production d'hormones androgènes n'ayant pas été corrigés, il était plus facile pour eux de succomber à des pulsions agressives ou sexuelles, et cela même pour des hommes de la trempe de Kesler. Le débat sur le projet de loi pour l'interdiction de la procréation naturelle refit surface, en même temps que celui sur d'éventuelles mesures discriminatoires à mettre en place afin de protéger les Anges. On y parlait d'écoles séparées, de toilettes publiques séparées, de bureaux séparés, de transports en commun séparés… bref, tout ce qui pouvait éviter aux Anges de se retrouver seuls en compagnie de Bios ou d'Hybrides.

Au cours de ces derniers siècles, la société avait pourtant vu son taux de criminalité baisser drastiquement, et ce grâce aux fruits de trois innovations successives qui s'étaient associées de manière très synergique. La première avait été la création des caméras de surveillance « intelligentes », capables de reconnaître les premiers signes d'une agression et de prévenir instantanément le poste de police concerné. Les campagnes étant naturellement moins bien desservies que les centres-villes, le second cap ne fut franchi que grâce à l'implantation massive de « DN », des nids de drones munis de ces caméras en mode panoramique et capables de couvrir de vastes de zones. Ce n'est pourtant qu'avec le concours d'une troisième invention que l'ensemble prit alors tout son sens : la création des ringphones. Ces derniers, contrôlés directement à partir de la puce nucale, permettaient à la victime d'envoyer un signal de détresse même dans les situations d'extrême urgence, et d'être géolocalisée rapidement. Ainsi, une personne subissant une agression n'avait qu'à activer mentalement le numéro de secours, pour qu'immédiatement un agent du bureau de police le plus proche voie s'afficher sur son écran la photo de la victime supposée, son identité, l'endroit où elle se trouvait en temps réel, et les images des caméras de surveillance les plus proches. Parallèlement, trois drones s'envolaient automatiquement vers la source du signal, envoyant les premières images rapprochées de la scène à la police, et enregistrant les preuves qui seraient ensuite utilisées lors du procès. La présence de ces drones avait d'ailleurs souvent suffi à convaincre l'agresseur de renoncer, d'autant qu'il ne fallait en général pas plus de quelques minutes pour que la police intervienne ensuite. Un criminel, ainsi pisté, était presque sûr de se faire prendre.

Puis vint la procréation assistée ; l'être humain fut peu à peu épuré de tous ses défauts et vices qui pouvaient avoir une origine génétique. On connaissait bien les hormones de l'agressivité et celles de la tendresse, et les gènes responsables de leur production. Après de longs débats, il fut convenu de réguler artificiellement leur taux de production, en agissant directement sur les gènes lors de la conception. Des niveaux réglementaires pour des hormones telles que la testostérone, l'ocytocine ou la prolactine, furent fixés. A titre d'exemple, et de manière très schématique, le taux de testostérone fut diminué, et ceux de l'ocytocine et de la prolactine furent augmentés ; dans leur application génétique concrète, ces normes étaient évidemment bien plus complexes, d'autant que la modification d'un gène avait à chaque fois des répercussions sur tout le reste de l'organisme. De plus, il ne s'agissait pas d'uniformiser les caractères de chaque individu, et encore moins de supprimer toute colère ou désir sexuel, mais seulement de s'assurer par là-même que personne ne se trouverait trop en haut ou en bas de l'échelle.

L'homme, certes, perdait globalement un peu de sa virilité et se féminisait légèrement, mais ce n'était de toute manière que la continuité d'une tendance de fond qui avait été amorcée socialement dès le 25e siècle – voire bien au-delà en réalité – au cours de la révolution nanorobotique. Toutes les tâches physiques n'incombant plus à l'homme, celui-ci s'était tourné naturellement vers des activités plus intellectuelles et plus artistiques, jugées bien plus valorisantes, tant à ses yeux qu'à celui des femmes, dont les critères de séduction évoluaient en conséquence. Dans cette société, la barbarie reculait peu à peu. Les Anges, quelles que soient leur origine et leur culture, voulaient être beaux, raffinés et élégants, à l'image des sociétés antiques grecques et romaines qui, en Occident, étaient alors idéalisées comme le modèle à suivre.

La criminalité était cependant considérée comme encore trop élevée, car cette perception n'était pas basée sur la réalité : que ce soit dans l'Antiquité, au Moyen-Âge ou à l'aube du troisième millénaire, chaque société juge toujours son taux de criminalité excessif, pour la simple raison que chaque individu se sent concerné lorsqu'un crime gratuit, même un seul, est commis, et que ce sentiment reste dans tous les cas intolérable.

Cette résurgence du sentiment anti-Bio aurait pu rester bénigne si elle ne coïncidait justement pas avec les prochaines élections pour la gouvernance d'Olympia, qui avaient lieu ce dimanche.

Plusieurs siècles auparavant, la révolution cinétique avait réduit considérablement les temps et coûts de transports, et peu à peu aboli les frontières des Etats. La pluralité de pays qui existait alors s'était transformée en une masse informe de population répartie de manière bien plus homogène sur la planète. En effet, les campagnes s'étant débarrassées de leur unique défaut, à savoir l'isolement, leur attractivité était devenue plus élevée que jamais dans l'histoire de l'humanité et les grandes villes s'étaient rapidement dépeuplées. On pouvait dorénavant habiter à plusieurs kilomètres du premier village, dans le calme et la verdure, et être à moins de cinq minutes d'un grand centre ville.

Les siècles passèrent, et les générations successives s'habituèrent complètement à ce que les longues distances soient parcourues en quelques minutes seulement. La mode, qui exista un temps, d'habiter sur un continent et d'aller travailler chaque jour sur un autre, en dépit du décalage horaire (certaines entreprises en faisaient fi et tournaient 24 h / 24), disparut peu à peu. L'opinion générale se mit à considérer que cinq minutes était le temps maximum acceptable pour se rendre à son travail quotidien ; au-delà cela faisait beaucoup trop. Ce fut à la même époque qu'apparurent les premiers humains génétiquement modifiés. Ils étaient, au départ, très différents les uns des autres, et avec les années certains ressentirent à nouveau le besoin de se regrouper en communauté. Peu à peu, ce sentiment s'étendit à toute la population, et à travers ces vastes campagnes naquirent des villes nouvelles, à l'image des races Hybrides nouvellement créées. Ces villes édictaient leurs propres lois et s'inspiraient des principes démocratiques de l'Athènes antique, où chaque citoyen pouvait voter directement pour les grandes prises de décision. Si au niveau local, il s'y dégageait une certaine harmonie, au niveau mondial, c'était l'anarchie la plus complète. Pour pallier à cela, le monde fut peu à peu regroupé sous l'égide d'une gigantesque confédération : un unique gouvernement planétaire sous lequel étaient réunies des centaines de métropoles. Tous les cinq ans, chaque métropole élisait son gouverneur, et la présidence de la Confédération était quant à elle assurée chaque année par une métropole différente. Ces changements se faisaient selon un calendrier défini longtemps à l'avance, et le gouverneur de la métropole désignée devenait alors le président de la Confédération. Le pouvoir de ce dernier était relativement limité, puisque chaque décision devait respecter la constitution commune et était soumise au vote des gouverneurs, mais il arrivait parfois qu'un président habile réussisse à influencer les votes des gouverneurs dans son sens. Les nouvelles normes de procréation assistée, imposant le modèle Ange, furent acceptées par quasiment toutes les métropoles (uniquement sept sortirent alors de la Confédération), et cela uniformisa la diversité qui existait alors sans pour autant diminuer l'attrait retrouvé des grandes cités. Les habitants de races biologiques et hybrides se réfugièrent en partie dans les cités séparatistes, mais beaucoup, attachés à leur sol natal, restèrent et se regroupèrent cette fois en ghetto.

Au fil des générations, ces ghettos furent de moins en moins bien tolérés par certaines franges de la population des Anges. Des partis politiques naquirent en fonction de ces affinités, certains prônant l'ouverture et la tolérance, tandis que d'autres, à l'inverse, exigeaient l'expulsion immédiate des non-Anges et l'interdiction de la procréation naturelle.

Olympia était une ville particulière, dans le sens où dès l'origine de sa fondation, elle représentait déjà une communauté quasiment semblable à celle des Anges, et elle avait en grande partie servi de modèle aux nouvelles normes de procréation assistée. Paradoxalement, c'était aussi une des cités les plus ouvertes, mais les partis anti-Bios y étaient malgré tout solidement implantés et, parmi eux, il y en avait un qui dominait particulièrement la scène politique : le parti Pegasus. Son symbole était représenté par le mythique cheval ailé, d'un blanc immaculé, sur un feu écarlate. L'animal incarnait le passé mythique, la beauté et la perfection, tandis que les flammes représentaient la puissance et la force. Le charismatique leader du parti Pegasus, Jupiter Caldeiro, bénéficiait du soutien d'une bonne partie de la population.

La condamnation de Robert Kesler lui attira de nombreuses sympathies et, dès le lendemain du verdict, des sondages lui attribuaient plus de 54% des voix. Il était courtisé par tous les journalistes, et son image, au cours de cette dernière semaine avant l'élection, devint peu à peu omniprésente. Ses discours vindicatifs, à l'encontre des Bios et des Hybrides se propagèrent dans Mindnet et sur toutes les télévisions, attisant encore davantage le sentiment de rejet envers les Bios.

Au milieu de ce tumulte, Juliette méditait sur ses retrouvailles avec son oncle et cherchait un moyen de l'innocenter. Le point le plus étrange était qu'il avait été reconnu coupable de complicité dans la tentative d'évasion de Robert Kesler. Elle savait que c'était absurde, mais en l'état, elle n'avait rien pour prouver le contraire, du moins d'avouable. La seule possibilité se trouvait donc du côté de Kesler. Le fait que ce soit lui qui ait désigné William comme un complice la troublait énormément, et elle s'interrogeait sur les raisons qui l'avaient poussé à inventer un tel mensonge.

Par rapport au crime dont le père de Lucie avait été accusé, Juliette, contrairement aux gens du 28e siècle, était tout à fait encline à le croire innocent, car elle n'avait pas de préjugé naturel envers l'imperfection des Bios. Autant il semblait normal, à ses nouveaux contemporains, qu'un Bio ou qu'un Hybride puisse céder à des pulsions animales, autant, pour elle, il lui semblait étrange qu'un homme avec une telle réputation de sagesse puisse se transformer tout à coup en bête sauvage, même si des exemples survenus au cours de son époque d'origine ne manquaient pas.

Elle parcourut quelques-uns de ses livres, afin de mieux le connaître, et cela renforça son idée que le profil qui se dégageait de Kesler ne correspondait pas avec le monstre décrit à son procès.

Pour elle, le père de Lucie avait commis deux mensonges. Le premier, indiscutablement, était d'avoir déclaré son oncle complice de sa tentative d'évasion. Le second, plus litigieux, mais dont elle était persuadée, était d'avoir reconnu un crime qu'il n'avait pas commis. Ce qu'elle ignorait maintenant, c'étaient les raisons qui l'avaient poussé à mentir de la sorte. Des secrets d'Etat ? Du chantage ? Quelque chose de honteux ?

Après maintes réflexions, Juliette élimina peu à peu les hypothèses les moins plausibles pour n'en garder qu'une : le chantage. Et le seul élément qu'elle voyait peser de suffisamment de poids pour le contraindre au silence, c'était Lucie. Les vrais responsables du crime avaient sûrement dû le menacer de tuer sa fille s'il les dénonçait. Il lui faudrait désormais découvrir leur identité ainsi que leur mobile – car ils n'avaient sûrement pas choisi Kesler au hasard !

Cette nuit-là, Juliette se mit à réfléchir à un plan et à sa manière d'annoncer ses intentions à Athéna et à Lucie. Elle était consciente que la tâche serait extrêmement difficile, mais elle n'avait pas le choix si elle voulait faire libérer son oncle. Avant de fermer les yeux, elle prit une décision comme jamais elle n'en avait pris de sa vie : elle, l'enfant naïve et insouciante, menée par la vie, était morte. Désormais, elle allait se battre et prendre en main son destin. Elle s'endormit avec cette résolution à l'esprit, sans même se douter une seconde qu'elle venait justement d'avoir ses dix-huit ans.

Mai

Olympia, le 6 juin 2666. Une date hautement symbolique que ses parents, pas superstitieux le moins du monde, n'avaient relevée que le jour de son arrivée. Ils étaient nés par procréation naturelle tous les deux, mais la nature, elle, ne leur avait pas fait de cadeau. Sa mère souffrait d'une maladie de peau congénitale assez violente qui lui avait laissé des cicatrices sur le corps et le visage. Le reste de son apparence était également disgracieux, avec des lèvres trop minces, un nez trop long et des traits globalement sans charme. Son conjoint, petit et trapu, avait quant à lui hérité d'une malformation crânienne – irrécupérable, même avec de la chirurgie esthétique – qui lui donnait un air de brute épaisse. Par la suite, tous les deux s'étaient jurés de ne pas faire la même erreur que leurs parents et avaient opté pour une procréation génétiquement assistée, d'où était né Stanislas Stavson. Ce prénom chrétien, en hommage au saint Stanislas, avait été la seule entorse qu'ils s'étaient accordée.

Dire que Stanislas avait souffert du physique ingrat de ses parents était un bien faible mot. A l'école où il avait grandi, la quasi-totalité des élèves venait de parents génétiquement modifiés et, dans les cours de récréation, la dictature de la beauté était devenue la norme. L'établissement n'accueillant pas d'élèves Bios ou Hybrides, l'unique souffre-douleur qu'ils avaient pu trouver c'était lui, le seul dont les parents incarnaient la laideur et l'imperfection. Las de subir leurs reproches et désireux d'être accepté par ses pairs, il avait fini avec les années par se rallier à leur cause et les mépriser à son tour.

Stanislas grandit ainsi dans la honte de son père et de sa mère, une honte qui fut le terreau d'un mécanisme ravageur. Il n'avait pas réussi à aimer ses parents, il les avait même haïs et, tout au fond de lui, cela nourrissait un sentiment de culpabilité autodestructeur qu'il n'arrivait pas à surmonter. Il l'avait refoulé en se mettant à la place du bourreau, et en haïssant les persécutés plutôt que les persécuteurs. Son malheur – qu'il ne réalisait pas –, c'était que plus il s'orientait dans cette voie, et plus cela nourrissait ce sentiment de culpabilité inconscient. Réussir à prononcer un *Je t'aime maman* aurait sûrement été la meilleure des cures, mais il s'était enfoncé si loin dans son déni que faire demi-tour lui était devenu impossible.

Une fois adulte, il s'était enrôlé dans la police. Cela correspondait à son besoin d'ordre, confondant la justice et la vengeance. Il trouvait là une occasion de persécuter à son tour les faibles et d'asseoir définitivement son changement de statut. Sa nature hargneuse et opiniâtre, sa rage de prendre sa revanche, lui valut la crainte et l'admiration de ses collègues. Stavson n'avait personne dans sa vie : ni femme, ni enfant, aucune vie de famille. Il avait rapidement gravi les échelons jusqu'au poste de commissaire et dédiait tout son temps et ses pensées à mener sa mission à son terme : faire de ce monde un monde idéal, dénué d'imperfections.

C'était dans cet esprit qu'il avait rejoint la Confrérie de l'Ordre Parfait, dont il était un des membres les plus influents et les plus zélés. Cette confrérie considérait la perfection des Anges comme le bien absolu, et l'imperfection des primates et des freakos comme le mal à éradiquer. Leurs deux idoles étaient d'une part Charles Robert Richet, un des pères fondateurs très anciens de l'eugénisme, pour avoir proposé d'éliminer les races inférieures et de n'autoriser la procréation qu'à l'élite, et d'autre part Ernst Rüdin, pour avoir commencé à poser les bases de ces solutions. Globalement, les humains non perfectionnés génétiquement étaient comme une tâche de suie sur de la toile blanche. Leurs gènes, et par conséquent leurs pulsions, étaient semblables à ceux des hommes des cavernes, et faisaient injure au reste de la race humaine.

Stavson était devenu un élément très utile de la Confrérie de l'Ordre Parfait. Grâce à son poste et son grade, il pouvait avoir un champ d'action large et un accès à des informations confidentielles. Il débusquait les Bios les plus influents et s'arrangeait pour les neutraliser, en les faisant disparaître sans laisser de trace ou en les envoyant en prison. Pour cela, il n'avait jamais hésité à lésiner sur les moyens et s'était peu à peu construit son réseau de policiers corrompus, où figuraient en première ligne deux de ses subordonnés : l'agent Arès Brivinski et l'agent Triton Coronis-Hermès, appelé habituellement « Coronès » par ses pairs. C'était souvent eux qu'il envoyait pour effectuer les plus sales besognes. Par ailleurs, Stavson s'était même permis quelques arrangements discrets avec certains procureurs, comme le procureur Verkmann, dont le bureau se situait à plusieurs pâtés de maisons du sien. Ils entretenaient tous deux une collaboration régulière, mais peu franche, et Stavson était loin de se douter qu'en ce moment même son partenaire était en proie à la plus troublante découverte de sa vie.

Ça alors ! Si je m'attendais... ! Le procureur Verkmann se laissa retomber dans son fauteuil et marqua sa stupéfaction. Cette dernière écoute, il l'avait faite par pure formalité, juste pour savourer sa victoire qu'il savait facilement acquise, mais il ne s'était certes pas attendu à une telle tournure.

Il se souvint du jour où, plusieurs années en arrière, la Confrérie de l'Ordre Parfait l'avait contacté pour la première fois. Ils lui avaient proposé une collaboration d'un genre particulier : la confrérie lui fournirait les moyens – certes illégaux – d'obtenir des informations stratégiques sur tous les dossiers mettant en cause des Bios et des Hybrides, et lui en échange leur assurait des victoires et de lourdes condamnations sur ces derniers. C'était une collaboration gagnant-gagnant et il ne l'avait jamais regrettée avec le temps. Grâce à ce système, il avait remporté haut la main la quasi-totalité de ses affaires, et sa carrière avait pris une tournure plus que positive. Mais ce n'était qu'à sa carrière qu'il songeait, car lui-même n'éprouvait pas d'animosité particulière envers ces races « inférieures », juste un vague mépris, et c'est d'ailleurs pour ça qu'il avait refusé de faire partie de la confrérie ou même du parti. Car Verkmann était un opportuniste de la plus pure espèce. Il était dépourvu d'idéologie ou de principes, et n'agissait qu'en fonction de ce qui pouvait lui profiter directement.

Cependant, en plus de quinze ans de carrière, il n'avait jamais rencontré cela. Une machine à voyager dans le temps ! Voilà donc qui expliquait l'apathie de cet abruti de Retsonel ! Mais il avait un doute : l'information était-elle fiable ? Se pouvait-il qu'ils soient au courant pour les micros et qu'ils aient orchestré toute cette mise en scène ? Cela lui semblait peu probable, et puis le ton qui se dégageait de leur voix semblait sincère. De plus, ça justifiait les nombreuses heures qu'il avait passées à lire ce livre d'histoire. Mais on ne savait jamais…

En tout cas, si c'était vrai, il avait fait une grosse connerie de convaincre Stavson d'obliger Kesler à le désigner comme son complice ; car maintenant une personne, sa nièce, savait avec certitude qu'il y avait quelque chose de bancal dans les affirmations de l'écrivain.

Verkmann restait en proie au doute concernant la machine et voulait en avoir le cœur net. Pour l'instant, elle était dans un local spécifique sous scellés et peu de personnes pouvaient y accéder, et si Retsonel n'allait pas en appel, elle serait vendue aux enchères de la ville d'ici trois mois, ou détruite le cas échéant.

Il remplit les documents administratifs nécessaires et s'y rendit sur le champ. C'était la deuxième fois qu'il la voyait, mais il eut malgré tout un regard nouveau. La première fois, c'était à peine s'il l'avait regardée. « Encore l'œuvre d'un illuminé ! » s'était-il exclamé intérieurement. Il s'était juste basé sur les rapports des spécialistes de la police qui ne mentionnaient d'intéressant que les arceaux en titane et les anneaux. Cette fois, il en fit précautionneusement le tour afin de l'examiner attentivement. Elle avait l'air d'avoir quand même été sacrément endommagée par le choc, notamment au niveau des anneaux. Il y entra et se mit face au tableau de bord. Celui-ci semblait primitif et ne lui inspirait rien de probant. Il tourna quelques boutons au hasard, espérant la faire un peu réagir, mais apparemment plus rien du tout ne fonctionnait. Il en ressortit et alla inspecter les casiers où étaient consignés les objets trouvés à l'intérieur. Il les connaissait déjà, car la liste lui avait été fournie, mais c'est la première fois qu'il les voyait : un compteur Geiger, une combinaison antiradiation, un masque à oxygène… Là encore, il avait pris Retsonel pour un farfelu, mais à présent qu'il le savait venir de l'ère du Wager, cet attirail prenait tout son sens.

Il rentra ensuite directement chez lui et réfléchit longuement. La plus grande qualité de Verkmann était la prudence ; cela ne l'empêchait pas de prendre des risques, mais il veillait le plus consciencieusement du monde à ne jamais se faire prendre. La première conclusion qu'il tira de ses réflexions fut de ne parler à personne de sa découverte, pas même à Stavson. Deux raisons à cela : soit cette information se révélait finalement fausse, et donc mieux valait la taire au risque de passer pour un crétin ; soit elle était effectivement vraie, et dans ce cas cette machine était une mine d'or qu'il voulait se garder pour lui seul. Il se voyait déjà se rendre loin dans le passé et, grâce à ses ailes d'anges et ses armes avancées, se faire passer pour un dieu que les peuples vénéreraient. Ou alors ramener du futur des innovations technologiques qu'il ferait breveter à son nom… De toute manière, les idées ne manquaient pas. Certes Stavson avait accès aux mêmes écoutes que lui et il ne pouvait rien faire pour empêcher cela, mais il doutait fort en revanche que le policier s'intéressât à l'affaire Retsonel. Et dans ce cas, il était donc le seul à en connaître l'existence.

Dès lors, il n'y avait pas lieu de se précipiter. Là où elle était, la machine ne risquait rien, et de toute manière il ne savait pas la faire fonctionner. Il allait attendre qu'elle soit mise en vente pour la racheter. Une fois en sa possession, il trouverait bien la manière de la remettre en marche, même s'il ignorait encore comment… Peut-être bien que d'ici là il l'aurait obtenue grâce aux écoutes.

Il fit une pause en repensant au procès, et réalisa tout à coup que la piètre performance offerte par Athéna Bragi-Meyah avait donc été inévitable. C'était complètement contraire à ses habitudes, car l'avocate constituait professionnellement l'une de ses plus grandes rivales et ses plaidoiries étaient en général redoutables. Ce léger avantage qu'il avait réussi à conserver sur elle, il le devait surtout grâce à l'appui de Stavson et à ses petites ruses secrètes.

Il faut dire qu'Athéna et lui s'affrontaient régulièrement au cours des procès contre des Bios et des Hybrides, et qu'au fil du temps la beauté fascinante et la vivacité d'esprit de l'avocate avaient nourri chez le procureur un certain désir de possession sexuelle envers elle. Il savait qu'elle le méprisait, considérant ses réquisitoires avec dédain, et cela renforçait son sentiment de frustration. Dans ses fantasmes nocturnes, son parcours couronné de succès l'élevait au rang de procureur général de la Confédération, et Athéna, subjuguée par tant de talent et de prestige, s'inclinait à ses pieds telle une esclave et se soumettait entièrement à son bon vouloir, prête à s'humilier pour obtenir la moindre de ses faveurs. Une fois le délire passé, il se rendait compte que ça n'arriverait jamais, mais ne perdait cependant pas espoir de la posséder un jour, d'une manière ou d'une autre.

Mercredi 25 mai

Une fois la porte franchie et ses affaires posées, Juliette fonça directement vers le bureau d'Athéna. Elle avait passé une bonne partie de la nuit à réfléchir et avait un plan en tête.

— Athéna, je crois qu'il faut qu'on revoie la stratégie d'Hybiriwa pour faire libérer mon oncle.

— Bonjour Juliette, rétorqua Athéna avec un sourire en coin. Qu'est-ce qui te fait penser ça ?

— Nous perdons notre temps à essayer de prouver l'innocence de mon oncle, car justement nous n'avons pas les preuves. Il a été déclaré complice de Robert Kesler, et tant que Kesler sera considéré coupable mon oncle le sera aussi. Si nous voulons le faire libérer, il faut innocenter Kesler.

— Innocenter Kesler ! rien que ça ? Je ne sais pas si tu te rends compte, mais les preuves sont accablantes ! Traces de sperme, traces d'ADN, et Kesler était le seul présent sur les lieux à ce moment-là. De plus, durant son procès, il a clairement plaidé coupable ! Et il se refuse même à faire appel de la décision de justice !

— Peut-être, mais Lucie m'en a beaucoup parlé, et je trouve que sa personnalité ne colle pas avec ce dont on l'accuse.

— Je crois que le fait que tu sois amie avec sa fille te tourne un peu la tête. Tu es influencée, c'est normal, mais dans ton travail tu dois garder un minimum d'impartialité !

Il y eut un silence, au cours duquel chacune tenta de prendre du recul. Au bout d'une minute, Juliette reprit la parole.

— S'il te plaît, laisse-moi essayer, je sais qu'il est innocent… Je demande *seulement* quelques jours ! Si jamais je ne trouve rien, je te promets de laisser tomber.

— Mais *tu as* seulement quelques jours ! On est déjà mercredi et Robert Kesler n'a que jusqu'à samedi treize heures pour faire appel, c'est la durée légale des cinq jours. Au-delà, la décision du procès ne sera plus révisable et il sera transféré à la prison centrale. Et si entre-temps tu n'apportes pas suffisamment d'éléments nouveaux au juge, l'appel sera rejeté. D'autant qu'il faut d'abord convaincre Kesler lui-même de renoncer à faire appel… Tu en as parlé à Gabriel ? Il en pense quoi ?

— Non, je ne lui en ai pas parlé. Je le verrai demain soir seulement, car il a encore des examens jusqu'à demain après-midi – ce sont les derniers. En tout cas, j'en suis certaine : tant que le père de Lucie, je veux dire Kesler, sera considéré coupable, mon oncle n'aura aucun espoir de sortie.

Athéna voulut lui répondre que son oncle était peut-être effectivement coupable, car après tout on ne connaît jamais parfaitement les gens, Kesler en était la preuve… Elle se disait également que l'éventuelle innocence de Kesler ne changeait rien au fait qu'il ait défoncé le mur d'un bâtiment public… Mais sur cette affaire, elle n'avait fait qu'essuyer des revers et s'était révélée plus incapable que jamais ; quelque part, elle ne se sentait pas en position de pouvoir assigner des reproches ou même donner des conseils à quelqu'un qui était convaincu de pouvoir faire mieux. Et puis, si Juliette était bien sa nièce comme elle le disait, elle comprenait qu'elle veuille tenter quelque chose ; dans sa situation, elle aurait agi de même et n'aurait pas abandonné sans s'être battue avant.

— OK, va pour quelques jours de mission jusqu'à samedi. Je demanderai à Rhéa de s'occuper d'une partie de tes dossiers, car Mardouk et Catherine sont déjà pas mal débordés avec tout ce qui se passe en ce moment.

— Super ! merci ! Est-ce que je peux avoir accès aux éléments concernant le dossier Kesler ?

— Dis donc, tu perds pas ton temps ! Et qu'est-ce qui te fait croire que je les ai ?

— Je commence à te connaître ! répondit Juliette avec un sourire.

Juliette se mit immédiatement au travail. Elle s'assit à son bureau et se dirigea tout de suite vers le dossier indiqué par Athéna. Elle allait l'ouvrir quand une chose, qu'elle aurait dû faire depuis longtemps selon elle, lui vint à l'esprit : mieux se renseigner sur cette époque. Elle se souvint du livre dont lui avait parlé son oncle et alla le retrouver dans Mindnet. Le sommaire s'afficha et Juliette sourit en repensant au discours exalté qu'il lui avait tenu. Elle se sentit tout à coup curieuse de voir comment les gens d'aujourd'hui percevaient ceux de son époque. Elle alla directement au chapitre sur la période 1900-2100, et son attention fut rapidement attirée par un mot qu'il lui semblait déjà avoir entendu de la bouche de Calliope :

Wager (de l'acr. Wasting And Global Environmental Ravages, *signifiant également* pari*) : Expression utilisée pour la première fois en 2138 par l'économiste canadien Keany Fischer, pour désigner le gâchis énergétique et les ravages écologiques auxquels s'adonnaient les puissances industrielles des 20e et 21e siècles, tout en faisant le pari que l'écosystème planétaire tiendrait face à une exploitation humaine aussi intensive et destructrice.*

Juliette lut la suite de ce tableau sans concession, sans oser croire qu'elle venait de cette époque-là. Un peu plus loin, ses yeux se fixèrent involontairement sur un autre mot, et une petite fenêtre s'ouvrit :

Internet : Ancêtre de Mindnet, né au cours de la seconde moitié du 20e siècle pour permettre à la communauté scientifique d'échanger des informations. Il ne contenait tout d'abord que du texte pur, sans image ni animation, puis la forme destinée au grand public est apparue au début des années 1990 et a connu une croissance exponentielle, passant de quelques milliers d'utilisateurs dans le monde à plus de deux milliards en 2010. Les premières adresses e-mail furent également inventées à la même époque et étaient représentées par le symbole « @ » signifiant « at ».

Expression : surfer ou naviguer sur Internet.

Juliette cliqua mentalement sur Mindnet et une autre fenêtre s'ouvrit en parallèle :

Mindnet (de l'acr. Mental Impulsion Network Device *(appareil d'interconnexions à impulsion mentale) et* Internet*) : Appareil élaboré au cours des années 2360 par Zhou Chenge, MIND est relié à un nouveau système parallèle à Internet en 2371 et rencontre un succès fulgurant. L'originalité du nouveau réseau, outre qu'il soit en trois dimensions et entièrement contrôlable par la pensée, est d'offrir un environnement entièrement sécurisé. En effet, la plongée dans Mindnet n'est possible que pour les IGC enregistrées, selon un codage permanent du rapport entre l'onde cérébrale et le code génétique, rendant impossible les usurpations d'identité et les connexions anonymes. L'ensemble des contenus d'Internet va progressivement basculer sur ce nouveau système, la cohabitation des deux réseaux se poursuivant jusqu'en 2412, date à laquelle Internet est définitivement interrompu. Les premières adresses e-mail adaptées à Mindnet, représentées par le symbole «ⓘ», signifiant « into », voient le jour également en 2371 et mettent fin à la prolifération des messages indésirables.*

Expression : plonger ou nager dans Mindnet.

Décidément !... Juliette ouvrit encore une nouvelle fenêtre :

IGC (Identification by Genetic Code) : Apparue au cours du 23e siècle, il s'agit d'une fiche d'identité virtuelle unique, infalsifiable et inimitable, reposant sur les critères génétiques d'un individu. Elle contient l'ensemble du séquençage ADN, ainsi que les empreintes cérébrales, rétiniennes, cardiaques, vocales et digitales. L'IGC est obligatoire pour tous les citoyens de la Confédération, et reconnue légalement par les métropoles indépendantes, à l'exception de Megiddo.

Juliette poursuivit sa lecture et comprit mieux ce que signifiait cette confédération. Plus loin, elle constata que le ringphone avait eu une histoire à peu près similaire à Mindnet, et encore plus spectaculaire puisque son ancêtre, le téléphone mobile, avait atteint lui plus de cinq milliards d'abonnés en 2010. Elle découvrit encore un tas de choses : les produits bios, les produits OGM, l'énergie solaire… Elle n'en revenait pas que beaucoup de ces technologies incroyables aient fait leur apparition quelques années seulement après son départ.

Juliette lut finalement le livre d'une traite. Elle apprit beaucoup de choses : l'origine des différentes révolutions, la nature des progrès scientifiques et sociaux... Et comprit peu à peu comment l'espèce humaine en était arrivée jusque-là. Un monde où les frontières avaient progressivement disparu, puis s'étaient redessinées en fonction de l'appartenance génétique des individus. Un monde entretenu par les machines, où le travail n'était plus à proprement parler nécessaire, et où l'art devenait le moyen d'expression absolu, le seul encore dévolu aux humains. Un monde obsédé par la beauté et la perfection, où l'Homme se sentait plus que jamais l'égal de Dieu.

Car il maîtrisait désormais la création de la vie, il ne communiquerait bientôt plus que par la pensée, et la conquête spatiale avait amorcé son véritable essor. Il se croirait bientôt le maître de l'univers, imposant son propre eugénisme aux nouvelles espèces découvertes. Juliette, dans ce vaste plan, se sentit aussi éloignée d'eux qu'elle avait pu se croire éloignée des hommes des cavernes.

Elle ferma le livre et partit déjeuner. Quand elle revint à son bureau, elle ouvrit enfin le dossier Kesler. Elle retrouvait plus ou moins tout ce que lui avait expliqué Mardouk ; les preuves étaient présentées de telle manière que la culpabilité de Kesler semblait indéniable. Elle avait beau retourner l'histoire dans tous les sens, elle en revenait toujours à ce simple résumé tragique :

Ce soir-là, le conjoint d'Héméra de Lanson s'était absenté pour affaires – de nombreux témoignages et preuves l'attestaient – laissant sa conjointe seule avec son secrétaire personnel, Robert Kesler, qui travaillait et logeait à la villa. Succombant à ses pulsions sexuelles, il avait pénétré dans sa chambre tandis qu'elle dormait, mis son ringphone (une broche en réalité) à l'écart sur une commode afin qu'elle fût trop loin pour pouvoir s'y connecter, puis avait abusé d'elle sans qu'elle n'ait les moyens d'appeler la police. Une fois l'acte fini, Kesler avait relâché un moment son étreinte et la propriétaire, craignant pour sa vie, en avait profité pour activer manuellement un signal de détresse dissimulé dans une applique murale près du lit. Kesler s'en était aperçu et, pris de panique, l'avait attrapée et étranglée. La police, qui était intervenue très rapidement sur les lieux, n'avait pu que constater le décès et avait réussi à coincer de justesse Kesler avant qu'il ne parvînt à s'enfuir.

A première vue, Juliette ne trouvait aucune faille, si ce n'était que Kesler avait agi comme un idiot, car c'était sûr qu'il se ferait prendre tôt ou tard. Elle ne croyait pas trop à cette histoire de pulsion, mais d'un autre côté les mises en garde d'Athéna n'étaient pas complètement dénuées de fondement. Après tout, c'était vrai qu'elle ne connaissait du Robert Kesler intime que la version donnée par Lucie, qui forcément ne pouvait pas être objective. Elle se résolut d'aller faire une visite à son domicile le lendemain, afin de savoir comment la famille De Lanson le percevait et d'en apprendre peut-être plus sur la mort d'Héméra.

Il était déjà dix-huit heures ! Juliette n'avait pas vu les heures défiler. Elle se rendit immédiatement à l'hôpital Belle-Hygie pour voir Calliope et Lucie. Leurs hémorragies avaient été traitées et on était maintenant en train de soigner leurs os cassés. Le traitement était très différent de la méthode du 20e siècle qui consistait, une fois l'os remis en place, à poser un plâtre et à attendre que ça se ressoude tout seul. Calliope et Lucie étaient dans deux salles séparées, et chacune était allongée sur le dos, la tête dépassant d'un caisson où il leur était impossible de bouger le corps. Des sortes de radiation étaient diffusées en continue à l'intérieur et accéléraient la régénération et la soudure des os. Elles avaient cinq séances d'une heure par jour. C'était absolument indolore, mais un peu fastidieux. Heureusement, un écran virtuel placé au-dessus de leur tête leur permettait de passer le temps en se divertissant dans Mindnet.

Lorsqu'elle trouva Calliope, celle-ci était précisément dedans en train de faire ses courses. Elle fut surprise par son air décontracté, mais il était vrai que c'était déjà la cinquième séance de caisson, et elle comprenait qu'elle ait envie de s'occuper l'esprit sur autre chose.

Juliette la regarda faire et lui demanda comment elle pouvait acheter des produits qu'on ne pouvait pas toucher et voir en vrai. Tout en continuant, Calliope lui répondit sur un ton calme que, d'une part, elle avait une notion *exacte* de la qualité du produit et que, d'autre part heureusement qu'on ne pouvait pas les toucher.

Juliette fut surprise de la réponse. Elle s'abaissa et plongea plus attentivement son regard dans son écran en trois dimensions, pour examiner ce que Calliope était en train d'acheter. A côté de chaque produit, qu'il soit alimentaire ou non, était inscrit le prix bien sûr, mais aussi une note sur dix. Derrière cette note, qui était en réalité la moyenne des notes fournies par un panel d'organismes indépendants, elle pouvait voir, sur plusieurs niveaux et sous-niveaux, l'ensemble des critères ayant servi à la notation. Ils différaient énormément selon les produits, bien au-delà du fait qu'ils soient alimentaires ou non, mais quelques-uns revenaient à chaque fois. Parmi ceux-là, les deux qui la frappèrent le plus étaient le bien-être des employés de l'entreprise et les notes des produits des fournisseurs.

Le premier critère était élaboré à travers une enquête confidentielle menée directement auprès des employés de la société, dès lors que celle-ci avait plus de quatre salariés. Cette enquête s'effectuait via un questionnaire en ligne, composé de quelques questions, que les salariés remplissaient individuellement et renvoyaient chaque mois à l'organisme certificateur. Ceux-ci n'avaient aucun intérêt à mentir dans leur réponse, car plus la note serait basse et moins leurs produits se vendraient, et à l'inverse, une note exagérément haute n'inciterait pas leur directeur à améliorer leurs conditions de travail. Leur intérêt restait donc de fournir l'appréciation la plus juste possible.

Concernant le second critère, Juliette le trouvait tout bonnement génial et implacable. La note d'évaluation des fournisseurs rentrant pour une bonne part dans la moyenne de la note globale du produit, cela revenait à assainir complètement la filière, car la note d'évaluation des fournisseurs dépendait elle aussi de leurs propres fournisseurs. Cela évitait aussi qu'une entreprise peu scrupuleuse puisse se cacher derrière une société-écran aux vertus idéales.

Devant la surprise de Juliette, Calliope s'exclama en riant :

— Ah ! oui, je me souviens, j'ai vu ça en cours au lycée ! A ton époque, vous n'aviez aucune information sur la qualité réelle de ce que vous achetiez ! D'ailleurs, concernant les produits alimentaires emballés, le vendeur affichait juste la liste des ingrédients et une image super avantageuse du produit, mais qui ne correspondait pas vraiment à la réalité. Il suffisait juste qu'il inscrive en dessous, en tout petit, *suggestion de présentation* et ça suffisait pour le dédouaner en cas de litige ! C'est dingue !

Juliette ne sut pas vraiment quoi répondre et raconta la façon de faire les courses à son époque. Quand elle évoqua les supermarchés, Calliope afficha une mine de dégoût.

— Berk, heureusement que c'est interdit maintenant ! car ça veut dire que tout le monde pouvait tripoter les légumes et les aliments, et les reposer ensuite.

— Oui, en quelque sorte…

— Et si quelqu'un prenait de la viande, se baladait avec pendant une heure, puis l'abandonnait quelque part au milieu du rayon des produits d'entretien, plus tard, il était remis à nouveau en disponibilité au rayon frais ?

— Je suppose que oui… confessa Juliette.

— Et s'il prenait un fruit, crachait dessus ou simplement éternuait dessus, puis le reposait... C'est pareil, il restait en rayon ?

Juliette leva les bras en signe de fatalité.

— Je ne sais pas comment vous faisiez pour ne pas tomber tous malades ! s'exclama Calliope. Ce n'était vraiment pas hygiénique !

— Ben… non, on ne tombait pas plus malade que ça, se défendit Juliette. Quand Lucie vend ses produits au marché, c'est pareil non ?

— Ah ! non, c'est différent, car ce sont ses produits. Elle ne laissera pas le client les toucher avant de les lui avoir vendus. Si un client tombe malade à cause d'un de ses produits, ce sera elle la première responsable, et s'il s'avère que la maladie ne vient pas d'elle, c'est son fournisseur, puis le fournisseur de son fournisseur qui sera suspecté. Dans tous les cas la traçabilité est garantie ! Pour tes « supermarchés », si un produit est infecté, va savoir d'où ça vient avec les milliers de gens potentiels qui ont pu le toucher ! Sans parler des pandémies que cela pouvait engendrer...

Juliette se rendit compte que Calliope avait raison. Ce qui paraissait aujourd'hui comme une évidence ne l'avait pourtant jamais frappée au 20e siècle.

— C'est vrai ce que tu dis, mais tu sais, il n'y avait pas tant de maladies que ça à l'époque… Il n'y avait pas de raison de se méfier autant !

— Ça, c'est parce que vous n'avez jamais connu l'Hypervirus Delta ! rétorqua Calliope.

— Le quoi ?

— L'Hypervirus Delta est un virus qui est apparu au 24e siècle. Il est tellement petit qu'il peut se loger dans tous les autres virus existants, et c'est à travers eux qu'il se propage. Ensuite, il infecte l'organisme humain au cœur même des cellules, si bien que c'est quasiment impossible de l'en déloger. Je ne sais plus combien de morts il a faits, mais il a décimé près du quart de la population mondiale à cette époque.

Devant le silence de Juliette, Calliope continua.

— Mais bon, il faut dire qu'à ton époque il y avait beaucoup d'aberrations. Je me souviens d'un cours d'économie où le prof nous avait raconté les logiques stupides dans lesquelles vous étiez enfermés. Il nous avait dit qu'après la Seconde Guerre mondiale, vous produisiez en masse des biens, polluants certes, mais de grande qualité, capables de durer des années. Vous vous êtes ensuite aperçus que, du fait de leur durée de vie trop longue, les gens ne les renouvelaient pas assez ; du coup, la consommation baissait et cela nuisait à l'économie. Alors vos ingénieurs ont fait en sorte de limiter artificiellement la durée de vie de vos produits : vous vous donc êtes mis à produire des biens toujours aussi polluants mais à durée de vie très courte, et vous vous êtes alors mis à vous intoxiquer vous et notre planète à grande vitesse...

— C'est faux ! intervint Juliette, on a créé les produits recyclables pour…

— Justement, j'allais y venir ! Vu que la terre devenait méga-polluée et que les matières premières devenaient de plus en plus chères, vous vous êtes dit : autant recycler nos détritus, comme ça non seulement on pollue, mais en plus on est sûrs de pouvoir polluer encore pour des années…

— Mais non puisqu'ils sont recyclés ! coupa Juliette.

— Ce n'est pas en recyclant des bouteilles ou des emballages que vous auriez sauvé la planète ! Ces produits étaient toxiques, y compris dans leur usage ! Tu en fais quoi des jouets, des ordinateurs, de l'électro-ménager et des milliers d'autres produits bourrés de plastique et de produits chimiques ? Rien que leur fabrication était polluante ! Pour le reste, la plupart étaient soit incinérés soit finissaient dans des décharges à ciel ouvert, particulièrement en Afrique. Sans compter que beaucoup d'entre vous continuaient à jeter leurs déchets dans la nature, la mer, les rivières, les forêts… et là, recyclables ou non, ils polluaient tout autant ! On en ramasse encore de nos jours tu sais !

— Vous auriez fait quoi, vous ? demanda Juliette avec une pointe d'ironie.

— A ton avis ?

Juliette fut surprise par le ton de Calliope, comme si la réponse pouvait être donnée par un enfant de cinq ans. Elle laissa tomber son ironie et se mit à y réfléchir pour de bon. Calliope, la voyant piétiner, leva les yeux au ciel.

— C'est pas croyable ! vous aviez vraiment des œillères à ton époque ! Je vais te dire ce qu'il faut faire : il faut produire des biens non polluants à durée de vie courte, tout simplement ! Ça s'appelle des produits bio-dé-gra-dables ! Ça fait marcher l'économie sans polluer la planète, même si des gens sans scrupules les balancent dans la nature ! Et à votre époque vous étiez déjà capables d'en faire !

— Et pour les gros produits, comme les voitures ou des grosses machines… ?

— Aujourd'hui, ces produits ne se vendent quasiment plus ; ils se louent et sont remis à neuf régulièrement… Personne n'a d'intérêt à les acheter si pour à peine 5% du prix total tu peux avoir un appareil constamment neuf. Et au pire, même si tu tiens à l'acheter, quand tu n'en veux plus tu peux te faire rembourser 50% du prix d'achat neuf dans un centre de recyclage… à ce prix-là, personne ne les abandonne dans la nature !

Devant les simplicités effectives de ses réponses, Juliette se sentit tout à coup véritablement stupide. Il y eut une dizaine de secondes de silence durant lesquelles Calliope valida sa commande, puis Juliette en profita pour revenir au motif de sa visite. Elle lui demanda comment elle se sentait, et ce que disaient les médecins.

— Ça va très bien, et les médecins m'ont dit que je pourrai sortir jeudi.

Juliette en resta bouche bée.

— Mais jeudi, c'est demain ! Tu seras déjà guérie ?

— Ben oui ! C'est pour ça que j'ai fait mes courses. Le caisson, ça aide beaucoup… Et puis, je possède mille fois plus de cellules souches qu'un Bio ! Je cicatrise très très vite tu sais…

Calliope avait rajouté cette petite précision avec une lueur d'ironie et de tristesse, en repensant à cette époque de son adolescence où elle se scarifiait.

— Et Lucie ? Je vais aller la voir, tu sais si elle sort demain aussi ?

— Ah ! non, pas demain ! c'est une Bio. Chez elle ça va prendre plus de temps ; mais par contre il me semble qu'ils vont très bientôt la transférer à Sainte-Anne.

Juliette alla rendre visite à Lucie, et croisa en chemin Bilael et Lamia qui venaient juste de la quitter. Elle trouva Lucie plutôt amorphe. Son moral était retombé à zéro ; elle avait pensé à son père toute la journée, et l'humour de Bilael n'avait pas réussi à l'extirper pour de bon de sa morosité.

Désireuse de lui remonter le moral, Juliette lui raconta toutes les conclusions qu'elle avait tirées à propos de son père. Selon elle, il était innocent. Elle ne croyait pas qu'un homme si bon puisse à ce point se transformer en monstre criminel. Il était victime d'un funeste chantage qui l'avait contraint à endosser le meurtre et à refuser toutes les visites extérieures. La meilleure preuve était qu'il avait dénoncé William comme son complice, alors que ça ne pouvait rationnellement pas être le cas. Il avait jusqu'à samedi treize heures pour faire appel ; elle promit donc à Lucie de prouver son innocence d'ici là.

Cette dernière fut surprise d'entendre pour la première fois quelqu'un croyant fermement en l'innocence de son père, et fut également touchée que Juliette soit à ce point décidée à le faire libérer. Malgré tout, elle restait incertaine au fond d'elle-même.

Le jour où elle avait appris l'arrestation de son père, elle avait couru immédiatement lui rendre visite. Elle l'avait vu, mais il l'avait froidement congédiée. Elle avait ensuite tenté de lui parler à nouveau, mais le policier de l'accueil, un certain Clarck, l'avait informée qu'il ne souhaitait plus la voir. Elle était revenue plusieurs fois à la charge, mais sans succès. Son avocat lui avait finalement expliqué qu'après l'atrocité du crime qu'il avait commis, il ne se sentait plus digne de regarder sa fille en face, et qu'il préférait désormais qu'elle l'oublie comme s'il n'avait jamais existé.

Lucie avait beaucoup souffert de cette révélation, mais avait continué à garder un petit espoir. Toutefois, lorsqu'elle apprit qu'au cours de son procès son père avait reconnu sa culpabilité à 100%, ce fut une véritable déception pour elle. Elle avait éteint son écran, et était sortie prendre l'air. Elle avait senti un besoin de respirer, de ne plus y penser, de se changer les idées et de tourner au plus vite cette page affreuse, même si ça faisait mal, même si ça semblait impossible… Elle avait décidé d'essayer de l'oublier, comme son avocat le lui avait suggéré.

C'était ce soir-là qu'elle avait rencontré Juliette, cette fille toute perdue, toute fragile, venue de nulle part. Elle avait pris la décision de la prendre en charge, par envie, mais surtout par besoin, un besoin profond de s'occuper ailleurs le cœur et l'esprit.

Et voilà que c'était cette même fille maintenant qui lui demandait de ne pas perdre espoir ! Quel monde étrange… Mais il était trop tôt pour elle – ou trop tard – pour reprendre ainsi confiance. C'est sur cette triste conclusion qu'elle finit par s'endormir, sans se rendre compte que, malgré elle, les paroles de Juliette avaient réussi à faire germer quelques précieuses graines d'espoir.

Jeudi 26 mai

Ressortant d'une station TVS à la périphérie d'Olympia, Juliette y abandonna sa voiture et fit le reste du trajet à pied, tenant à profiter du ciel bleu. Le véhicule reprit alors automatiquement les tunnels afin de se rendre à une autre station moins bien fournie. Lorsqu'elle aperçut la villa de la riche famille De Lanson, Juliette crut être revenue à son époque tant la demeure paraissait similaire à celles du 20e siècle. C'était une bâtisse assez imposante, bâtie au sommet d'une petite colline et entourée d'un vaste jardin à la française. Deux enfants Anges postés devant la grille s'enfuirent à son approche, la bousculant et l'égratignant légèrement au passage. Juliette lâcha un petit cri de protestation. Elle ne savait pas s'ils l'avaient fait exprès parce qu'elle était Bio ou si les récents évènements l'avaient rendue simplement paranoïaque. Elle reporta malgré tout son attention sur la villa, et aperçut une sorte d'interphone à l'entrée de la grille. Elle sonna manuellement ; une voix féminine lui répondit :

— C'est à quel sujet ?

— Je viens au nom de l'Organisation pour les droits des Bios et des Hybrides, j'aimerais vous poser quelques questions au sujet de Robert Kesler et d'Héméra de Lanson.

— Vous êtes journaliste ? se méfia la voix.

— Non, je travaille comme assistante juridique à …

— Nous ne répondons pas aux journalistes ! coupa la voix.

Juliette entendit la personne raccrocher. Elle se rendit compte qu'elle y était un peu allée la fleur au fusil et que reprendre l'enquête n'était pas aussi évident qu'il y paraissait. Elle fit une deuxième tentative, mais personne ne décrocha. Elle resta ensuite devant la grille à observer, et vit un jardinier au loin en train de besogner sous le soleil malgré la chaleur. Elle essaya d'attirer son attention, mais celui-ci faisait mine de ne pas la remarquer. Au bout de dix minutes de gesticulations inutiles, elle décida de faire le tour du vieux mur de pierre qui entourait la bâtisse à la recherche d'une seconde entrée où elle aurait peut-être plus de chance. Après un quart d'heure de marche, elle arriva devant une petite porte grillagée en fer noir. Elle regarda à travers et n'aperçut personne. Elle pensa un moment à l'escalader, mais l'idée qu'une demeure aussi prestigieuse devait forcément avoir un système de sécurité très sophistiqué l'en dissuada. Elle ne voyait rien d'apparent et, loin de la rassurer, cela l'effrayait davantage.

Tandis qu'elle soupesait les différentes possibilités, une septuagénaire Bio, qui l'avait remarquée en train de s'impatienter, vint lui offrir son aide.

— L'entrée principale est de l'autre côté jeune fille, ici personne ne viendra vous ouvrir.

Légèrement surprise, Juliette ne se retourna qu'à moitié.

— Je sais, mais ils ont refusé de m'ouvrir. Je voulais juste en savoir plus sur la mort d'Héméra de Lanson…

— Ah ! pauvre Madame de Lanson ! soupira la vieille dame, elle était tellement gentille. Je l'ai connue toute petite. J'ai encore du mal à croire ce qu'il lui est arrivé. Tout comme j'ai aussi du mal à croire que ce soit ce bon Monsieur Kesler le coupable.

Cette fois, Juliette se retourna pour de bon.

— Vous les connaissiez ?

— Oui, j'ai travaillé pour eux comme domestique dans le passé, jusqu'à ma retraite il y a dix ans de cela.

Deux questions se bousculèrent en même temps dans l'esprit de Juliette.

— Pourquoi ils emploient des domestiques ? Ils n'ont pas de HR ?

— Oh ! bien sûr que non ! Quand on a les moyens comme la famille De Lanson, on préfère employer des Bios comme nous, c'est plus distingué. Vous voyez, rajouta-t-elle en le désignant de la main, dans ce quartier il y a beaucoup de maisons occupées par leurs domestiques. Ils peuvent rentrer chez eux le soir, mais ils restent ainsi assez disponibles… c'est une vieille tradition dans la famille De Lanson.

— Mais vous dites que vous avez arrêté il y a dix ans ; comment pouvez-vous connaître Robert Kesler alors, puisqu'il n'y est arrivé qu'en 2698 ?

— Oh ! Je l'ai parfois croisé dans le quartier, et puis mon amie Berthe m'en parle souvent. Elle est un peu moins vieille que moi et n'a pris sa retraite que l'an dernier.

— Elle habite aussi dans le coin ? s'enquit Juliette avec espoir.

— Bien sûr ! Je peux vous y amener si vous voulez ?

La vieille dame conduisit Juliette à une petite maison deux cents mètres plus loin. De l'extérieur, elle semblait aussi pittoresque et rustique que pouvait l'être la villa, mais une fois à l'intérieur, tout était aussi moderne que chez Lucie.

La vieille dame, qui s'appelait Madeleine, présenta Berthe à Juliette, puis toutes deux se mirent spontanément à se remémorer le temps où elles travaillaient pour la famille De Lanson. Juliette n'avait pas besoin de poser de questions : elles étaient intarissables. Cela lui permit de se faire une idée de la vie qui régnait à la villa, et de la bonté de cœur d'Héméra. Progressivement, la conversation suivit le cours du temps et déboucha sur l'assassinat.

— Tu te rends compte, dit Berthe à sa vieille amie, oubliant presque la présence de Juliette, Françoise m'a dit que la police avait fouillé et retourné la maison de fond en comble, il lui a fallu toute une semaine pour tout remettre en place. Par contre, ils ne l'ont même pas interrogée !

— De toute manière, elle n'était pas là ! objecta Madeleine.

— Oui, mais quand même… elle aurait pu leur dire que Monsieur Kesler était quelqu'un de bien. Déjà qu'elle ne peut pas parler aux journalistes, vu que la famille l'a interdit.

— C'est normal, ils veulent protéger leur marque. Tout ça ne leur fait pas bonne presse. Surtout pour des dessous en dentelles…

— Quand même ! Ils formaient un beau couple ! reprit nostalgiquement Berthe.

Juliette se figea.

— Un beau couple… vous parlez d'elle et de son mari ?

Madeleine sourit au mot désuet de *mari* ; quant à Berthe, elle se rendit compte de son imprudence, et répondit avec un sourire énigmatique.

— Allez savoir !...

— S'il vous plaît ! insista Juliette. Je ne suis pas journaliste. Je suis une amie de la fille de Robert Kesler et je tiens juste à prouver son innocence.

— Ah ! En voilà une qui pense aussi qu'il est innocent, ça fait plaisir ! s'enthousiasma Berthe. Je n'ai aucune preuve de ce que j'avance bien sûr, reprit-elle en baissant la voix, mais vous savez, nous les domestiques, on les voit ces petits détails qui ne trompent pas : les regards insistants, les petites caresses furtives du bout des doigts ou des pieds, les sorties et les coups de fatigue au même moment.

— Mais Héméra est mariée ! s'exclama naïvement Juliette.

— Ils sont conjoints, et alors ? rétorqua Berthe. Ça fait bien longtemps que ça ne pose plus trop de problème à personne ! A part peut-être pour des familles conservatrices comme les De Lanson.

— Si ça se trouve, c'est lui qui l'a tuée ! renchérit Madeleine. C'est pour ça qu'ils ne veulent pas qu'on parle aux journalistes !

— Il était vraiment absent ce jour-là, ça ne peut pas être lui ! rectifia Berthe. A moins qu'il soit revenu sans s'identifier, ou alors qu'il ait payé quelqu'un pour le faire…

Juliette ressortit de la maison une heure plus tard, la tête pleine de pensées. S'ils étaient vraiment amants, ça invalidait l'hypothèse du viol. Cela l'étonnait que ça n'ait pas été ressorti durant le procès. Peut-être la famille De Lanson avait-elle mis une certaine pression pour éviter justement que l'adultère ne se sache ?

Perdue dans ses réflexions, elle n'aperçut Gabriel qu'au dernier moment. Celui-ci était d'humeur très festive, car il avait réussi haut la main ses examens de la journée (les résultats étaient donnés immédiatement après la fin de l'épreuve) et toutes les épreuves étaient enfin terminées. Il ne lui resterait plus qu'un oral à passer dans une semaine, mais au vu de toutes ses autres notes, cela ne changerait plus rien et il était déjà sûr d'avoir son année. Ses camarades de promotion l'avaient invité à fêter l'événement avec eux, mais Gabriel avait décliné l'invitation afin de pouvoir se consacrer entièrement à Juliette. Les examens étant finis, il se sentait enfin débarrassé de tout ce stress et désormais dans de bonnes dispositions d'esprit pour aller plus loin avec elle. C'est ainsi qu'il l'emmena dîner dans un grand restaurant de la ville ; mais au cours du repas ce fut elle, ordinairement sereine, qui lui fit part de ses préoccupations.

Sans toutefois rien lui dévoiler de ses origines, Juliette lui raconta ce qu'il lui était arrivé ces trois derniers jours, depuis le verdict sur Kesler et son oncle et la tentative de suicide de son amie, jusqu'aux nouveaux éléments qu'elle avait pu obtenir aujourd'hui. Gabriel, dont un des pères travaillait dans la police, était plutôt familier de ce genre d'affaires et l'écoutait attentivement. Il était surpris également que les policiers chargés de l'enquête aient loupé un point aussi capital que la liaison entre Kesler et sa patronne. Il ne voyait pas trop non plus pour quel motif la maison avait ainsi été fouillée. Il promit à Juliette d'en parler à son père dès le lendemain, afin de savoir ce que ce dernier pouvait en penser.

Gabriel raccompagna ensuite Juliette chez elle. Il avait beau savoir à présent dans quelle situation délicate elle se trouvait en ce moment, il n'en demeurait pas moins amoureux. Il se sentait d'autant plus perdu que tous les « signaux » qu'il lui avait envoyés étaient restés sans réponse. Par exemple, il avait passé son pallium sur l'épaule droite en la regardant, il avait réglé son ringphone de manière à émettre une alternance de lumière rouge et blanche, il s'était mis du khôl argenté sous l'œil gauche… Elle n'avait pas l'air très réceptive à tous ces codes de séduction, et il ne savait pas s'il devait l'imputer à son ignorance ou à son indifférence.

Tandis qu'ils marchaient, la lune les éclairait et il pouvait voir les lignes des lèvres de Juliette briller dans l'obscurité. Cette vision suave lui donna une irrépressible envie de l'embrasser et de la sentir contre lui. Son cœur se mit à battre la chamade, et son corps à frissonner. Au moment de la quitter, sa retenue l'emporta et son baiser s'arrêta sur la joue ; ce n'est qu'en rentrant chez lui seul sous les étoiles qu'il maudit son manque d'audace.

Vendredi 27 – 7 h 15

Vêtu à la hâte, la première chose que fit Gabriel en se levant fut d'aller parler à son père commissaire avant qu'il ne parte à son travail. Il lui raconta, pendant que ce dernier finissait de se préparer, tout ce que lui avait expliqué Juliette la veille. A sa surprise, sa réaction fut très mitigée.

Selon lui, il était bien connu que de tout temps les domestiques aimaient propager des rumeurs sur les maîtres et maîtresses de maison, et que de toute manière ces suppositions de bonnes femmes, sans aucune preuve tangible pour les étayer, ne valaient pas grand'chose dans un tribunal. D'ailleurs, au fond, le fait qu'ils puissent avoir été amants ne changeait rien. Un soir, Héméra se serait refusée à lui, et il ne l'aurait pas supporté, voilà tout ! En outre, l'abondance de preuves était si accablante qu'il comprenait que les policiers chargés de l'enquête ne se soient pas donné la peine d'interroger des employés absents ou des ex-employés, et ce d'autant plus que Kesler avait complètement reconnu son crime. Enfin, le fait qu'ils aient fouillé la maison ne le surprenait pas non plus. Ils avaient sûrement dû chercher une arme dont se serait servi Kesler lors de son méfait ou des preuves supplémentaires… en tout cas, c'était une chose plus que banale dans ce genre d'enquête.

Par contre, il n'était pas très ravi d'apprendre que son fils fréquentait la nièce d'un criminel. Cette même nièce d'ailleurs qui criait au complot et supposait que Kesler avait dû subir des menaces de mort sur sa fille pour le contraindre au silence. Après réflexion, la nature de cette fille et son lien avec son fils ne pouvaient pas être qu'une simple coïncidence. Avant de partir, le commissaire Monteuil remit donc le puzzle en ordre pour son fils. C'était fort simple : Kesler était coupable, Retsonel était coupable, et sa nièce, qui avait eu vent qu'il était le fils d'un commissaire de police, était en train de le draguer et de lui monter tout un bateau pour les faire libérer.

Gabriel était convaincu de l'innocence de Juliette, mais il savait aussi qu'il ne pouvait pas être considéré comme objectif dans cette affaire. Il sentit qu'il n'arriverait pas à faire changer son père d'avis dans l'immédiat, et le laissa partir de mauvaise grâce. Ce n'est qu'ensuite qu'il se rendit compte d'une chose. Concentré sur les détails de l'affaire, il avait oublié de lui préciser que Juliette était celle qui venait d'être engagée comme assistante à Hybiriwa. Mais bon, ce n'était pas plus mal s'il ne voulait pas que son père lui crée des ennuis en parlant avec Athéna.

De son côté, Juliette se sentait sous pression comme jamais, car il lui restait moins de deux jours pour faire appel. Aujourd'hui, il était prévu qu'elle rencontre Arthur Berstein qui, selon les dires de Lucie, était un vieux camarade de promotion de son père. C'était un Bio qui avait repris la succession de l'activité paternelle et possédait aujourd'hui l'une des plus importantes usines d'assemblage d'Olympia.

Elle fut assez déçue lorsqu'elle arriva devant le bâtiment. Pour l'une « des plus importantes usines d'assemblage d'Olympia », il n'avait rien de spectaculaire. Elle s'était attendue à un gratte-ciel flamboyant aux côtés d'une usine gigantesque, et au lieu de ça elle se retrouvait face à ce qui ressemblait à un genre d'entrepôt de seconde zone. Elle poussa la porte, désormais surprise qu'elle ne s'ouvre pas à son approche, et fut accueillie par un robot qui n'avait pas un cinquième de la classe de Jiro.

— Je cherche Monsieur Berstein, s'il vous plaît.

— Merci de patienter ici, lui répondit le robot en désignant les fauteuils à l'entrée, Monsieur Berstein va bientôt arriver.

Pour la première fois, elle se serait presque crue de retour au 20e siècle, tant la pièce était sobre. Il n'y avait pas de technologie clinquante. Les murs étaient en brique et le mobilier semblait vieux et usé. L'ensemble respirait la saleté et l'ancien ; visiblement, ce robot ne savait pas faire le ménage.

Au bout de quelques minutes, un homme d'une cinquantaine d'années se présenta. Il n'était pas grand, dégarni, un peu bedonnant, et semblait vêtu comme un ouvrier. Tout le contraire du fringant businessman en costume-cravate qu'elle avait imaginé avant de venir. Elle se rendit à l'évidence que le métier qu'il faisait ne devait pas avoir beaucoup de considération auprès des Anges.

Quant à lui, il fut surpris en la voyant ; apparemment, c'était rare que de jeunes femmes viennent lui rendre visite. Juliette se leva et lui tendit la main :

— Bonjour, je m'appelle Juliette Lenoster. Je suis venu vous poser quelques questions sur Robert Kesler. Comme vous devez le savoir, il vient d'être condamné à trente ans de prison ferme, mais je suis convaincue qu'en réalité il est innocent. J'aimerais juste que vous me parliez un peu de lui afin que je puisse mieux cerner sa personnalité.

— Vous travaillez pour quel journal ? demanda-t-il avec méfiance.

— Aucun ! Je travaille pour Hybiriwa, l'organisation pour…

— Je sais, je sais… je connais Hybiriwa. Seulement, vous tombez mal, j'étais en plein calibrage. Je viens de recevoir une commande assez urgente et il faut qu'elle soit expédiée dans la matinée. Vous pouvez repasser demain ?

— Demain je crains que ce ne soit un peu tard, car l'échéance pour faire appel est précisément demain.

— Dans ce cas, venez avec moi, je vous en parlerai en travaillant, mais franchement je n'ai pas grand'chose à dire. Je peux aussi vous faire visiter l'usine si vous voulez ?

Il avait mis plus d'enthousiasme dans cette dernière phrase et Juliette y avait même senti une pointe de fierté ; elle n'osa refuser de peur de le vexer. Toutefois, cette courte visite guidée fut fort instructive et fit prendre conscience à Juliette que Berstein était à la fois le seul employé et patron de l'usine. Les commandes, la comptabilité, la prospection commerciale… tout était géré par ordinateur, via des logiciels reliés à Mindnet.

Ils débouchèrent ensuite dans une unité d'assemblage nettement plus propre. La commande urgente était assez simple : 20 000 jouets pour bébé à monter. Berstein avait déjà paramétré toutes les machines qui en avaient besoin, et il lui en restait une dernière à faire sur la phase de montage. C'est sur celle-ci que tous deux finirent la visite. Ils s'arrêtèrent devant une sorte de tapis roulant, sur lequel était fixé, à partir du tronc, un gros robot humanoïde d'une couleur indéfinissable, proche de l'anthracite.

C'était la première fois que Juliette mettait les pieds dans une usine – à part la centrale de son père, mais ça ne comptait pas vraiment – et elle était curieuse. Arthur Berstein s'en aperçut et lui demanda d'un ton gaillard, laissant tomber le vouvoiement :

— Tu veux voir comment ça marche, hein ?

— Je veux bien… ça a l'air compliqué !

— Détrompe-toi, c'est tout simple ! J'ai juste à programmer les robots et ils font le reste. Regarde ! je viens de recevoir une commande de 20 000 jouets à monter et j'ai déjà programmé les quatre machines que tu vois là-bas. Maintenant, il ne me reste plus que celle-là à faire et c'est bon, car les autres se calent automatiquement.

Juliette prit par curiosité un des éléments et l'examina attentivement : elle n'arrivait pas à déterminer de quelle matière, plastique ou végétale, il était composé.

— Tout est biodégradable, ne t'inquiète pas ! Je ne plaisante pas avec la loi, moi… l'avertit-il en riant.

— Et c'est long à programmer ? demanda Juliette qui notait au passage sa remarque et se remémorait les paroles de Calliope à l'hôpital.

— Penses-tu ! Tiens, je te laisse le faire !

Il appuya sur quelques boutons au dos du robot, puis s'adressa à Juliette.

— Maintenant, essaie d'assembler une pièce ! Il faut juste mettre en place le châssis et visser les quatre écrous, c'est tout !

Juliette, qui était placée près du robot, commença à étendre la main pour prendre la première pièce. Elle prit un châssis, et chercha du regard les écrous. Elle dut ensuite le retourner à plusieurs reprises pour trouver les trous où les fixer. Au bout de quatre minutes, quand elle eut fini, Berstein pianota un peu sur le dos du robot, et claironna :

— C'est bon ! On peut lancer !

Il appuya sur un bouton et la chaîne se mit en marche. Le robot humanoïde reproduisit exactement les mêmes mouvements que Juliette avec une nouvelle pièce. Juliette le regardait s'exécuter. Il allait aussi lentement qu'elle et faisait les mêmes gestes maladroits. Elle ne put s'empêcher de sourire en voyant ce petit ouvrier mécanique s'affairer. Elle rajouta, un brin moqueuse :

— J'ai mis quatre minutes pour une pièce, il y a 20 000 pièces, ça veut dire qu'il n'aura pas fini avant…

Juliette fronça les sourcils ; le calcul se révélait plus compliqué que prévu.

— …pas avant des semaines ! reprit-elle après un moment de réflexion, elle-même surprise de ce résultat.

— Détrompe-toi, répondit Berstein avec un sourire de triomphe, il aura fini dans moins d'une heure ! Regarde-le bien !

Juliette était perplexe. Elle fixa attentivement le robot, mais elle n'y distinguait rien de transcendant qui put raccourcir les délais à ce point. Cependant, une fois la pièce finie, il s'occupa de la suivante avec une vitesse époustouflante, se débarrassant de tous les gestes inutiles. A partir de là, Juliette assista à un spectacle qu'elle n'oublierait jamais de sa vie. La chaîne de production se mit brutalement à accélérer. Le robot qu'elle avait « programmé » augmentait sans cesse la cadence... de plus en plus vite… ses mouvements se fluidifiaient… encore de plus en plus vite… à tel point que Juliette avait maintenant du mal à distinguer ce qu'il faisait. Tout à coup, son apparence devint progressivement informe, comme s'il s'affalait en tas sur le tapis roulant. Et tandis qu'il continuait à traiter les pièces à une vitesse fulgurante, il acheva sa métamorphose. A présent, il ne ressemblait plus en rien à sa forme précédente. Il était devenu un gros cube, à cheval sur le tapis roulant, dans lequel les pièces, écrous et châssis, entraient six par six et ressortaient presque instantanément entièrement montés. Toute la chaîne de production en amont s'était transformée de manière similaire, et à l'autre bout les autres robots s'étaient également optimisés pour empaqueter et emmagasiner la marchandise à ce rythme effréné.

Juliette ne put s'empêcher de pousser un cri d'admiration. C'était donc ça la révolution nanorobotique ! Ce qu'elle avait pris en fait pour un seul robot était en réalité constitué de milliers de minuscules robots. C'était prodigieux ! Elle comprenait à présent qu'une seule personne suffisait à faire tourner toute une usine, aussi gigantesque soit-elle, et elle n'avait plus aucun doute que la commande serait traitée en une heure. Elle réalisa également combien ce progrès fantastique avait pu changer en profondeur les mentalités, car avec un rival mécanique aussi exceptionnel, le travail ouvrier humain était absolument devenu inutile.

Tandis que Juliette regardait le spectacle, Berstein s'affaira de son côté sur d'autres machines, et se mit à parler de son ami.

— Je connais Robert depuis tout petit, nous venons du même village lui et moi. C'est d'ailleurs lui qui m'a poussé vers les études, moi je savais déjà que je devrais reprendre l'usine de mon père. C'était un garçon brillant, très doué ; il surpassait même les Anges dans bien des domaines. Ça ne m'étonne pas qu'il soit devenu un écrivain célèbre !

Il fit une courte pause et prit un air accablé :

— Ah ! Pauvre Robert, j'ai encore du mal à croire ce qu'il lui est arrivé ! On a tous nos démons !

Berstein enchaîna sur ses petits travers à lui, et cita quelques exemples de gens qu'il connaissait. Il poursuivit par ses passions et ce à quoi il occupait sa vie en dehors de l'usine. Juliette, qui voyait la conversation dériver et le temps s'écouler, le ramena dans le vif du sujet.

— Dites ! parlez-moi encore un peu de lui. Vous a-t-il récemment confié certaines choses sur sa vie ? Vous a-t-il parlé de pressions ou de menaces ?

— Ça va faire des années que je ne l'ai pas revu ! Moi, je me souviens surtout du temps où nous étions à l'université.

Juliette fut désappointée de la réponse, mais décida de creuser encore un peu ; maintenant qu'elle était là...

— Et à part bon élève, quel genre de garçon était-il à l'université ?

— Robert ? Un vrai Don Juan !

— Ah ! lâcha Juliette avec circonspection devant cette affirmation qui n'allait pas vraiment dans le bon sens. C'est-à-dire ?

— Il avait un succès fou auprès des filles, les volailles j'entends. Il n'était peut-être qu'un Bio, mais il savait leur parler. Moi, je n'ai jamais su faire de belles phrases…

— Vous voulez dire qu'il était… du genre volage ?

— Non, pas vraiment… il avait beaucoup de prétendantes, mais il était malgré tout du genre sérieux. Durant les quatre ans que nous nous sommes côtoyés là-bas, il n'a dû avoir que trois copines… et encore, il n'y a que Carmenta qui ait vraiment compté, je pense.

Juliette se rendait compte que la conversation ne menait à rien. Elle était tentée d'en savoir plus sur cette Carmenta, mais à l'inverse elle ne voyait pas en quoi plus d'informations sur le Kesler d'il y a vingt ans pourraient lui être encore utiles.

Au milieu de ce silence méditatif, elle entendit Berstein se murmurer à lui-même un mot qui finissait en « o ». A court d'idées, elle décida de rebondir là-dessus.

— Pardon ?

— Non, je disais « Sacré Caldeiro ! ».

— Pourquoi donc ?

— Le pauvre… enfin, le pauvre… c'est devenu un sale con maintenant – remarque, il l'était déjà avant ! À l'époque le pauvre s'était fait piquer Carmenta par Robert. Je me souviens qu'il l'avait plutôt mal pris. Il avait même essayé de faire expulser Robert de la faculté sur je ne sais plus quel motif, mais les autres élèves ne l'avaient pas soutenu et il n'avait réussi qu'à s'humilier davantage.

Juliette mit quelques secondes à se rappeler qui était Caldeiro, et se demanda un instant si le politicien avait pu vouloir se venger de son échec amoureux vingt années après. Cela était une piste, mais restait quand même peu plausible.

Une voix annonça que la production était terminée et prête pour expédition. Des navettes – sortes de camions sans chauffeur – allaient passer dans quelques secondes pour enlever la marchandise et la livrer. Berstein profita de l'occasion pour reconduire Juliette à l'entrée, car il devait maintenant regagner son bureau et rappeler un client dont il attendait toujours la commande.

Ce matin, le commissaire Monteuil avait du mal à se concentrer sur son travail. Il restait encore préoccupé par la conversation avec son fils plus tôt dans la matinée, non à cause de l'affaire Kesler mais par ses fréquentations. Qui était donc cette Juliette qui lui avait tourné la tête ? Il se rendit sur la fiche IGC de William Retsonel, mais à sa grande surprise n'y trouva aucune apparentée. Il fut tenté d'appeler Gabriel pour demander le nom de famille de son amie, mais il redouta que celui-ci ne le prenne mal ; il avait l'air tellement amoureux et persuadé de ce qu'il avançait !

Par acquit de conscience envers son fils, le commissaire alla quand même consulter le dossier d'enquête de l'affaire Kesler. Tout lui paraissait en ordre, et les conclusions de l'enquête ne laissaient aucun doute sur sa culpabilité. Le commissaire Stavson avait vraiment fait du bon travail. Par curiosité, il se rendit sur sa fiche de parcours interne. Depuis son affectation au sein de la police en 93, il avait enquêté sur une bonne centaine d'affaires, et quasiment toutes avaient été élucidées, constituant un taux de réussite supérieur à 95%. Tous les criminels en question avaient été reconnus pleinement coupables par la justice et séjournaient aujourd'hui en prison. Il avait reçu plusieurs fois les honneurs et les félicitations, et sa note d'évaluation interne était parmi les plus élevées. Un parcours exemplaire. Il ferma la page et décida de se remettre au travail.

Néanmoins, à l'heure du déjeuner, le commissaire Monteuil n'avait toujours pas réussi à reporter son attention sur autre chose. L'histoire de la supposée relation entre Kesler et sa victime le titillait. Certes, ce n'étaient que des rumeurs, mais si c'était vrai ? Si c'était vrai et que ce détail avait été omis volontairement dans le rapport de police, cela *pouvait* effectivement induire que toute cette enquête avait été une véritable mascarade, un complot contre l'écrivain, impliquant des policiers. Mais qui pouvait lui en vouloir autant ? Kesler, écrivain pacifiste et discret, n'était pas connu pour ses ennemis… Il fut tenté d'aller rencontrer les vieilles dames dont lui avait parlé son fils, mais il s'en abstint. Si tant est qu'elles existaient, au maximum elles n'auraient pu que répéter ce qu'elles avaient déjà dit à Juliette, sans aucune preuve à fournir. C'était irrecevable devant un tribunal. On en revenait au point de départ.

— Un problème, chef ?

Le lieutenant Farelly avait posé, comme à son habitude, son plateau en face du commissaire. Voilà déjà trois minutes qu'il était là et ce dernier, le regard dans le vide, visiblement complètement plongé dans ses pensées, ne l'avait pas encore remarqué. Cela faisait maintenant deux ans qu'ils travaillaient ensemble et c'était la première fois que cela se produisait.

Le commissaire Monteuil sortit brusquement de sa méditation.

— Non, non, tout va bien…

— Pourtant, ça fait un bon moment que je suis là en train de manger devant vous…

— Un bon moment ? N'exagère pas, tu viens juste d'arriver…

— Non, non, je vous assure, ça fait déjà plusieurs minutes ! Vous ne m'avez même pas remarqué !

Le commissaire Monteuil se sentit en devoir de se justifier, mais il n'avait pas envie d'évoquer ses interrogations.

— En fait, je suis allé voir la fiche du commissaire Stavson, celui qui a résolu l'affaire Kesler : un parcours exemplaire, un taux de réussite exceptionnel, des félicitations, des honneurs, une super cote… Je crois que je suis un peu jaloux, finit-il en riant.

— Oui, je connais un peu Stavson, commenta le lieutenant Farelly tandis qu'il dévorait son plat, j'ai travaillé sous ses ordres par le passé. C'est vrai qu'il fait un super boulot !

— Pourtant…

Le commissaire Monteuil regretta aussitôt d'avoir laissé échapper ce mot, une idée venait soudainement de lui germer à l'esprit et il ne savait pas comment aborder la chose.

— Pourtant ? reprit le lieutenant Farelly en levant un peu la tête.

Le commissaire émit un petit rire forcé.

— Pourtant… je ne sais pas… un parcours aussi exemplaire, c'est rare ! continua le commissaire sur un ton qui se voulait détendu.

— Et donc ? lui demanda Farelly en le regardant dans les yeux.

— Et donc… avec un taux de réussite pareil, il devrait faire attention… on pourrait croire qu'il falsifie ses enquêtes !

Le commissaire avait fini sa phrase comme une boutade sans importance. Le lieutenant le prit au mot et rit à son tour, mais prit quand même la peine de rajouter en souriant :

— Le commissaire Stavson fait son travail avec beaucoup de sérieux. J'ai une totale confiance en lui.

Le lieutenant avait fini de manger. Il se leva, débarrassa son plateau, et pour rassurer le commissaire une dernière fois il précisa :

— Croyez-moi, tous les Bios qu'il a mis en prison le méritaient !

— Qui vous a parlé de Bios ? demanda immédiatement Monteuil intrigué.

— C'est vous, non ? répondit Farelly avec une assurance feinte.

— Non, ce n'est pas moi ! lui répondit le commissaire en soutenant son regard.

— J'ai dû mal entendre alors…De toute manière, tous les criminels sont des Bios, conclut-il en partant.

Le commissaire Monteuil ne termina pas son repas et se rendit tout de suite à son bureau. Il ouvrit à nouveau la fiche interne de Stavson, et vérifia minutieusement la liste de tous les coupables qu'il avait arrêtés. Bio, Bio, Bio, Bio, Bio, Hybride, Bio… Arrivé à la fin de la liste, il constata que plus de 90% de ses affaires concernaient des Bios et des Hybrides. C'était énorme ! Certes, ils étaient réputés pour avoir un taux de criminalité supérieur à celui des Anges, mais leur proportion dans la population d'Olympia étant d'environ 2%, cela rendait le taux de 90% complètement disproportionné.

Il se prit nerveusement la tête entre les mains et réfléchit. Deux choix s'offraient à lui. Soit il considérait ce taux comme une mauvaise coïncidence et ça s'arrêtait là. Soit Stavson manipulait ses dossiers, et cela impliquait d'une part, qu'il soit couvert par ses supérieurs, car ils avaient forcément dû s'en rendre compte, et d'autre part, qu'il ait des complices parmi les subordonnés, pour pouvoir falsifier des preuves sur le terrain, et dans ce cas-là le lieutenant Farelly faisait ou avait dû en faire partie.

Le commissaire repensa tout à coup à la théorie émise par l'amie de son fils. Un homme dont on a menacé la fille de mort devrait avertir tout de suite la police, pour qu'elle la mette immédiatement en sécurité. Si Kesler ne l'a pas fait, cela signifiait non seulement qu'il n'avait pas confiance en la police, mais en plus qu'il jugeait l'organisation adverse suffisamment vaste et puissante pour frapper même en ayant incarcéré les coupables.

Le commissaire commença à prendre peur. Si tel était le cas, à qui pouvait-il donc s'adresser ? A qui pouvait-il donc faire confiance ?

Vendredi 27 – 17 h 05

Oppressé par cette situation particulièrement pénible, Robert Kesler croupissait en prison depuis plusieurs mois déjà, ruminant les traumatismes qu'il avait récemment vécus. Il y avait tout d'abord eu la mort d'Héméra, particulièrement atroce d'autant qu'elle s'était déroulée sous ses yeux. Ensuite les menaces sur sa fille, avec l'interdiction absolue de toute rencontre ou communication avec sa famille et l'extérieur, sous menace de la tuer. Ce point, aussi brutal qu'il soit, ne le surprenait malheureusement pas, car il avait passé ces quatre dernières années à enquêter sur les victimes d'une étrange organisation, la Confrérie de l'Ordre Parfait, et il connaissait désormais leurs méthodes.

Le point de départ avait été la condamnation d'un de ses amis pour violences aggravées ayant entraîné la mort, alors qu'il le savait de nature plutôt calme et pacifique. Il avait essayé de l'aider en parlant avec la police, mais s'était heurté à un mur. Il s'était alors mis à étudier les recours possibles et avait pris petit à petit conscience que ce cas d'injustice, loin d'être atypique, était de plus en plus fréquent. Il s'était rendu dans des prisons pour interroger discrètement les condamnés en question qui, pour la plupart, avaient accepté de répondre, confiants dans sa réputation d'humanisme et d'incorruptibilité. Chaque fois, la même version revenait : la police avait falsifié les preuves pour les accuser d'un crime qu'ils n'avaient pas commis. Pour les rares qui avaient eu en main les moyens de démasquer la supercherie, elle les menaçait de tuer leur famille sans préavis à la moindre tentative de se disculper.

Voilà qu'il était à présent victime de la même machination. Il avait était arrêté par le commissaire Stavson au moment où il pensait avoir réuni assez d'éléments, même s'il ne savait pas encore qui était à la tête de la Confrérie. Heureusement, au cours de son enquête il avait appris à devenir prudent et mis en pratique quelques règles pour se couvrir, même si cela lui compliquait la vie. D'une part, il s'était débarrassé de sa puce nucale et de son ringphone, afin de limiter les traces de ses déplacements ; et d'autre part, il avait pris soin de laisser son rapport hors d'atteinte des réseaux de Mindnet, et là où il l'avait dissimulé, ils n'arriveraient jamais à mettre la main dessus. Il s'était même préparé à une alternative de secours au cas où une arrestation arbitraire arriverait, afin qu'une personne de confiance puisse aller le chercher à sa place. Cependant, il n'avait encore réellement rien pu tenter.

Il fut surpris en voyant cette frêle jeune femme s'avancer vers lui. Quand on lui avait annoncé la visite d'Hybiriwa, il s'était attendu à revoir ceux qui l'avaient démarché deux fois déjà. La première fois, c'était lorsqu'il avait été inculpé : ils lui avaient proposé d'assurer sa défense et il avait refusé poliment. La seconde fois, c'était dès le lendemain du verdict : ils l'avaient invité à faire appel et à prendre le relais de son avocat, et il avait de nouveau refusé leur aide. Depuis, seulement quelques jours avaient passé et c'était la troisième fois qu'ils revenaient à la charge. Leur obstination le surprenait, mais il était contraint de les renvoyer à nouveau. Il savait que la cellule était sur écoute, et qu'au moindre écart de sa part Stavson n'hésiterait pas une seconde à mettre sa menace à exécution.

L'apparence à la fois fragile et décidée de la fille le déstabilisa toutefois quelque peu, et il pressentit que cette visite serait fort différente des autres.

— Bonjour, Monsieur Kesler. Je m'appelle Juliette Lenoster, et je travaille avec Pierre Julia-Martin et Athéna Bragi-Meyah au sein d'Hybiriwa.

— J'ai déjà dit à vos collègues que je ne voulais pas faire appel !

— Je sais, mais je ne viens pas pour ça, et je sais aussi que vous ne pouvez pas faire appel.

Le front de Robert Kesler se plissa. Que savait-elle exactement et quelles étaient ses intentions ?

— Que voulez-vous donc ? demanda-t-il en s'asseyant et en la jaugeant du regard.

— Je veux vous aider, tout simplement.

« Mince ! qu'est-ce que c'est que ça ? » jura-t-il intérieurement. Il avait appris à se méfier de tout le monde, et il ne savait pas encore de quel côté elle était vraiment et s'il devait la considérer en amie ou en ennemie. Une seule chose était sûre cependant, dans les deux cas il devait la craindre, car même si elle avait réellement de bonnes intentions, elle n'était apparemment pas au courant du micro habilement caché dans la salle des visites, et l'imprudence de cette novice risquait de faire échouer son plan. Oui ! il ne s'était pas défendu. Oui ! il s'était laissé condamner. Mais parce que la partie était perdue d'avance. Les policiers et même son propre avocat qu'on lui avait imposé, tous étaient omnipotents et contre lui. La menace qui pesait contre sa fille lui empêchait toute tentative de rébellion, et quand bien même elle aurait été en sûreté, il n'avait pas sur lui les preuves du vaste complot qui s'était tramé. Mais il avait un plan. Dans moins de vingt-quatre heures, le temps pour faire appel serait passé et il pourrait enfin être transféré à la prison centrale. De là, à l'abri des écoutes, il pourrait organiser sa contre-attaque. Il connaissait bien les prisonniers et les gardiens, et il pourrait envoyer sans se faire repérer des messages vers l'extérieur afin de prévenir sa fille et rendre public son rapport. Certes, il y demeurait des zones d'ombre, mais c'était sa seule chance.

Sa curiosité le poussait néanmoins à en apprendre davantage sur cette fille étrange, et il voulait être fixé.

— Qui vous dit que je ne peux pas faire appel ?

Juliette s'était attendue à cette réplique, et elle avait décidé de ne pas trop lui en révéler. Elle avait peur qu'il se braque si elle lui apprenait sa proximité avec sa fille, et elle ne voulait pas non plus lui parler de son oncle et de la machine à voyager dans le temps de peur de perdre sa crédibilité. Elle le regarda fixement dans les yeux pendant une dizaine de secondes, puis trancha avec une simple phrase :

— J'ai juste quelques questions à vous poser, et ensuite je m'en vais.

Robert Kesler fut impressionné. Se pouvait-il qu'elle soit au courant pour les écoutes ? Qui était donc cette fille ? Jusqu'à présent, il se rendait compte qu'il l'avait sous-estimée.

— Je vous écoute.

Afin d'être crédible, Juliette avait attendu d'avoir le maximum possible d'éléments en main avant de rencontrer Kesler. Ce qu'elle ne comprenait pas encore, c'était le lien entre tous ces éléments. Elle posa sa première question, celle qui lui brûlait le plus les lèvres :

— Je *sais* que vous êtes innocent ; alors ma question est la suivante : pourquoi a-t-on tué Héméra de Lanson ?

Robert Kesler se mordit la lèvre. Elle n'était pas au courant pour les écoutes. Ou alors elle était du mauvais côté et ils voulaient le tester. On y revenait. Dans un cas comme dans l'autre, cette situation était plus que gênante. Il fallait couper court.

— C'est moi qui l'ai tuée, et je n'ai pas besoin de votre aide. Je vous remercie, conclut-il d'un ton volontairement agressif.

Il s'était levé en disant cela et Juliette fut surprise de ce revirement. Elle savait qu'il mentait, mais elle ne comprenait pas cet entêtement. Peut-être ne lui faisait-il pas assez confiance ? Elle voulut lui dire qu'elle était l'amie de Lucie, mais une simple affirmation ne prouverait rien non plus, à partir du moment où le doute était là. Il lui fallait une preuve. Elle creusa dans sa mémoire à toute vitesse, durant le temps où il la raccompagnait jusqu'à la porte, et lui souffla avant de le quitter :

— Je suis désolée de vous avoir dérangé. Si néanmoins vous changez d'avis, vous pourrez me trouver sous un grand saule à lire des poèmes de Marceline Desbordes-Valmore.

L'écrivain se figea un instant à l'évocation de cette courte période de sa vie passée avec sa fille, qu'elle et lui étaient normalement les seuls à connaître. Décidément, cette Juliette n'arrêtait pas de le surprendre. Elle avait peut-être plus de ressources qu'il ne l'avait pensé. Il réfléchit un bref instant et lui répondit sur un air grandiloquent, qui se voulait à la fois moqueur et séducteur.

— Vous savez que la poésie est une de mes grandes passions et vous essayez de m'amadouer. Ma foi, vous êtes mignonne et je vous ferais bien moi-même la lecture si j'étais libre. Mais plutôt, laissez-moi pleurer dans ma cellule ! Vous pourriez insister 26 fois que je ne changerais pas d'avis.

Une fois dehors sous le soleil, Juliette se sentit perplexe. Apparemment, l'évocation de ses soirées complices avec sa fille ne l'avait pas ému plus que ça. Que fallait-il faire pour gagner sa confiance ? Qu'elle implore ! Qu'elle le supplie 27 fois ?... 26 fois ! Quel excentrique ! il avait des expressions bizarres... Normalement, on dit 36 fois, 100 fois, ou 20 fois, mais pas 26 fois... A bien y réfléchir, toute sa dernière phrase était bizarre. *Laissez-moi pleurer dans ma cellule !* Il s'était moqué d'elle et elle n'aimait pas ça. Peut-être s'était-elle trompée sur son compte ?

Elle se rendit directement à l'hôpital Sainte-Anne pour raconter sa visite à Lucie ; son état étant stabilisé, celle-ci avait déjà été transférée là-bas. Elle poussa un cri de surprise en arrivant devant l'établissement. Les murs de l'hôpital, qui abritait aussi une maternité, avaient été couverts de graffiti vindicatifs, et malgré la forte chaleur de cette journée une manifestation avait lieu devant l'entrée principale. Composée uniquement d'Anges, ils scandaient des slogans hostiles à la procréation naturelle et faisaient barrage, contraignant les femmes sur le point d'accoucher soit d'aller ailleurs, soit de se faufiler sous les huées pour entrer. Nombreux étaient ceux parmi les manifestants qui portaient les couleurs du parti de Caldeiro et appelaient à un vote historique, pour éviter que des abominations comme celles de Kesler surviennent de nouveau. Juliette eut un mouvement de recul et de légère panique en voyant la foule se tourner vers elle. Elle ne s'était pas trompée en pensant aux retombées de l'affaire Kesler et se sentait en danger. Néanmoins, elle prit une grande inspiration et, armée de son seul courage, elle fendit la masse hargneuse des manifestants. Dans cette foule immense, peu étaient ceux qui avaient pu apercevoir son ventre et juger d'une possible grossesse, et de toute manière son jeune âge suffisait à en faire une coupable potentielle. Ainsi, tandis qu'elle se frayait un chemin, des invectives fusaient de toutes parts sur son passage, comparant la procréation naturelle à un acte monstrueux et irresponsable, et les mères qui avaient fait ce choix à des criminelles. Arrivée au pied des marches de l'hôpital, une journaliste présente sur les lieux apostropha Juliette.

— S'il vous plaît, pour Mind News TV, que pensez-vous de cette manifestation ? Cela va-t-il vous dissuader de procréer naturellement ?

Juliette avait pris pas mal de choses sur elle depuis qu'elle était en 2704. Les premières semaines, elle avait découvert ce nouveau monde comme une toile vierge, avec candeur et émerveillement ; mais une fois l'éblouissement passé, ses origines culturelles étaient revenues à la charge et elle avait également pu prendre conscience des travers de cette société. Elle voulait s'adapter du mieux possible, mais certaines choses l'agaçaient malgré elle. Comme par exemple toutes ces publicités pour les produits génétiquement modifiés qui s'affichaient partout… et ces autres bien plus choquantes encore pour les bébés génétiquement modifiés, aussi omniprésentes que dérangeantes, qui lui rappelaient les pubs pour les voitures que l'on faisait au 20e siècle. Et voilà que maintenant on venait de la conspuer comme un monstre, en lui reprochant de vouloir concevoir un enfant naturellement ! Ce monde était tombé sur la tête ! Echaudée par les sifflets qu'elle venait de subir et par toutes ces irritations quotidiennes qu'elle avait accumulées sans pouvoir se confier à personne, Juliette se lâcha complètement devant le micro tendu par la journaliste.

— Les Bios ne sont pas des monstres, ce sont vos pères et mères qui ont existé pendant des millénaires et sans qui vous ne seriez pas là aujourd'hui ! Les vrais monstres, ce sont ceux qui vous privent du libre choix ! Je suis née naturellement et j'en suis fière !

Juliette voulut s'en aller, mais la journaliste la rattrapa d'un ton sarcastique :

— Mais que pensez-vous du cas Kesler, des dangers que cela représente ?

Juliette n'avait pas envie de rentrer dans son jeu, et décida de couper court à tout débat :

— Kesler est innocent et je le prouverai d'ici demain !

Elle tourna les talons sur cette dernière phrase qui prit complètement la journaliste au dépourvu. Juliette l'avait lâchée dans le feu de l'action, complètement transcendée par cette pression sur ses épaules, et cette révélation faisait l'effet d'une bombe.

Elle sentit cependant la pression retomber tandis qu'elle traversait les couloirs, et commençait à déjà regretter ses derniers mots. Elle n'avait toujours aucune piste vraiment tangible, et Kesler lui-même persistait à se déclarer coupable, très désagréablement.

Une fois dans la chambre de Lucie, elle commença par lui raconter brièvement ses récentes aventures : la visite à la propriété des De Lanson, le dîner avec Gabriel, la discussion avec Berstein, et elle finit par la rencontre avec son père. Malgré elle, elle ne réussit pas à en dresser un portrait flatteur. Lunatique, sarcastique… il l'avait vite reconduite à la porte.

Lucie écoutait tristement et pensivement. Elle n'arrivait pas à croire que lui, si humain et si généreux autrefois, ait pu changer autant. Son crime était-il donc si lourd à porter ?

— Et tu sais quoi ? Il n'a même pas bronché quand j'ai évoqué vos soirées à lire Marceline Desbordes-Valmore ! Il m'a répondu en me rabaissant : arrêtez de m'amadouer et laissez-moi pleurer. Je ne changerai pas d'avis même si vous insistiez 26 fois !

— J'en suis désolée, lui répondit sincèrement Lucie. Je t'assure qu'il n'était pas comme ça avant. Il faut croire que tout ça… ça a dû l'aigrir !

Juliette ne rajouta rien. Cela lui faisait tout simplement de la peine vis-à-vis de son amie, sans compter qu'à présent elle ne savait plus par quel chemin continuer et se sentait bloquée dans son enquête.

— Attends ! il t'a dit quoi en dernier ? lui demanda tout à coup Lucie, la tirant de ses réflexions en sursaut.

— Euh… Qu'il fallait le laisser pleurer et que je ne devais pas insister 26 fois.

— Non, mais *exactement*, il t'a dit quoi ?

— C'était… « Laissez-moi pleurer dans ma cellule, même si vous insistiez 26 fois je ne changerai pas d'avis », répondit Juliette hésitante.

— C'est bizarre, reprit Lucie, c'est juste que ça me rappelle *Laisse-nous pleurer* qui est le titre d'un des poèmes de Marceline justement. On l'a souvent répété, il le connaissait par cœur.

— Ah ! fit Juliette nonchalante, c'est une drôle de coïncidence en effet.

Puis elle eut tout à coup un pressentiment coupable, comme celui d'avoir loupé quelque chose. Elle ouvrit en même temps que Lucie une fenêtre Mindnet sur le mur en face, et dans les deux s'afficha bientôt le poème en question.

Laisse-nous pleurer

Toi qui ris de nos cœurs prompts à se déchirer,
Rends-nous notre ignorance, ou laisse-nous pleurer !
Promets-nous à jamais le soleil, la nuit même,
Oui, la nuit à jamais, promets-la-moi ! Je l'aime…
…

Juliette et Lucie mirent quelques minutes à lire le poème en entier, puis machinalement chacune compta dans sa tête le nombre de lignes jusqu'à la vingt-sixième. Il était écrit :

Pourquoi nous écouter, nous qui parlons tout bas ?

En un éclair Juliette comprit, et rougit de honte jusqu'aux oreilles. Mince alors ! Ils étaient sur écoute, elle aurait dû s'en douter ! Voilà qui expliquait tout ! Lucie s'était tournée vers elle, lui confirmant le sens du message.

— Ton père est un génie !

— Je sais ! répondit Lucie aussi heureuse que coupable de s'être autant méprise.

— Quelle idiote ! on était sur écoute ! Et dire que je n'avais rien compris !... A bien y réfléchir, c'est logique d'ailleurs s'ils l'ont menacé. Mais comment il a fait pour me sortir la ligne 26 si rapidement ?

— C'est plus facile qu'il n'y paraît, répondit Lucie encore dans son nuage. Quand tu apprends un poème par cœur, tu mémorises aussi sa structure. Celui-là c'est facile, ça commence par 8-10-12...

Juliette trouvait quand même son père sacrément doué ; Mardouk ne lui avait pas menti ! Il lui faudrait maintenant trouver un moyen de lui faire deviner qu'elle avait compris son message.

Samedi 28 – 9 h 02

Une fois arrivé à son travail, Stanislas Stavson fut surpris d'apprendre de l'agent Clarck que Robert Kesler avait encore reçu une visite d'Hybiriwa. Décidément ! Ils étaient opiniâtres. Il fit une petite manœuvre discrète, et écouta attentivement l'enregistrement qui avait été fait. La conversation avait vite pris une tournure surprenante, et Stavson redoubla d'attention en écoutant les dernières paroles de Kesler. Il devint sceptique. Il avait la nette impression que tout ça cachait quelque chose... Il ne savait pas quoi, mais il ne fallait pas que Kesler le prenne pour un idiot, car il s'en repentirait vite. Et comme il valait mieux prévenir que guérir, il alla immédiatement le voir dans sa cellule.

— Salut Kesler, bien dormi ? Bientôt le transfert, il faut en profiter !

— Qu'est-ce que tu me veux ? trancha Kesler sur un ton cassant.

— Dis-moi, la fille qui est venue te voir hier soir, qu'est-ce qu'elle te voulait ? demanda à son tour Stavson d'un air doucereux.

— Tu dois le savoir non, puisque tu as tout écouté ?

— Oui, j'ai écouté... Seulement, j'ai l'impression qu'elle et toi, vous êtes en train de vous foutre de ma gueule et je n'aime pas ça !

L'agent Clarck fit irruption à l'entrée de la cellule.

— Chef ! Il y a une visite pour Kesler, c'est toujours Hybiriwa.

Ecoute moi bien Kesler, reprit Stavson menaçant, cette fois-ci tu vas les envoyer balader et pour de bon ! Je ne veux plus de discours à double sens, plus de sous-entendu, plus rien ! Envoie-les chier définitivement !

Stavson sortit de la cellule et se dirigea vers l'accueil. Il croisa en chemin Juliette qui se rendait déjà vers la salle de rendez-vous.

— C'est vous qui travaillez pour l'organisation des Bios ? l'apostropha-t-il.

— Oui, je suis leur nouvelle assistante juridique… qui êtes-vous ?

— Je suis le responsable de ce commissariat, et je me suis personnellement occupé de l'enquête sur Robert Kesler. Je peux vous affirmer qu'il est coupable à 100%, et il l'a reconnu ! Vous perdez votre temps à essayer de l'aider.

— Ça, c'est votre avis ! rétorqua Juliette en reprenant son chemin.

Robert Kesler avait passé toute la nuit à cogiter et à préparer son plan. Cette visite inattendue avait réveillé en lui quelques espoirs, bien qu'il continuât à croire que le meilleur moment pour agir serait après son transfert. L'irruption de Stavson qui avait eu lieu à l'instant le confortait dans ce choix. Mieux valait jouer la prudence et refuser fermement l'aide de Juliette.

Pourtant, si elle revenait, c'était bien qu'elle avait réussi à déchiffrer son message. Il l'imagina avec sa fille, en train d'essayer de le décrypter, et fut pris d'une énergie soudaine. Elles faisaient tout pour le libérer, il allait les aider. L'apparition de Juliette lui fit s'envoler ses dernières réticences, et il décida de mettre en œuvre le plan qu'il avait échafaudé durant la nuit.

Stavson se mit immédiatement à l'écoute derrière son bureau, prêtant l'oreille avec la plus grande vigilance. Un signal l'informa que l'employée d'Hybiriwa venait de faire son entrée dans la salle.

— Bonjour, dit-elle, je suis revenue avec un dernier espoir de vous faire changer d'avis. Je ne vous promets pas le soleil, mais il y a peut-être un moyen de faire diminuer votre peine.

— Allez-vous-en et ne revenez plus ! répondit Kesler d'un ton ferme. Je vous ai déjà dit que je ne voulais pas de votre aide. J'ai plaidé coupable, et j'accepte la décision du tribunal !

— J'ai compris, répondit la fille après quelques secondes de silence, et je regrette votre décision. Au revoir.

Un second signal l'informa qu'elle venait de sortir du bureau. Il réécouta les quelques secondes de silence en mettant le volume au maximum, mais n'entendit rien.

Stanislas Stavson était ravi : il avait réussi à mater ce salopard de Kesler. Dans quelques heures, le délai pour faire appel serait passé, et il serait transféré à la prison centrale. Il savait cependant que Kesler serait bien plus dangereux une fois là-bas, c'est pourquoi il s'était arrangé avec un prisonnier pour le faire assassiner à la première occasion. Tout fonctionnait à merveille… tout fonctionnait comme prévu !

A quelques centaines de mètres de là, le procureur Verkmann était nettement moins enthousiaste. Il avait écouté la conversation lui aussi, et même s'il n'y avait rien trouvé d'anormal, il n'aimait pas ça. Le fait que cette employée soit également la nièce de Retsonel, lui-même impliqué dans la tentative d'évasion de Kesler, n'inspirait rien de bon. Pourtant, s'ils venaient vraiment du passé, il ne pouvait y avoir de lien entre les deux. Il avait l'impression de ne pas maîtriser la situation, que quelque chose lui échappait…

Il était quasiment certain que Stavson n'avait pas écouté les dernières visites faites à Retsonel ; ce genre d'individu sans importance ne l'intéressait guère. Ainsi, il n'avait pas pu établir le lien dangereux entre cette fille et Kesler. Pour lui, c'était une simple employée d'Hybiriwa un peu opiniâtre. Que fallait-il faire ? Le prévenir ? Non, Stavson écouterait alors les conversations entre elle et Retsonel et découvrirait par la même occasion leur véritable origine ; or cette précieuse information, Verkmann voulait se la garder pour lui tout seul. Ne rien dire ?... Pourquoi pas ? Après tout, cela ne le regardait plus. Au cours de ces dernières années, il s'était suffisamment couvert dans ses relations avec Stavson, et si cette fille découvrait toute la machination mise en œuvre contre Kesler, Stavson sauterait, d'autres aussi, mais pas lui… Ses écoutes, faites au moyen de micros à l'ancienne reliés par de bons vieux fils de cuivre patiemment installés, étaient intraçables, et il avait toujours pris soin de parler avec Stavson de vive voix, en évitant les réseaux de communication… C'est ça… laisser faire… c'était la meilleure solution… et tant pis pour Stavson si ça tournait mal…

Non, ça n'allait pas ! Si Kesler était innocenté, en tant que procureur de l'affaire il passerait pour un incompétent, voire même un rigolo ! Il n'avait encore jamais connu d'échec lors de ses procès, mais en subir un avec celui-ci, très médiatisé, pouvait apporter un sacré coup à sa carrière. Il fallait donc prévenir Stavson, mais sans éveiller de soupçon sur Retsonel… Comment ?

Après quelques minutes de réflexion, le procureur décida d'en savoir un peu plus sur cette fille. Il plongea dans Mindnet et alla sur le site de l'organisation Hybiriwa. Il se dirigea ensuite sur « Nos bureaux », sélectionna « Olympia » et consulta la fiche du personnel. Il y avait chaque employé, avec la photo et un petit descriptif. Il alla directement sur celle de Juliette Lenoster, copia la référence de son IGC et l'enregistra comme pièce au dossier Retsonel, en qualité de nouvelle assistante juridique. En tant que procureur de l'affaire, cela lui donnait désormais le droit de consulter son profil auprès des archives du ministère public. Ce qu'il faisait était légèrement risqué, car ses consultations étaient minutieusement enregistrées, et en cas de contrôle il pourrait difficilement expliquer le motif pour lequel il s'intéressait à la défense du condamné. Toutefois, au vu de son parcours exemplaire, cela ne lui vaudrait tout au plus qu'une réprimande en interne, et il était prêt à prendre le risque. Il s'identifia et consulta la fiche de Juliette.

Fiche IGC
(Identification by Genetic Code)

Nom : Lenoster Prénom : Juliette

Sexe génétique : F
Née le 5 février 2686 à Olympia.
Nature : biologique
Statut : réfugiée

Fiche IGC parent 1 : [inconnue]
Fiche IGC parent 2 : [inconnue]

Fiche famille : non

Adresse :
C/o Hélène Bertin
5, rue Saint-Antoine de Padoue
CP 45 151 2114 SAINTE-ANNE (OLYMPIA)

Dernier employeur :
Hybiriwa Org.
27, rue de l'Odyssée
CP 45 851 2251 OLYMPIA CITY

[Fiche IGC créée le 14/04/2704]
[Dernière modification le 06/05/2704]

Verkmann fut pris d'un tremblement nerveux. *Merde alors ! Elle habite chez l'ex-conjointe de Kesler !* Qu'est-ce que ça voulait dire ? Il plongea sa tête entre ses mains et réfléchit un court instant. Tout cela commençait à prendre une tournure dangereuse. Il fallait absolument prévenir Stavson, et cette fois-ci il savait ce qu'il allait lui dire.

Le temps pressait, car l'échéance de l'appel allait tomber. Il se doutait que Juliette allait faire vite. Il dérogea à sa règle et appela Stavson. Il le préviendrait sans se faire griller. Au bout de quelques secondes, Stavson décrocha et son image apparut sur le mur devant lui.

— Tiens ! mais c'est ce bon vieux procureur Verkmann ! lança Stavson d'un air joyeux à la limite de la condescendance, une tasse de café à la main. Que me vaut le plaisir ?

Stavson aimait que Verkmann lui demande des services, cela le rendait plus dépendant, plus inférieur, et il était sûr qu'il l'appelait pour ça. Il lui demanderait de le voir en privé, dans un coin à l'abri des oreilles électroniques.

De l'autre côté de la ligne, la suffisance de Stavson était un de ses défauts qui irritait le plus Verkmann. Mais là il fallait l'aider, il n'avait pas le choix. Il se fit le plus bref possible.

— La fille, elle habite avec sa fille !

Et il raccrocha. Il avait dit ça sur le ton désinvolte de l'ami qui répond avec une longueur de retard à une conversation, mais son regard, tranchant comme le fer, avait nettement contrasté avec ses paroles.

« La fille, elle habite avec sa fille » se répéta Stavson à la fois surpris et dubitatif. *Qu'est-ce que ce ça veut dire ? Il a trop bu ou quoi ?*

Stavson allait le rappeler quand un éclair traversa son esprit. Fébrilement, étranglé par une soudaine angoisse, il plongea dans le réseau et se connecta au service des visites. Il en sortit rapidement l'IGC de Juliette, puis alla vérifier aux archives du ministère auquel il avait un libre accès. Sa stupéfaction en voyant l'adresse fut plus terrible encore que celle du procureur. Non seulement elle habitait avec la fille de Kesler, mais tout le reste de la fiche était également étrange, voir effrayant. Elle était née de parents inconnus, sans aucun autre lien de parenté, et le plus incroyable était que son IGC avait été créé il y avait seulement quelques semaines. Tout aussi surprenant, elle ne travaillait à Hybiriwa que depuis peu. Cette fille était *une vraie torpille* !

Les lèvres de Stavson tremblaient. Le regard tranchant de Verkmann prenait maintenant toute sa valeur, et il sentait un danger imminent planer sur lui. Il copia l'IGC de Juliette et fit une recherche dans Mindnet, pas à titre privé, mais avec ses prérogatives de policier qui lui donnaient le droit d'accès aux réseaux fermés. Ces recherches-là étaient soigneusement consignées dans un dossier du ministère, mais tant pis, l'urgence était trop grande. Après quelques secondes, seulement deux fenêtres s'ouvrirent. La première était celle de la fiche de Juliette sur le site d'Hybiriwa. La seconde était un lien sur le réseau privé de Mind News TV. Il demanda l'autorisation d'y accéder – motif : recherche d'identification de témoins – et, au bout de quelques minutes qui lui semblèrent une éternité, elle lui fut accordée. Une fenêtre s'ouvrit : elle ne contenait que quelques lignes : l'IGC de Juliette et la mention « Interviewée le vendredi 27/05/2704 à 17:14 ». Cette mention avait été enregistrée automatiquement par le micro de la journaliste qui l'avait interrogée. Loin d'être un micro ordinaire, il captait l'IGC de la personne qui parlait, en envoyant un signal à sa puce nucale, et le consignait dans les archives privées de la société. C'était une obligation légale, sauf cas très particuliers, la chaîne d'information devant pouvoir justifier ses sources en cas de demande de la part de la justice.

Stavson cliqua sur le lien rattaché à l'interview, et une nouvelle fenêtre s'ouvrit sur un article de presse concernant des manifestations à l'hôpital Sainte-Anne. Sur cette page, nulle part le nom ou l'IGC de Juliette n'était cité, et Stavson dut lire les vidéos une par une pour pouvoir retrouver celle de Juliette. Par chance pour lui, il n'y en avait que trois et la dernière fut la bonne.

Il l'afficha sur un grand écran et vit l'employée d'Hybiriwa répondre aux questions de la journaliste. Son assurance, sa véhémence, il n'y avait pas à dire, elle en jetait ! Il sursauta dans son fauteuil en entendant la dernière phrase de Juliette : « Kesler est innocent et je le prouverai d'ici demain ! ».

Cette phrase, prononcée avec un aplomb sans faille, était déconcertante, impressionnante, charismatique même !

Il copia le titre de la vidéo dans un moteur de recherche de Mindnet et constata avec stupeur qu'elle avait été reprise par une multitude d'autres sites. Sur le plus populaire d'entre eux, elle affichait déjà plus de 300 000 vues et près de dix milliers de commentaires. Si certains étaient vindicatifs, la plupart étaient des commentaires de soutien et nombreux étaient ceux qui, fascinés par cette intervention fracassante, cherchaient à en savoir plus sur l'identité de cette mystérieuse jeune femme.

Stavson se leva rageusement de sa chaise et l'envoya contre un mur. Il fit de même avec sa tasse qui se brisa en mille morceaux. *Putain ! Quel con !* Rien n'allait comme prévu ! Cet enfoiré de Kesler était en train de le doubler et il n'avait rien vu venir ! Sans l'appel de Verkmann, il serait encore là dans son fauteuil à savourer stupidement son café !

Il se remit à son bureau et localisa la fille de Kesler. Puis il échafauda rapidement un plan et appela ses subordonnés : « Brivinski, Coronès, Clarck ! dans mon bureau, tout de suite ! ».

Les trois agents arrivèrent moins d'une minute après, surpris par tant d'empressement. Stavson prit tout de suite la parole :

— Ce salopard de Kesler s'est foutu de notre gueule ! Il joue un double jeu depuis le début avec cette garce d'Hybiriwa !

Continuant sur un ton plus doucereux, il ajouta :

— Je l'ai bien mis en garde ! Je lui ai dit de ne pas jouer au con avec moi... mais il n'a pas écouté ! Sa chère fille va en subir les conséquences !

— Vous voulez qu'on la supprime, chef ? fit Coronès d'un air volontaire.

— Surtout pas ! répondit Stavson d'une voix ferme. Si on la tue, on n'aura plus aucun moyen de pression sur Kesler, et pour le moment on ne sait pas comment les choses peuvent tourner. On va juste lui montrer disons... de quoi on est capable.

— C'est-à-dire ?

Stavson leva la tête vers eux, et lança d'un ton implacable à Brivinski et Coronès :

— Je viens de lancer un ordre de transfert de Lucie Robert-Hélène, la fille de Kesler, de l'hôpital Sainte-Anne vers celui de Thétis, motif : protection de témoin. C'est vous deux qui allez vous charger du transfert. En chemin, vous vous arrêtez dans un entrepôt désaffecté de la banlieue sud et vous la violez sans ménagement. Vous filmez la scène avec ce caméscope ; c'est un vieux modèle avec une carte mémoire qui n'est pas connectée à Mindnet. Attention : je veux la voir hurler et pleurer ! il faut que Kesler comprenne bien qu'il n'a plus intérêt à oser quoi que ce soit sinon on recommencera. Quant à elle, vous la mettrez bien en garde que si elle essaie d'avertir la police on sera tout de suite au courant et ce sera la mort. Vous la déposerez ensuite à l'hôpital Thétis dans une chambre d'isolement, et vous me rapportez le caméscope en mains propres ; ne le faites surtout pas transiter par les réseaux ! Pareil durant le transfert à Thétis, ne passez pas par les tunnels sinon on verra tout de suite que vous avez fait un détour. Et choisissez bien un coin tranquille, qu'on ne vous surprenne pas ! Clarck, quant à toi, tu vas rester ici et empêcher quiconque de s'entretenir avec Kesler, surtout Hybiriwa ! Quant à moi, je vais aller retrouver cette chère Juliette Lenoster… Je pense qu'elle aura quelques explications à me fournir.

9 h 27

Surexcitée par ce qu'il lui était arrivé, Juliette franchit en trombe les portes de la salle de soin de Lucie. Elle était en pleine séance dans un caisson, avec Calliope assise à ses côtés qui lui tenait compagnie.

— Alors ? demanda Lucie avec inquiétude en la voyant arriver.

— Je n'ai rien compris, mais ton père est un génie ! Je suis sûre que tu vas m'aider à déchiffrer le message !

— Raconte ! l'enjoignit Lucie impatiente.

— Quand je suis arrivée, je lui ai tout de suite demandé s'il avait changé de décision et sorti le truc du soleil. Il m'a répondu que non et ordonné de m'en aller ! Et je suis partie.

— C'est tout ? s'étonna Lucie.

— Non, ce n'est pas tout ! répondit Juliette triomphante. En me parlant, il a ouvert sa chemise : je ne sais pas comment il a fait et combien ça a dû le faire souffrir, mais il avait gravé des signes sur son ventre ! Je me les suis répétés durant tout le chemin pour ne pas les oublier ! C'est :

MSM
B
162

Tu sais ce que ça signifie ?

Juliette avait ouvert une fenêtre sur le mur et inscrit ces signes afin que Calliope et Lucie les voient bien. Lucie était perplexe. Calliope ne comprenait pas non plus. Juliette, qui avait encore en tête l'image du père de Lucie avec la chemise ouverte et la peau scarifiée, eut l'envie de sortir *Mec Sado-Masochiste*, mais elle se retint et se mordit les lèvres pour ne pas pouffer.

— MSM, c'est *Mont-Saint-Michel* ! finit par dire Lucie. Il m'y a emmenée souvent quand j'étais plus petite.

— Et le reste ? demanda Calliope.

— Je suppose que le B signifie *bibliothèque*, car il allait à la bibliothèque pour y consulter des manuscrits médiévaux ; c'est un féru de littérature médiévale.

— Comme moi, alors ? ne put s'empêcher de commenter Calliope.

— Oui, comme toi ! confirma Lucie sur un ton d'aveu.

— Et le 162 ? se hasarda Juliette.

— Ça, je ne sais pas, mais ça doit correspondre à un code bibliothécaire, même s'il me semble un peu petit, répondit Lucie. Le mieux est encore que vous vous y rendiez, vous verrez par vous-même.

— Je suis d'accord avec toi, conclut Calliope. Il doit avoir caché un document important à l'intérieur d'un bouquin. Il faut qu'on se rende sur place !

Juliette et Calliope se mirent immédiatement en route, laissant Lucie à ses soins. Quand elles sortirent de l'hôpital, il était presque dix heures, et bien qu'on ne fût qu'en début de journée, la chaleur était déjà étouffante.

— Plus que quatre heures devant nous, fit remarquer Juliette à Calliope, il ne faut pas qu'on perde de temps.

Calliope avait anticipé sa demande et déjà commandé mentalement une voiture, via une application toute simple de son ringphone. Elle arriva en moins de quarante secondes, se gara et ouvrit la porte juste devant elles. Une fois montées, Calliope n'eut qu'à dire la destination et le véhicule se remit aussitôt en mouvement, s'engouffrant dans un tunnel trois cent mètres plus loin. Durant ce court trajet, Juliette prit pour la première fois conscience des vrais changements qui avaient révolutionné les transports et se fit malgré elle la réflexion que, de toutes les professions amenées un jour à disparaître, elle n'aurait jamais pu imaginer que ce soit chauffeur de taxi. Ce qui était pourtant paradoxal, car ici en 2704 plus personne n'éprouvait le besoin de posséder de voiture : il suffisait simplement de penser à un endroit pour y être conduit. Les frontières entre les voitures particulières, les voitures de location et les taxis avaient tout simplement disparu. Plus fort encore, la convergence s'était également réalisée au niveau des moyens eux-mêmes, ces voitures capables de franchir le mur du son ayant pris le relais des transports routiers, ferroviaires et aériens. Mais au fond pour Juliette, la véritable révolution qui avait eu lieu n'était pas tant dans la rapidité de ces nouveaux véhicules, que dans le fait qu'ils devaient être au total cent fois moins nombreux qu'à son époque.

Quelques minutes après, elles débouchèrent dans une immense station TVS. Son imposante taille se justifiait par le fait qu'elle était la seule à proximité du Mont-Saint-Michel et se trouvait donc fréquentée par les visiteurs du monde entier. A peine sorties de voiture, l'attention de Juliette fut attirée par un couple de touristes et ses enfants, dont l'étrange apparence s'inspirait à la fois des fées, des elfes et des papillons. Calliope, qui avait remarqué sa surprise, lui glissa discrètement dans l'oreille :

— Ils viennent d'Arcadia ! Ils sont beaux mais, crois-moi, ils ont sacrifié le pratique à l'esthétique. Leurs fines ailes ne leur permettent de voler ni très vite ni très longtemps.

— Ils sont merveilleux… J'aimerais bien y aller un jour, ce doit être fabuleux à visiter !

— Il n'y a aucune station TVS qui te permet d'y aller directement, et il te faut un visa : Arcadia ne fait pas partie de la Confédération.

Tandis que Juliette, sous le charme, continuait à regarder derrière elle, Calliope la prit par la main et se fraya parmi la foule un chemin jusqu'à la sortie. Une fois hors de la station, Juliette fut un instant étourdie par l'excès de chaleur et de luminosité. Elle tourna la tête : devant elle s'étalait une vaste plaine verdoyante, d'où l'on pouvait voir au loin la gigantesque masse rocheuse du mont. Elle poussa un cri de surprise et d'admiration : c'était la première fois qu'elle le voyait et n'avait pas imaginé qu'il fût si impressionnant.

Le Mont-Saint-Michel était complètement entouré par la mer, et la station où elles étaient descendues se situait un kilomètre plus loin. Le reste du trajet se faisait ordinairement en volant, mais pour tous ceux dont la chose était impossible (enfants et vieillards Anges inclus), il existait une petite navette touristique et pittoresque qui les y menait gratuitement. C'était un petit train circulant sur des rails classiques, comme à l'ancienne, sauf que les rails avaient été conçus pour rester constamment immergés de quelques centimètres au-dessous du niveau de l'eau. Hormis à marée basse, ils restaient invisibles par mer calme et préservaient intact le charme sauvage du mont.

L'autre originalité résidait dans le tracé : au lieu d'être droit et direct, il suivait une courbe harmonieuse en S qui donnait aux passagers tout le loisir d'admirer le mont au fur et à mesure qu'ils se rapprochaient. Juliette avait passé sa tête par la fenêtre, un peu pour échapper à la chaleur qui régnait dans ce train non climatisé, et un peu pour ne pas perdre une miette du spectacle, la bouche et les yeux grands ouverts, fascinés par sa splendeur.

Une fois arrivé au pied du Mont-Saint-Michel, il ne restait plus qu'à gravir une à une les marches qui menaient jusqu'à l'abbaye au sommet, là où se trouvait la bibliothèque. Calliope, par solidarité, y monta à pied avec Juliette, mais ayant vécu toute sa scolarité au sein d'établissements réservés aux Anges, elle était peu habituée à cet exercice avec les Bios et fit le trajet au pas de course. Juliette, qui la suivait quelques mètres derrière, avait beaucoup de mal à tenir le rythme. Elle vivait d'autant plus difficilement cette ascension qu'il faisait une chaleur terrible et que, ce jour-là, aucun vent ne soufflait sur ce piton rocheux complètement exposé au soleil. Elle aurait voulu ralentir la cadence et chercher un coin d'ombre, mais elle avait trop peur que Calliope ne la considère comme un boulet. Impressionnée par l'aisance avec laquelle celle-ci sautait les marches, Juliette fit un effort surhumain, puisant dans ses ultimes ressources, pour réussir à tenir la distance.

Une fois parvenue tout en haut, devant la porte de l'abbaye, elle s'arrêta et sentit tout le poids de ses efforts lui retomber dessus. Le souffle coupé, la respiration haletante, elle s'appuya sur ses genoux pour rester debout, tandis qu'elle sentait son cœur exploser dans sa poitrine. Ses cuisses lui faisaient un mal de chien… Elle était complètement en sueur et déshydratée.

— Calliope !… stop !… je n'en peux plus !... je suis crevée… et je meurs de soif !

Celle-ci se retourna et vit son amie au bord de l'agonie. Elle s'en voulut en réalisant qu'elle en était la cause. Elle n'avait pas su modérer ses efforts pour se mettre au niveau des Bios.

— Je suis vraiment désolée, je suis montée trop vite. On va se reposer quelques minutes à l'ombre.

Juliette accueillit avec soulagement cette suggestion. Elle remarqua une petite boutique juste sur la droite.

— Calliope… je vais m'acheter un truc à boire… tu veux quelque chose ?

— Prends-moi un Dyonix !

Juliette se tourna vers la vendeuse.

— Euh… Deux Dyonix, s'il vous plaît !

— Normal ou maxi ? demanda la vendeuse ?

— Normal pour moi ! intervint Calliope.

— Alors un normal et un maxi, reprit Juliette.

La vendeuse tendit un sac avec les deux boissons à Juliette, et cette dernière alla s'asseoir avec Calliope à l'ombre d'une paroi rocheuse, face à l'immensité du ciel et de la mer.

— La vendeuse s'est trompée, s'indigna Juliette. Regarde, la plus grosse ne fait que 33 cl !

— Non, c'est ça le format maxi, corrigea Calliope en prenant sa petite cannette de 20 cl.

Juliette regarda Calliope boire et fut prise d'un étrange frisson, d'une désagréable impression. Ses journées passées avec Gabriel lui revinrent tout à coup à l'esprit, et elle réalisa alors que lui aussi n'avait presque pas bu malgré la chaleur. Elle examina attentivement Calliope. Elle était tranquille, pas fatiguée du tout, il n'y avait aucune goutte de sueur sur sa peau, et par cette chaleur étouffante, elle pouvait se contenter de ne boire que 20 cl alors qu'à elle il lui en faudrait au moins le triple.

Calliope comprit avec gêne le regard de Juliette. Elle déglutit et détourna les yeux. Elle sentait que celle-ci allait s'orienter sans le savoir sur un sujet encore tabou parmi les Anges.

Sur les sept cités hors de la Confédération, la plus conservatrice d'entre elle, Megiddo, était exclusivement réservée aux Bios. Elle était hostile à tout ce qui avait trait à l'eugénisme ou même à la génétique en général (les fiches IGC n'y existaient pas). Son idéologie dominante présentait la planète terre comme la maison naturelle de la race humaine et affirmait que les Anges et les Hybrides, qui désormais n'en faisaient plus partie, devaient par conséquent être considérés comme une sorte d'envahisseurs extraterrestres, envahisseurs qu'il fallait à tout prix chasser ou exterminer.

Ce racisme dans l'autre sens était tout aussi inacceptable pour Calliope que l'était le mépris des Anges envers les Bios. Elle sentit pourtant que c'était sur cette pente dangereuse que s'orientaient les pensées de Juliette.

En effet, cette dernière affichait toujours cette expression médusée et, malgré le fait qu'elle mourrait de soif, n'avait pas encore bu une seule goutte de sa canette. Calliope se doutait de ce qu'elle pensait : que les Anges n'avaient plus rien d'humain, que cette voie eugéniste ne les avait pas seulement améliorés, qu'elle les avait réellement *changés*.

— Qu'est-ce qu'il y a ? lui lança Calliope afin d'interrompre ce regard pesant.

— En fait, vous n'êtes pas seulement plus performants, vous avez été créés comme vos légumes, pour être résistants à la sécheresse, pour consommer le moins d'eau possible !

— Eh oui ! acquiesça Calliope comme pour mettre fin à la conversation.

— Mais… vous n'êtes plus vraiment *humains* alors ? poursuivit Juliette effarée.

— Et alors ? s'indigna Calliope dont la pression était brusquement montée. A qui la faute si on en est arrivé là ? C'est à cause des tiens ! C'est ceux de ton époque qui ont réchauffé le climat, asséché la terre et gaspillé l'eau ! Tu crois que ça nous fait plaisir de savoir que notre corps n'est plus vraiment humain ? Il ne faut pas oublier une chose : en un siècle, toi et les tiens vous avez éliminé les deux tiers des espèces vivant sur la Terre ; vous en avez éliminé autant qu'il s'en était créé en cent millions d'années ! C'est grâce à la génétique que nous avons pu recréer certaines des espèces disparues, et faire survivre les autres sur cette nouvelle Terre plus toxique et plus aride !

Juliette ne s'était pas attendue à cette réponse et à autant de véhémence. Pourtant, de ce qu'elle avait vu et entendu dans Mindnet, elle avait bien compris que son siècle d'origine était plutôt mal considéré : guerres, pollution industrielle, désastres nucléaires, gaspillage, destruction de la nature, épuisement des ressources… toutes les notions qui y renvoyaient étaient négatives. Ce qu'elle n'avait pas encore saisi, c'était que même sept siècles plus tard il pouvait encore exister de la rancœur de la part des générations successives. Pour la première fois, Juliette se sentit coupable, coupable de son siècle, coupable de sa génération. Tout en buvant par petites gorgées, elle se remémora ses cours d'histoire et rechercha dans ses souvenirs s'il existait une époque ou une civilisation du passé que les gens du 20e siècle haïssaient. Elle passa en revue la Préhistoire, l'Antiquité, le Moyen-Âge, la Renaissance, le Siècle des Lumières, la Révolution Industrielle… elle ne trouva rien, rien qui ne puisse justifier une rancœur de sa part. Les 20e et 21e siècles faisaient donc à ce point figure d'exceptions ? Il n'y avait qu'une conclusion possible : au contraire des civilisations précédentes, qui n'avaient légué que leurs richesses et leurs découvertes, celle du *Wager* avait surtout légué ses déchets et ses problèmes.

— Pardon, Calliope !... Je sais que c'est ridicule, mais je t'assure qu'à mon époque les gens n'ont vraiment pas conscience des conséquences. La pollution, on sait que ça existe, mais tant qu'elle n'est pas juste devant notre porte, on s'en soucie peu. Tu m'en avais pourtant parlé à l'hôpital, mais je n'avais pas vraiment réalisé la gravité de nos actes. Nos industries… notre mode de vie… je ne savais pas qu'un jour nos enfants le paieraient si cher et nous le reprocheraient si durement !

Juliette avait terminé sa phrase avec une pointe d'émotion dans la voix. Calliope la serra contre elle :

— Arrête… je sais bien que toi toute seule tu n'y es pour rien. Et puis, nous aussi, les volailles, on en fait des conneries !... Tu sais Juliette, même si j'en veux aux Bios du passé, c'est surtout les Anges d'aujourd'hui qui me révoltent le plus. Ils ne sont plus humains, peut-être, mais ce qu'ils ont le plus perdu, c'est leur humanité. Ils se prennent pour les nouveaux dieux de cette planète, ils méprisent tout ce qui leur semble inférieur, ils veulent tout recréer à l'image de leur soi-disant perfection…Bien sûr, moi aussi j'ai des rêves… moi aussi je voudrais rendre ce monde plus beau, plus merveilleux, plus poétique… mais pas de cette manière-là ! Un jour, j'aurai des enfants, et j'espère réussir à leur faire prendre conscience que leur passage sur la terre est éphémère, que la seule trace qu'ils peuvent réellement y laisser est l'amour dont ils auront fait preuve. Si chaque parent y met du sien, peut-être arriverai-je à les faire grandir dans un monde où chacun accepte l'autre en dépit de ses faiblesses.

Ces dernières paroles se gravèrent profondément dans l'esprit de Juliette. Elles avaient toutes deux fini de boire, et c'est avec une certaine solennité qu'elles se remirent en route.

Une fois entrées dans l'abbaye, elles demandèrent immédiatement la bibliothèque. Celle-ci, dotée de plusieurs milliers d'ouvrages, était une des bibliothèques médiévales les plus importantes du monde. Elle avait été transférée dans la ville d'Avranches, quelques kilomètres plus à l'est, à la fin du 18e siècle. En 2561, elle avait été réhabilitée au Mont-Saint-Michel, à la demande des moines qui fréquentaient l'abbaye de manière permanente, et avait même accueilli les œuvres d'autres bibliothèques. Néanmoins, les livres, tous numérisés et disponibles dans Mindnet, n'étaient consultables physiquement que par les moines eux-mêmes ou des professionnels. A l'entrée de la bibliothèque, Calliope eut la présence d'esprit de montrer son statut d'étudiante en histoire de l'art et littérature médiévale et invoqua une recherche à faire sur les techniques d'enluminure.

A l'intérieur, tout n'était que pierre et bois, il n'y avait plus aucune trace de technologie. Calliope s'adressa à un vieux moine et lui demanda si la référence 162 lui disait quelque chose.

— Vous avez dit « 162 » ? C'est beaucoup trop court pour être l'une de nos références. Elles commencent toutes par deux lettres, suivies de quatre chiffres, c'est comme ça que nous archivons nos livres.

— Ça doit bien correspondre à quelque chose, insista Calliope. Mon professeur m'a dit de consulter le numéro 162.

— Ah ! dans ce cas il doit plutôt parler des manuscrits anciens. Ce sont nos plus précieux ouvrages. Nous en avons 199, tous consignés par un numéro. Le 162 a été écrit par l'abbé Robert de Torigni.

— Serait-il possible de le voir ? demanda Juliette impatiente.

— Je veux bien, mais il faudra porter ces gants et tourner les pages avec une grande précaution. Suivez-moi, je vais vous y conduire.

Juliette et Calliope se retrouvèrent dans une grande salle complètement garnie de livres anciens. Les manuscrits se trouvaient derrière une vitrine, soigneusement rangés et répertoriés. Le moine prit le manuscrit 162 avec une extrême délicatesse, et le posa sur une table où venaient de s'asseoir les deux visiteuses.

— Maniez-le très doucement. Je suis à côté si vous avez besoin.

Calliope ouvrit religieusement le manuscrit et le feuilleta avec ravissement. C'était donc ça le papier ! On lui en avait fait toucher un peu à l'école, mais ça n'avait rien de comparable. Elle approcha son visage du livre pour en sortir l'odeur antique, et se risqua à en effleurer une page de sa joue, frustrée de ne pas pouvoir le sentir directement sous la peau de ses doigts. Juliette la regardait surprise. C'était visiblement la première fois que Calliope voyait un livre.

— Oh ! regarde ! tout est écrit à la main ! Wouah ! il y a tellement de mots, c'est incroyable ! Mais comment ils faisaient ?

« Ils sont peut-être forts en sport, mais dans d'autres domaines, les Anges sont de vrais demeurés ! » constata Juliette pour elle-même, complètement étonnée de la réaction de son amie.

Calliope feuilleta le livre à la recherche de quelque chose, mais n'y trouva rien. De toute évidence, si Robert Kesler avait caché quelque chose au Mont-Saint-Michel ça ne pouvait pas être dans ce manuscrit. Juliette essaya à son tour, avec un peu moins de ménagement. Elle fouilla dans l'enveloppe de protection qui le recouvrait et y trouva un vieux papier usé avec l'inscription suivante :

Serviettes jetables	*11*
Jouet en peluche	*9*
Egouttoir grand format	*14*
Glaces à la vanille	*24*
Daurade	*17*
Adoucissant pour le linge	*22*
Isaro ananas	*13*
Oignons rouges	*6*
Poireaux	*15*
Whiskey	*12*
Adhésif double-face	*12*
Jambon cru	*17*
Savon de Marseille	*14*
White Spirit	*11*
Madeleines au cœur fondant chocolat 5	
4 paquets de bonbons	*18*

De l'autre côté étaient écrits des commentaires sur le manuscrit.

— Tiens, c'est étrange ! s'exclama-t-elle. On dirait que quelqu'un a oublié sa liste de courses dans ce manuscrit.

Calliope prit le papier entre les mains et l'examina.

— Oui, on dirait une sorte de liste de course très ancienne, faite il y a plusieurs siècles de cela.

— Tu crois que c'est le message de Robert Kesler ? demanda Juliette.

— Bien sûr que non ! Personne aujourd'hui ne sait plus écrire à la main !

— Moi je sais ! fit Juliette abasourdie par l'incongruité de la réponse.

Calliope lui jeta un regard surpris :

— D'accord, mais tu ne saurais pas recopier *à la main* cette liste ?

— Evidemment que si ! répondit Juliette consternée.

— Et ce livre, tu serais capable de le recopier aussi ?

— Bien sûr que oui ! ça n'a rien d'extraordinaire !

Calliope était fascinée. Cela faisait plusieurs siècles que les enfants apprenaient directement à écrire par la pensée, ou à la rigueur en tapant sur un clavier. Imaginer devoir dessiner, à l'aide d'un stylo, toutes ses petites courbes minuscules représentait pour elle un travail de minutie comparable à celui d'une couturière.

— Je suis sûr que Robert Kesler savait écrire lui aussi, lui confirma Juliette. Je t'assure que c'est facile comme tout !

— Si ce que tu dis est vrai, c'est véritablement un génie !

— En tout cas, c'est notre seule piste… Il doit y avoir un message caché là-dedans.

Tous les sens de Calliope se réveillèrent. La cryptographie et la stéganographie étaient des disciplines très à la mode parmi les Anges, et Calliope en avait été bercée depuis son enfance. Elles n'étaient pas seulement considérées comme des jeux, mais aussi comme des manières de comparer leur intelligence entre eux. Il y avait de véritables concours, où les participants devaient décrypter un message sur un temps donné, et ceux qui y arrivaient les premiers étaient très estimés.

Elle se concentra sur le document et se rendit à l'évidence, il devait bien s'agir d'un code. Procédé courant, celui-ci avait été dissimulé sous une apparence innocente – en l'occurrence ici une liste de course – afin de ne pas éveiller les soupçons. Elle retira son serre-tête et le posa sur la table. De part et d'autre de ses extrémités jaillirent deux petits faisceaux lumineux qui formèrent un écran. Mentalement, Calliope lista le premier caractère de chaque lettre sur une ligne dans un tableur, cela donnait :

S J E G D A I O P W A J S W M 4

Puis elle convertit sur une ligne au-dessous les lettres en chiffres, et leur ajouta à tous un coefficient de décalage avant de les reconvertir en lettres. Elle commença par 4 puis -4 mais ça ne donnait rien. Elle fit défiler rapidement toutes les possibilités de -13 à 13, mais sans résultat non plus. Ça aurait été trop beau ! Par expérience, elle soupçonna l'existence d'un chiffre de Vigenère ; c'est-à-dire d'une clé permettant de déchiffrer le code. Elle ouvrit un programme spécial et y inséra la suite de lettre. Le programme appliqua tous les codes possibles, en positif et en négatif, d'1 à 999 999, et devait afficher les occurrences ayant un sens dans une des 46 langues qu'il avait en mémoire. Cela prit quelques minutes, et rien de concluant ne se produisit. Soit ce n'était pas la bonne piste, soit il y avait une deuxième clé. Le programme était capable de faire une simulation avec une deuxième clé, mais il aurait fallu le laisser tourner pendant plusieurs heures. Calliope connaissait aussi les méthodes pour le décrypter en passant outre, mais cela prenait du temps et il était fort possible que cette clé ne soit elle-même qu'une partie du puzzle. Elle appela Lucie, qui était revenue dans sa chambre, pour lui demander si elle n'était pas au courant d'une espèce de code entre elle et son père. Lucie fut contente d'entendre les progrès qu'elles avaient faits ; par contre, elle ne put lui venir en aide : aucun code, nombre ou mot, qu'il y ait pu avoir entre elle et son père ne lui venait à l'esprit.

Calliope était hésitante : essayer différentes clés possibles par tâtonnement, ou se lancer dans les méthodes de décryptage classiques, mais plus longues ? Toutefois, elle en conclut que si Lucie elle-même ne possédait pas la clé de manière formelle, celle-ci devait être assez intuitive et facile à trouver. Elle essaya avec l'année de naissance de Lucie, 2685, en l'ajoutant ou en la soustrayant, mais cela ne donnait rien. Elle recommença avec un deuxième chiffre clé, allant de -13 à 13, qu'elle impactait au résultat, mais sans plus de succès. Elle inversa alors les chiffres composant l'année, et en la soustrayant cela donnait :

S J E G D A I O P W A J S W M 4

-

5 8 6 2 5 8 6 2 5 8 6 2 5 8 6 2

=

N B Y E Y S C M K O U H N O G B

Elle impacta la deuxième clé, allant de -13 à 13, et sur 6 cela donna :

N B Y E Y S C M K O U H N O G B

+

6 6 6 6 6 6 6 6 6 6 6 6 6 6 6 6

=

T H E K E Y I S Q U A N T U M 8

Calliope poussa un cri de joie. Cela avait en fin de compte été plus facile qu'elle ne l'avait imaginé, et elle avait réussi avec des méthodes de décryptage hyper simples. Juliette, de son côté, qui avait tout vu défiler sur l'écran à une vitesse incroyable et sans rien comprendre, était stupéfaite par la vivacité d'esprit de Calliope et regrettait déjà son jugement de tout à l'heure.

« C'est donc ça le vrai pouvoir des Anges, se dit-elle. C'est prodigieux ! Cela lui a pris à peine dix minutes, alors qu'à moi il m'aurait sûrement fallu une semaine entière. »

— Tu es géniale, Calliope ! Je n'aurais jamais pensé que tu arriverais à le décrypter si rapidement.

— Merci, mais ce n'est pas fini, l'interrompit Calliope gravement. Je n'ai encore rien décrypté en fait, je n'ai trouvé qu'une infime partie de la clé de décryptage. Kesler est très malin, et cela va me prendre plus longtemps que prévu.

Calliope avait une clé sûre en sa possession : le chiffre 8, et deux autres clés possibles : le 4 (en clair sur la liste) et le 6 (la seconde clé de décryptage). Autrement dit : 4, 6, 8… Elle avait aussi un indice : cela faisait possiblement intervenir les lois de la physique quantique, mais du coup l'ensemble devenait infiniment plus compliqué. Elle reprit la fameuse liste sous les yeux et s'attela à déchiffrer le reste. Juliette la regardait essayer des milliers de combinaisons possibles, dresser des tableaux d'équivalence, résoudre des équations matricielles extrêmement complexes, et même nager dans Mindnet à la recherche des dernières nouveautés en la matière. Elle examinait aussi les nombres à droite. Que signifiaient-ils ? Des prix ? Des quantités ? Des poids ? Calliope commentait à Juliette ce qu'elle faisait, lui dispensant au passage un petit cours de cryptographie, mais les choses se compliquèrent petit à petit. Juliette voulut l'aider, mais se rendit vite compte de son impuissance. Elle laissa Calliope se concentrer et, regardant les minutes s'égrener, partagée entre l'impatience et l'angoisse, elle s'assoupit peu à peu.

Stavson fit une recherche IGC sur les stations TVS d'Olympia et apprit rapidement que Juliette Lenoster, accompagnée d'une certaine Calliope Thori-Freya, s'était rendue au Mont-Saint-Michel. Quand il y déboucha, cela faisait déjà une demi-heure qu'elles y étaient.

A peine sorti de la station TVS, il retira une petite libellule mécanique de sa poche et la programma sur l'IGC de Juliette. Tenant à prendre toutes ses précautions, il la mit en mode de discrétion maximale. Cela signifiait un plan de vol à plus de cinq mètres de toute présence humaine en espace ouvert et plus de deux mètres en espace fermé. Lors de son parcours, elle devait également éviter le plus possible les angles de regards, et surtout ne jamais se trouver dans celui de Juliette.

La petite libellule s'envola aussitôt vers la pointe du Mont-Saint-Michel, suivie à distance par Stavson. Elle rentra ensuite dans la bibliothèque et s'immobilisa au sommet d'une étagère, à l'abri du regard des deux filles. Stavson se posa alors sur la terrasse d'un café au pied du Mont-Saint-Michel et retira ses lunettes désormais inutiles. Il entendait Calliope et Juliette tenter avec peine de déchiffrer le code de Kesler. « Tant mieux, se dit-il, elles vont le récupérer pour moi. » Il s'assit tranquillement à une table à l'ombre et commanda une boisson fraîche. Il allait attendre qu'elles ressortent avec le rapport, et les cueillir à ce moment-là. Il ferait ainsi d'une pierre deux coups. De toute manière, le temps jouait en sa faveur, et plus de temps elles mettraient, mieux cela vaudrait.

10 h 33

Augustin, l'infirmier en charge du service, se présenta dans la chambre de Lucie, suivi d'un lit électronique.

— Alors Miss, comment tu te sens ce matin ?

— Ça me fait encore un peu mal quand j'essaie de bouger la jambe, mais ça va.

— C'est normal, il ne faut surtout pas forcer. D'ici deux ou trois jours ça sera bon !

— Je pourrai sortir demain alors ?

— Malheureusement, ce ne sera pas à nous de décider. On vient de recevoir l'ordre de te transférer à l'hôpital Thétis : c'est un hôpital militaire sécurisé. Il y a deux policiers qui t'attendent en bas pour t'y conduire. J'espère qu'il n'y a rien de grave pour toi ?

Lucie fut surprise par cette annonce, et pensa que Juliette, ou même son ami Gabriel, avait dû prévenir la police du danger qui planait sur elle. Le robot-lit la conduisit en bas, et elle vit les deux policiers en train de régler les formalités administratives. Son état, qui en était à ses derniers jours de soin, ne nécessitait plus la présence obligatoire d'un infirmer, et la camionnette blindée, équipée et homologuée comme une ambulance, suffisait à elle seule. Sans qu'elle ait à bouger quoi que ce soit, son lit la déposa à l'intérieur, dans la partie arrière, et la porte se referma. Les deux policiers montèrent à l'avant et se mirent en route.

Lucie expira plusieurs fois pour se détendre. L'arrière du véhicule n'avait pas de fenêtre, et la sensation qu'il était toujours en train de rouler augmentait son sentiment de malaise.

— Vous n'empruntez pas les tunnels ? leur demanda-t-elle surprise.

— Non, c'est tout près d'ici, répondit l'un d'entre eux. Autant profiter du soleil !

« Le soleil, pensa-t-elle, il n'y a qu'eux qui en profitent, moi je ne vois rien. » Au bout de quelques minutes, le véhicule s'immobilisa et le moteur se coupa. Lucie, qui n'en pouvait plus, s'était levée de son lit malgré la douleur et avait ouvert manuellement les portes. Ce qu'elle vit était pour le moins étrange : cela ressemblait à un vieil entrepôt sale et abandonné.

— Eh ! on est où là ? les invectiva-t-elle en sortant de la camionnette. Ce n'est pas un hôpi…

Une onde de choc la propulsa brutalement trois mètres plus loin. Un bruit aigu siffla dans ses oreilles, et des phosphènes embuèrent sa vision.

— Tout juste ! répondit l'un des policiers en reposant son arme dans le camion.

Lucie reconnut l'effet d'un pistolet à ondes magnétiques. Il avait pour particularité de mettre hors circuit les composants électroniques. Celui-ci était rigoureusement interdit d'utilisation sur des populations civiles par les Nouvelles Conventions de Genève, même par des policiers, et ne pouvait servir que lors de conflits militaires. Sa puce nucale, son ringphone… tout était devenu inutilisable, et elle se sentit plus que jamais en danger. Elle se releva sur ses jambes douloureuses, et se mit à s'enfuir maladroitement, claudiquant à chaque pas.

Coronès et Brivinski s'en amusaient, ils allaient pouvoir jouer un peu au chat et à la souris avant le grand spectacle. Ils se mirent à la poursuite de Lucie, mais en marchant tout doucement. L'entrepôt était désert, et ils savaient que ce dédale n'offrirait aucune échappatoire à Lucie, d'autant qu'*elle* ne pouvait pas voler.

— Coucou ! petite souris ! où te caches-tu ?

Lucie essayait de fuir le plus vite possible sans se faire repérer. La panique lui faisait perdre l'orientation, et elle dut plusieurs fois revenir à la hâte sur ses pas pour éviter les culs-de-sac. Haletante, elle se cacha dans un coin pour souffler un peu. Elle les entendit se rapprocher et, envahie par la peur, se remit à courir le plus vite possible, du moins dans les limites de ce qu'elle pouvait.

Etrangement cet endroit ne lui semblait pas inconnu, et peu à peu certains éléments lui revinrent en mémoire. *Normalement, si je prends ce couloir à droite, je devrais apercevoir une petite fenêtre de forme ovale, dont l'un des barreaux est cassé.*

Elle essaya et vit la fenêtre. Elle se rappela alors que c'était un des endroits où elle venait jouer avec Bilael quand ils étaient petits. Ils pouvaient y passer des après-midi entiers durant les vacances, fournissant à Bilael un terrain d'apprentissage idéal pour ses premières tentatives de vol plané. Tandis que les voix sarcastiques des deux policiers résonnaient à quelques dizaines de mètres, elle se faufila entre deux caisses et essaya de se concentrer pour chercher une issue. Il y avait bien un escalier un peu plus loin, qu'elle pouvait emprunter pour se rendre sur le toit de l'entrepôt ; elle l'avait pris maintes fois avec Bilael, et c'est d'ailleurs en sautant de ce toit qu'il avait volé pour la première fois. Celui-ci était assez haut ; de là, elle pourrait peut-être appeler à l'aide, faire remarquer sa présence… mais c'était très risqué : en sortant de sa cachette, ils la remarqueraient tout de suite. Inversement, si elle restait là, ils finiraient par la découvrir tôt ou tard.

Coronès et Brivinski entendirent les pas de Lucie claquer rapidement sur le sol, mais s'y dirigèrent sans plus de hâte, redoublant leurs provocations dégradantes.

Puis ils les entendirent soudain résonner sur un escalier métallique. Cette fois-ci, ils se regardèrent et passèrent au pas de course. Coronès emboîta le pas à Lucie sur les marches, tandis que son collègue faisait le tour par l'extérieur. Elle entendit l'Ange se démener pour la rattraper. Heureusement, dans ce type d'escalier étroit, leurs grandes ailes ne leur étaient d'aucune utilité, et constituaient plus une gêne. Cependant, ses jambes encore fragiles la handicapaient davantage et rendaient son ascension particulièrement lente et douloureuse. Elle tenta d'accélérer le pas, mais ne fit que trébucher encore plus. Elle vit enfin avec soulagement la porte du toit, et fit un ultime effort pour l'atteindre. Cet effort lui arracha un cri de douleur, aussitôt coupé par le cri de stupéfaction qu'elle poussa en voyant la porte s'ouvrir devant elle : c'était l'autre policier qui déboulait.

— Où est-ce que tu croyais aller ? lui lança-t-il avec un sourire de victoire.

Elle redescendit immédiatement quelques marches et s'engouffra dans un couloir sur la droite, donnant sur une petite porte en fer rouge. Brivinski lui emboîta le pas, suivi de Coronès. Lucie ouvrit la porte d'un coup brusque et déboucha sur une passerelle qui dominait l'intérieur du hangar. Elle poursuivit sa course et réalisa avec effroi que la passerelle terminait dans le vide. Les deux policiers s'en rendirent compte aussi et ralentirent.

Lucie les jaugea du regard et soupesa les deux possibilités qui s'offraient à elle : sauter ou se faire prendre. De toute évidence, leurs intentions, pour qu'ils aillent jusqu'à utiliser un pistolet à ondes magnétiques, devaient être particulièrement noires.

— La petite souris est prise au piège… lui lança Brivinski avec un accent de démence dans la voix. C'est l'heure du grand spectacle !

Lucie n'hésita plus et se jeta de la passerelle. Elle avait choisi un point où il y avait un tas de vieux cartons en contrebas pour amortir sa chute. Elle atterrit à plat ventre, afin de répartir le choc sur le plus de cartons possibles, et épargner ses jambes. L'expérience fut néanmoins si douloureuse qu'elle en perdit connaissance.

— Putain de merde ! lâcha Coronès. Le chef nous a dit de ne surtout pas la tuer !

— T'as raison, reconnut Brivinski. Fini de jouer !

11 h 14

Alors qu'elle essayait de décrypter la suite de la liste depuis déjà plus d'une heure, Calliope sortit tout à coup Juliette de sa somnolence en claquant de la main sur la table. Juliette vit son amie prendre le manuscrit et le feuilleter.

— Si ça se trouve, la clé est dans les pages du livre ! lança Calliope d'un ton où se devinait l'échec.

Juliette se redressa sur sa chaise ; tout ça n'augurait rien de bon. Elle avait d'abord été éblouie par les premiers progrès, mais maintenant la situation s'enlisait et l'échéance approchait. Elle regarda l'heure… Plus qu'une centaine de minutes pour déposer un dossier convaincant en appel ! Elle jeta un œil à la liste et se hasarda :

— Calliope, tu es une des plus compétentes qui soit pour résoudre ce genre de code, n'est-ce pas ?

— Bien sûr ! répondit Calliope, piquée au vif par la question provocante de Juliette. Je suis parmi les plus douées, mais je ne suis pas une experte non plus ! Ce n'est pas mon métier !

— Ce n'est pas ce que je voulais dire, la rassura Juliette d'une voix douce. Ce que je veux dire, c'est que si le code avait été si compliqué, le père de Lucie ne se serait même pas donné la peine de nous y amener. Il s'est taillé la peau pour ça, c'est quand même qu'il pense que nous avons une chance de réussir. Et il sait que je veux le retrouver avant de faire appel… De plus, si Lucie elle-même n'a pas la clé, c'est que le code doit être plus facile que ce que l'on croit.

— Plus facile ? rétorqua Calliope avec indignation ; si c'était le cas je l'aurais décrypté depuis longtemps ! J'ai tout essayé ! Et puis j'ai trouvé au moins la première clé avec Quantum 8 ! Je suis forcément sur la bonne piste.

— Je ne sais pas, répondit Juliette dubitative. En fait, je pense que ce code n'est pas fait pour les Anges et que cette clé est peut-être un leurre. Je veux dire... Kesler est un Bio, et le rapport auquel ce code va nous mener ne dit peut-être pas du bien des Anges… En clair, je pense que c'est un code à la portée des Bios et hermétique pour les Anges.

— Je ne vois pas comment il peut faire ça ? objecta Calliope. Ange ou Bio, on pense de la même manière ! Mais si tu le dis, tiens ! essaie…

Calliope orienta vers Juliette l'écran où étaient affichées toutes ses annotations, à partir de *THE KEY IS QUANTUM 8*, mais Juliette préféra recommencer du début et prit la liste en main.

— En fait, commença Juliette hésitante, quand je vois cette liste ça me rappelle la liste des courses que faisait ma mère avant d'aller au supermarché. Quand j'étais plus jeune, je courais voir ce qu'elle avait mis dessus avant qu'elle ne parte. Si j'imagine cette liste de courses comme celle de ma mère, les seules choses qui m'intéresseraient seraient les jouets, les glaces, les madeleines et les paquets de bonbons. C'est quoi de l'Isaro ?

— C'est une marque d'alcool qu'on buvait en apéritif ; il a été très à la mode au 25e siècle. Par contre, tu sais ce que c'est exactement un égouttoir ?

— On en utilisait à mon époque, ça servait à laisser sécher la vaisselle ; elle n'était pas comme maintenant où l'eau ne s'accroche pas.

Rebondissant sur la remarque précédente de Juliette, Calliope réafficha la liste sur un écran :

Serviettes jetables	*11*
Jouet en peluche	***9***
Egouttoir grand format	*14*
Glaces à la vanille	**24**
Daurade	*17*
Adoucissant pour le linge	*22*
Isaro ananas	*13*
Oignons rouges	*6*

Poireaux	*15*
Whiskey	*12*
Adhésif double-face	*12*
Jambon cru	*17*
Savon de Marseille	*14*
White Spirit	*11*
Madeleines au cœur fondant chocolat	***5***
4 paquets de bonbons	***18***

— Je vais réessayer mes techniques en me limitant au texte en gras, fit Calliope intriguée par la nouvelle piste ouverte par son amie.

— Non, attends ! tes techniques sont trop compliquées ! Essayons plutôt quelque chose de simple et rapide ! Par exemple, prends la première lettre de chaque mot, j'ai déjà fait ça à l'école pour faire passer des messages. En plus, le fait qu'il aille préciser que les glaces sont à la vanille ou les madeleines au « cœur fondant chocolat » me donne l'idée que ces mots ont une importance.

Calliope exécuta les indications de Juliette et fit apparaître la ligne suivante :

J E P G A L V M A C F C 4 P D B

— On en revient au même, fit remarquer Calliope. Il nous faut encore une clé.

Elle essaya avec les clés trouvées précédemment, en introduisant plusieurs variantes, mais rien de concluant n'arriva, puis elle lança une simulation, mais sans succès non plus. Calliope se tambourinait le cerveau : une clé simple, il fallait trouver une clé simple. Elle jeta machinalement un coup d'œil à la liste et à sa ligne, et nota une similitude : sa ligne contenait 16 signes, comme la liste contenait 16 lignes. Elle eut une intuition et se servit des chiffres à droite :

J E P G A L V M A C F C 4 P D B

+

11 9 14 24 17 22 13 6 15 12 12 17 14 11 5 18

=

U N D E R H I S P O R T R A I T

Calliope et Juliette poussèrent en même temps une exclamation de joie.

— J'espère que ça ne signifie pas un nouveau code, se méfia Juliette.

— Je pense que non, reprit Calliope en espérant que cette fois c'était bien fini. *Sous son portrait*… de qui parle-t-il ?

Elle n'avait même pas fini de poser sa question, que le manuscrit – trônant toujours la table – lui apporta la réponse. Elles sortirent de la pièce et se précipitèrent vers le moine qui siégeait à l'entrée.

— S'il vous plaît, demanda Calliope, y aurait-il dans les parages un portrait de Robert de Torigni ?

— Un portrait de l'abbé Robert du Mont ? Non…sauf…

— Sauf ? s'impatienta Juliette.

— Dans la salle d'étude, mais elle est réservée aux moines de l'abbaye… et aux visiteurs illustres.

— Je vous en prie ! l'implora Juliette. Je *dois* voir ce portrait !

Cet élan passionné, qu'il prit pour une éruption incontrôlable de foi religieuse, amadoua le moine et il les conduisit jusqu'à la salle d'études. Durant le chemin, il ne manqua pas de leur souligner la faveur qu'il leur faisait :

— Cette salle, créée au 26e siècle durant la réhabilitation de la bibliothèque, a été construite selon les méthodes du Moyen-Âge, avec les mêmes matériaux et dans le même style. Plusieurs écrivains renommés l'ont déjà utilisée pour leurs recherches, tels que Mylan Destaris, Senia Lenoir… et plus récemment Robert Kesler, même si…

Il s'interrompit, ne sachant pas trop comment pouvoir finir sa phrase.

A l'évocation de ce nom, Calliope et Juliette tressaillirent, certaines d'être maintenant proches du but. Une fois arrivées devant la salle d'étude, elles virent le portrait de l'abbé au fond de la salle. Il avait été gravé et peint directement dans la pierre. Les deux jeunes filles firent mine de prier (Calliope imitait Juliette), et le moine se décida à les laisser seules au bout d'une minute. Une fois parti, elles se précipitèrent sur la dalle en dessous du portrait et tirèrent, mais sans succès. Même chose pour les dalles adjacentes.

Calliope réfléchit. Il restait donc une autre clé ? si près du but ?

— Je ne vois que le chiffre 4 comme dernière clé, lança-t-elle à Juliette. C'était le seul chiffre de la liste et pour l'instant je ne lui ai trouvé aucune utilité véritable.

Elles comptèrent le nombre de dalles à partir du portrait et tentèrent de soulever la quatrième. *Ça bouge !* Elles parvinrent à la retirer, et virent une espèce de gros classeur noir soigneusement encastré dans la pierre. Juliette poussa un cri de joie :

— On l'a trouvé ! Tu vois, le chiffre de *Vigenquelquechose* que tu avais utilisé n'était qu'un leurre !

— Tu as raison, même si j'ai l'intuition que cette clé pourrait quand même nous servir…

Les deux filles prirent le classeur avec précaution, replacèrent la dalle, puis l'ouvrirent à deux et le feuilletèrent rapidement. Le classeur contenait des écrits, des photos, des organigrammes. L'écriture était la même que celle de la liste. Tout avait été rédigé de la main de Robert Kesler. Juliette ne comprenait pas trop ce que cela signifiait encore, mais Calliope, dont la lecture diagonale était beaucoup plus rapide, commençait à en saisir le sens. D'autant qu'elle reconnaissait le nom de politiciens connus et d'affaires criminelles célèbres. Tout à coup, Juliette arrêta Calliope.

— Celui-ci, je le reconnais. Je l'ai croisé ce matin au commissariat de police, il voulait me dissuader d'essayer d'aider le père de Lucie.

Calliope se tourna alors vers Juliette, et elles échappèrent d'une même voix :

— Lucie est en danger !

Calliope appela Lucie. Une voix résonna à ses oreilles tandis que le texte s'affichait devant ses yeux : « correspondant injoignable ». Elle lança alors un retraçage et reçut de nouveau un message négatif : « Aucun signal identifié ». Elle demanda alors la dernière position connue, et la carte d'Olympia s'afficha avec un point rouge clignotant au sud. « Dernier signal émis : Zone Industrielle du Canal ».

— Ce n'est pas normal du tout, lança Calliope. Le ringphone de Lucie n'émet plus aucun signal, et le dernier a été enregistré il y a une demi-heure, non pas à l'hôpital, mais dans la zone des vieux entrepôts.

Juliette pressentit le pire. Stavson avait dû comprendre son échange avec son père et mettre sa menace à exécution.

— Il n'y a pas une seconde à perdre, il faut vite aller la retrouver !

Elles sortirent à la hâte de la bibliothèque, d'un coup aveuglées par le soleil et étouffées par la chaleur. Depuis le sommet du Mont-Saint-Michel, un panorama grandiose au bouquet marin s'offrait à elles, sur toute la baie, et bien au-delà des terres et des mers. La beauté du spectacle captura leur attention pendant quelques secondes, puis Juliette se lança vers les escaliers. Elle fut stoppée nette par un mouvement d'hésitation en réalisant tout le trajet qu'il lui restait à parcourir pour redescendre, et prendre ensuite le train jusqu'à la station TVS.

— On n'a pas le temps, lui fit Calliope en ajustant son serre-tête sur les yeux et en déployant ses ailes. Serre-toi contre moi !

Elle ouvrit sa ceinture et la referma autour de Juliette. Celle-ci s'ajusta automatiquement.

— Accroche-toi bien ! la prévint-elle une dernière fois avant de se lancer dans le vide.

Juliette avait eu peu de temps pour réaliser ce qu'il venait de se passer, et s'agrippa de toutes ses forces autour du corps de Calliope. Celle-ci planait tout droit vers la station, à une vitesse folle. Juliette tourna la tête et vit défiler avec émerveillement le paysage en dessous d'elle. Elle sentait contre sa joue un agréable vent frais mêlé au doux parfum de fleur d'oranger de Calliope. Cette agréable sensation lui rappela son arrivée dans ce monde, dans les bras de Gabriel. Elle n'avait plus eu de nouvelles de lui depuis leur discussion. Que faisait-il donc en ce moment ? Intuitivement, elle essaya de le joindre, mais sans succès.

Stavson, toujours tranquillement assis à la terrasse, reçut un signal lui indiquant que le contact vidéo venait d'être rétabli. Il ajusta ses lunettes et ce qu'il vit lui fit machinalement lever la tête. Elles étaient en train de passer juste au-dessus, fendant le ciel à toute allure, et se dirigeaient tout droit vers la station. « C'est à mon tour de jouer maintenant ! » se dit-il en se levant.

Lorsqu'elles arrivèrent à la station, elles prirent la première voiture disponible, et enregistrèrent comme destination la dernière position émise par Lucie. Confinées dans ces tunnels, elles vivaient chaque seconde d'attente comme un supplice, tant leur intuition leur soufflait combien la situation était urgente.

Plus qu'une minute ! Tout était encore possible pour éviter l'irréparable. Dans ce silence pesant, un voyant s'alluma soudain et une voix impersonnelle se fit entendre : *Votre véhicule est soumis à un ordre d'interception de la police. Redirection automatique de votre trajet. Prochaine sortie dans dix-sept minutes. Station Larose.*

Juliette et Calliope se regardèrent abasourdies. Qu'est-ce que cela signifiait donc ?

— Dix-sept minutes, c'est énorme ! lâcha Juliette. Il faut appeler… prévenir quelqu'un !

— On ne peut pas ! Je ne sais plus si c'est à cause de la vitesse ou du danger de surexposition aux ondes, mais on ne peut pas accéder au réseau dans les tunnels. Il n'y a qu'un bouton d'urgence qui sert à… prévenir la police !

Partagées entre l'angoisse et l'impatience, elles rouvrirent alors le rapport de Robert Kesler pour l'étudier plus attentivement. Il était constitué de deux parties. La première, la plus vaste, contenait plus de deux cents témoignages de Bios condamnés à de lourdes peines, témoignages qu'ils avaient chacun émis depuis leur prison. Chacun se disait innocent et racontait la manipulation policière dont il avait été victime. A la fin de chaque témoignage, le nom du commissariat, celui du responsable de l'enquête et ceux des agents impliqués étaient mentionnés. Au fil des pages, elles se rendirent compte que c'étaient généralement les mêmes noms qui revenaient sans cesse, en particulier celui de Stanislas Stavson. La deuxième partie, beaucoup plus mince, était constituée des fiches des policiers incriminés, et contenait à la fin un vaste organigramme qui se dépliait en grand format. Il était de structure clairement pyramidale, et l'aspect montrait que Kesler l'avait construit peu à peu du bas vers le haut, en partant des agents, puis en remontant au responsable, puis au responsable du responsable et ainsi de suite. A chaque case, on pouvait voir le nom de la personne, sa photo et sa fonction. Toutes étaient remplies sauf une, la dernière, celle qui était tout en haut de la pyramide et qui contenait un grand point d'interrogation. Calliope décida de mettre à profit les quelques minutes qu'il leur restait et revint à la première page.

Le véhicule déboucha dans une plaine rocheuse et sinistre, couverte par de nombreux nuages. L'éclairage de la station passa immédiatement du bleu au rouge, et afficha un message défilant bien visible : *Station Larose. Accès temporairement fermé. Intervention policière en cours.*

Puis la voiture alla s'immobiliser à côté d'un véhicule de police. Stavson était là, à les attendre. Il portait une combinaison chaude et affichait un large sourire.

— Mesdemoiselles, bienvenue aux îles Kerguelen, appelées également les Iles de la Désolation ! Température actuelle : -2°C. La dernière étape avant l'Antarctique, ce continent mythique qu'ils essaient tous de sauver. Inutile de chercher à vous connecter :

l'antenne de la station a été brisée lors d'une tempête il y a trois mois, et elle n'a pas encore été remplacée. Il faut dire que rares sont les visiteurs ici, surtout en hiver.

Un vent violent et glacial s'engouffra dans le véhicule de Juliette et Calliope, dont les portes s'étaient automatiquement ouvertes. Elles en sortirent complètement pétrifiées par le froid et par le paysage apocalyptique qui s'offrait à elles.

D'un côté, la mer avec ses immenses vagues battant furieusement contre les rochers en contrebas de la falaise, et dont l'embrun, chahuté par les violentes bourrasques de vent, arrosait continuellement la plaine. De l'autre, une gigantesque crête rocheuse, cerclée à ses pieds par une longue étendue d'eau à la surface à demi gelée. Plus loin au sud, le mont Ross, un imposant volcan, crachait continuellement ses fumerolles, alimentant la masse nuageuse qui assombrissait l'île.

— Vous possédez une chose que je veux récupérer, continua Stavson, le rapport rédigé par Robert Kesler que vous venez de retirer à l'instant du Mont-Saint-Michel.

Juliette serrait le rapport contre sa poitrine, autant pour se protéger du froid que pour le garder à l'abri. Elle avait mis des vêtements particulièrement légers et sentait ses membres geler peu à peu. Calliope, un peu plus vêtue et plus résistante de nature, s'interposa.

Une des qualités dont se vantait intérieurement Stavson, à chacune de ses affaires, était de ne jamais sous-estimer ses adversaires ; c'est ce qui lui avait permis d'en sortir victorieux à chaque fois. En voyant Calliope, il devina tout de suite qu'elle devait être d'un *modèle* supérieur au sien. Non seulement elle était plus jeune, donc plus *récente*, mais apparemment ses parents n'avaient pas lésiné sur les options, cela se voyait rien qu'à la couleur de ses yeux.

Il décida malgré tout de s'en tenir au plan qu'il avait échafaudé. Il savait que son déplacement sur les îles Kerguelen allait faire l'objet d'une enquête externe. Pour avoir choisi un lieu si isolé, il invoquerait comme motif le danger que représentaient ces deux femmes pour les populations civiles (pour cela il n'aurait pas de mal à se procurer de faux témoignages), et qu'il avait jugé plus prudent de les faire sortir dans une station peu fréquentée.

Concernant Calliope, son plan était qu'elle devait mourir, mais de manière à ce que l'autopsie et l'enquête en concluent à une mort accidentelle. Les Iles de la Désolation constituaient le terrain idéal pour cela, car elles étaient constamment balayées par de violentes bourrasques. En effet, il arrivait parfois que des Anges, surpris en plein vol par des tempêtes, décèdent accidentellement sous la violence des coups de vent. Cela pouvait survenir en s'écrasant sur des rochers, en se noyant, en s'empalant contre des arbres, etc. Ce genre d'accident restait globalement rare et arrivait surtout en milieu naturel, lors d'escapades touristiques assez imprudentes, mais il existait. Calliope devait officiellement mourir de cette manière. Il lui avait ordonné de se rendre à la police, mais celle-ci ne l'avait pas écouté et s'était enfuie, malgré ses mises en garde. Elle avait alors été prise dans une violente tempête et s'était écrasée à plusieurs reprises contre les rochers en contrebas. Il fallait juste qu'il prenne soin de lui retirer discrètement ses lunettes de vol, avant l'intervention des enquêteurs, afin qu'ils ne puissent pas retracer son parcours, et pour justifier le fait qu'elle ait aussi mal géré sa lutte contre la tempête.

Dans ce plan, il ne devait pas utiliser d'arme, et essayer de la tuer principalement en l'attrapant par les ailes en plein vol, puis en s'écrasant avec elle – ou plutôt sur elle – sur le sol. C'était la meilleure manière d'éviter toute trace de lutte ou d'intervention de sa part.

Quant à Juliette, dans ce lieu complètement isolé et hostile, sans possibilité de communication, sans ailes, sans vêtements chauds, il savait qu'elle était pour l'instant complètement inoffensive. Elle n'avait nulle part où se réfugier, et si elle tentait de s'enfuir à pied, il la rattraperait vite, à moins qu'elle ne se tue dans un ravin ou meurt de froid avant.

Calliope et Stavson s'envolèrent en même temps, et se jaugèrent à distance. Calliope savait bien que le point faible d'un Ange, en phase de vol, était ses ailes, et elle se gardait bien de lui tourner le dos, même pour prendre de l'altitude. Il s'ensuivit une sorte de ballet aérien durant lequel chacun essaya de se saisir des ailes de l'autre sans trop s'exposer. Juliette regardait impuissante cette danse curieuse, recroquevillée près d'un abri de la station pour se protéger le plus possible du vent glacial et de la neige qui commençait à tomber.

Au bout de quelques minutes, Stavson comprit qu'il n'y arriverait pas ; Calliope avait des mouvements bien plus rapides que les siens. Tant pis ! Il utiliserait donc la force : les traces de coups pouvaient parfois se confondre avec des chocs accidentels.

Il chargea frontalement Calliope, mais celle-ci comprit tout de suite ses intentions. L'art du combat aérien avait été sa discipline préférée à l'école, et tout ce qu'elle y avait appris était en train de lui revenir. Ses yeux flamboyèrent d'un rouge sombre et incandescent, et tous ses sens s'éveillèrent en mode combat.

Elle esquiva aisément son coup tout en lui en assénant deux autres avec une vitesse fulgurante. Stavson fut surpris par un tel déchargement de violence de la part de cette poupée aux cheveux roses. Il croisa son regard et comprit tout de suite que la partie n'allait pas être facile. Le combat continua, Stavson redoublant d'efforts pour atteindre Calliope, mais elle avait continuellement une longueur d'avance sur ce qu'il faisait. Juliette avait un peu de mal à suivre le ballet des deux Anges tellement ils allaient vite, mais elle constatait avec espoir que son amie prenait progressivement le dessus. Elle esquivait, frappait, parait, à droite, à gauche, plus vite, toujours plus vite...Chaque coup tenté par Stavson échouait tandis qu'il s'en prenait de plus en plus. Elle lui en décochait un peu partout : visage, ventre, flanc, épaule, cuisses... . A la fin, le policier en était essentiellement réduit à se protéger des assauts de Calliope à l'aide de ses avant-bras, mais même ceux-ci commençaient à le faire souffrir sous la violence répétée des chocs.

Il se rendit rapidement compte qu'il allait perdre le combat si les choses continuaient de cette manière. Il avait rarement eu l'occasion de se battre contre des Anges, et s'était trop habitué aux réflexes plus lents des Bios. Il fallait absolument qu'il reprenne le dessus.

Il esquiva un coup de Calliope et en profita pour fondre sur sa voiture. Il en ouvrit mentalement le coffre et en sortit un canon à ondes de choc. C'était son arme de service, qu'il pouvait utiliser pour disperser des groupes ou neutraliser des suspects. Elle envoyait des ondes infrasons qui entraînaient un choc sans blesser mortellement. L'arme était réglée sur son IGC ; il n'y avait donc que lui qui pouvait l'utiliser, mais chaque impulsion était archivée. Tant pis ! il dirait aux enquêteurs qu'il n'avait pas eu d'autre choix que de l'utiliser pour se défendre.

Il ajusta le canon et visa Calliope en pleine poitrine. Celle-ci, qui l'avait suivie dans sa chute, fut prise au dépourvu et ne put esquiver le coup totalement. Elle eut l'impression de s'être fait percuter par une voiture et se retrouva projetée sur le sol quelques dizaines de mètres plus loin.

Elle le vit réajuster son viseur et décida de modifier sa stratégie. Au lieu de prendre son envol, comme l'attendait Stavson, elle se mit à courir rapidement dans sa direction. Il chargea et envoya plusieurs ondes de choc, mais Calliope, encore plus agile qu'une antilope, les évita par des bonds successifs. Il la vit se rapprocher dangereusement, et jeta un œil par-dessus l'écran de son arme. Elle était encore plus près qu'il le croyait… c'était trop tard pour réagir ! Calliope fit un bond fantastique, balayant sa tête d'un coup de pied comme si elle avait frappé dans un ballon. Stavson fut projeté plusieurs mètres en arrière, complètement aveuglé par la violence du choc. Désemparé, il se mit à battre des ailes le plus vite possible pour prendre de l'altitude et fuir à tout prix. Calliope le rattrapa sans même qu'il ne s'en rende compte, et elle se déchaîna sur lui dans une série de coups d'une furtivité et d'une énergie explosives. Lorsqu'elle en eut fini, Stavson retomba lourdement sur le sol, le visage tuméfié et le corps complètement endolori. Calliope était sûre de sa victoire désormais. Elle se posa à côté de Juliette avec un sourire de triomphe, et examina les moyens de gagner une autre station TVS tandis que son amie, soulagée, sortait de son abri.

Stavson, étendu sur le sol, n'avait pas vu venir un tel déferlement de violence, encore médusé que tant de beauté puisse cacher tant de haine. Il se releva péniblement, en respirant difficilement et en crachant du sang, et laissa tomber tous ses plans. Tant pis ! Maintenant, cela devenait une question de survie. Une mallette sortit d'elle-même de son véhicule et vint s'ouvrir devant lui. Elle contenait une arme basée sur le modèle précédent, sauf que pour celle-ci les ondes de choc étaient condensées à un tel point qu'elles offraient le même impact qu'une balle de révolver. Son utilisation n'était autorisée que pour des assauts militaires ou policiers, reconnus expressément comme tels, et interdite dans le cadre d'arrestation. Mais Stavson ne pensait plus à se justifier par la suite : il éprouvait maintenant une haine féroce contre Calliope, et la tuer était devenu son unique obsession. Il se leva, l'arme au poing, et se mit à mitrailler dans sa direction.

Calliope poussa un cri d'épouvante et jeta Juliette à terre. Elle essaya d'esquiver, mais les salves étaient trop nombreuses pour qu'elle puisse faire quoi que ce soit. Stavson, dans sa fureur, mitraillait sans compter devant lui, détruisant tout le paysage aux alentours, y compris la station et les véhicules. Deux balles infrasons perforèrent Calliope. Elle prit son envol malgré la douleur, espérant fuir le plus vite possible de ce chaos mortel, mais Stavson, toujours pieds à terre, continuait de mitrailler dans sa direction, la transperçant de toutes parts.

Juliette, les yeux en pleurs, poussa un long cri de rage et de détresse. Elle assistait, complètement impuissante, à l'agonie de son amie. Tel un cygne blessé à mort, Calliope se débattait en un ballet macabre duquel s'échappaient de longues traînées écarlates. Dispersées par le battement désespéré des ailes, emportées par le vent, elles enflammaient la blancheur virginale de la plaine d'une teinte sanguinaire. Cette vision déchirante aurait presque pu paraître poétique si le tragique ne l'emportait pas tant.

Exsangue, à bout de forces et le corps déchiqueté, Calliope finit par s'écraser sur des rochers en contrebas.

11 h 27

Revenue à elle et encore endolorie par le choc, Lucie était ligotée sur une caisse, face vers le sol. Les policiers l'avaient attachée solidement et mettaient au point les derniers préparatifs. Coronès sortit la petite caméra et se mit en position. Brinvinski s'accroupit à côté du visage de Lucie et s'adressa à elle, d'un ton faussement protecteur, en regardant l'objectif de la caméra :

— Lucie, dis bonjour à Papa ! Sais-tu pourquoi tu es là ? Parce que ton vilain père n'a pas fait sagement ce qu'on lui avait dit. C'est pourquoi nous allons te punir afin qu'il voie bien ce qu'il peut arriver s'il tente à nouveau de nous désobéir.

— Mon père est innocent !

— Bien sûr qu'il est innocent, puisque c'est moi qui ai étranglé cette Putain de Lanson de mes propres mains !

— Mon père est innocent ! hurla de nouveau Lucie comme un cri de désespoir.

— Tous les primates sont coupables ! trancha Brivinski d'un ton cassant. Et ta copine d'Hybiriwa l'apprendra aussi à ses dépens. Maintenant, la règle est simple : s'il parle, on te tue ; et si tu parles, on te tue aussi ! Ne t'avise pas d'aller te plaindre à un autre commissariat, nous sommes partout !

— Mon père est innocent ! hurla une troisième fois Lucie en se déchirant la voix.

— Ecoute-moi bien, souffla Brivinski excédé en lui pressant la mâchoire entre ses mains, là tu commences à me les chauffer ! Je vais te faire fermer ta grande gueule une bonne fois pour toutes !

Puis il changea de ton et d'expression et lui asséna :

— On va te faire ta fête !

Il se leva et passa derrière Lucie, terrorisée par ce qui allait lui arriver.

— Tu m’en laisseras un peu, fit ironiquement Coronès en fixant son écran. Moi aussi je veux m’amuser !

— Ne t’inquiète pas, lui répondit Brivinski, ton tour viendra après !

— Moi aussi, je peux m’amuser ?

Brivinski n’avait rien vu ni entendu venir. Il se retourna et vit une étrange femme aux allures reptiliennes le regarder droit dans les yeux. C’était Lamia qui les avait approchés sans bruit. Il décocha un coup de poing, mais elle l’esquiva facilement, avec une rapidité et une souplesse hors du commun. Puis elle pivota sur elle-même, et lui décrocha un violent coup de pied dans la mâchoire, suivi immédiatement d’un deuxième dans les côtes, juste avant qu’il ne retombe. Malgré la douleur, il tenta de prendre son envol pour s’extraire de la situation, mais elle fit un bond prodigieux, s’agrippa à son pied, et dans une figure aussi acrobatique qu’artistique elle lui assena un formidable coup de pied à l’entrejambe, lui coupant le souffle et le ramenant sur terre.

Coronès, de son côté, s’était tourné lui aussi, mais par réflexe il avait continué à suivre la scène à travers l’écran de la caméra. Une fois la surprise passée, il voulut se jeter sur la femme.

— Putain de freakos…

Un cri le paralysa dans son mouvement. Il leva la tête et vit une espèce de grosse chauve-souris fondre sur lui comme sur une proie. Il n’eut pas le temps d’esquiver et le choc fut brutal. Projeté quelques mètres plus loin, il essaya lui aussi de s’envoler mais Bilael fit de même, lui attrapa une aile, et d’un mouvement de rotation l’envoya s’écraser contre un mur. Puis il vola tout droit vers lui et lui décocha toute une série de coups aussi brefs qu’imparables. Il l’acheva d’un violent coup de pied au ventre, faisant retomber Coronès sur le sol.

Une fois les deux policiers K.O., le couple alla tranquillement délivrer Lucie.

— Ce n’est pas la forme en ce moment, hein ? lâcha Bilael à Lucie tandis que Lamia la détachait et l’aidait à se rhabiller.

— Disons que j'ai eu des jours meilleurs, répondit Lucie encore transie par le choc, mais déjà un peu réchauffée par l'humour de Bilael.

— Tu as de la chance qu'on passait par là ! reprit Lamia.

— Oui, on a vu un des flics grimper sur le toit, et j'ai cru qu'il recherchait notre dépôt de cigarettes. On est alors venu pour aller les planquer ailleurs… je ne pensais pas qu'on tomberait sur toi !

— Tu utilises toujours ce vieil entrepôt ? lui demanda Lucie, en faisant référence à leur enfance.

— Oui, je l'aime bien. Il me rappelle de bons souvenirs, fit Bilael avec un sourire nostalgique.

— Dites, on en fait quoi de ces deux-là ? demanda Lamia en désignant les deux Anges à terre.

— Ils doivent faire partie des flics corrompus dont m'a parlé Juliette. Bilael, tu peux essayer de l'appeler ? Tous mes circuits sont hors service.

— *Correspondant injoignable*, répondit-il après quelques secondes avec un signe d'impuissance. J'ai aussi essayé Calliope, c'est le même message.

— Mince ! Elles sont sûrement déjà attaquées elles aussi !

— Comment on fait alors ? reprit Lamia.

— Personnellement, je n'ai pas trop envie d'appeler les flics, on ne sait pas sur qui on peut tomber ! En plus, avec la marchandise… poursuivit Bilael en montrant du menton les cartons.

— C'est vrai ! concéda Lucie. Dans ce cas, je ne vois qu'une seule personne à appeler.

12 h 09

Décidément ! elle lui avait donné du fil à retordre. Stavson, malgré ses blessures et la douleur, lança un petit rire de triomphe et de délivrance. Il laissa machinalement tomber sa mitrailleuse et se dirigea vers le ravin. Il y vit Calliope gisant inconsciente sur un des rochers. Ses vêtements, ses ailes et tout son corps étaient rouges de sang.

C'était fini pour elle. Il revint sur ses pas et vit Juliette qui se précipitait sur son arme. Elle se mit en position et visa, mais rien ne se passa. Il n'y avait pas de gâchette, et elle avait beau le penser très fort, aucune balle ne sortait.

— Tu perds ton temps, pauvre petite primate ! Elle est alignée sur mon IGC ; je suis le seul à pouvoir l'utiliser.

Juliette poussa un cri de dépit. Elle garda l'arme quand même, afin d'éviter qu'il ne la reprenne, et se mit à courir le plus vite possible pour aller trouver une autre station TVS, comme le lui avait suggéré Calliope. Dans l'état où elle l'avait mis, il n'arriverait peut-être pas la rattraper.

Stavson, conscient de son handicap, ne lui laissa pas le temps de s'éloigner davantage. Il prit son canon à onde de choc, et visa Juliette dans le dos. Celle-ci fut brutalement interrompue dans sa course, et vint s'écraser douloureusement sur le sol, se blessant la lèvre et la poitrine. Sous l'impact, la mitrailleuse et le rapport lui échappèrent, retombant plusieurs rochers en contrebas, non loin de la portée des vagues.

Stavson rejoignit tranquillement Juliette, l'arme toujours sur l'épaule, envoyant quelques salves ici et là pour la prévenir de rester à terre. Ce qu'il vit le rassura. *Tout s'arrangeait pour le mieux*. Ce rapport pouvait tomber à la mer : l'eau se chargerait vite de détruire toutes ces pages compromettantes. D'ailleurs, si la fille pouvait l'accompagner, ce serait parfait. Par contre l'arme, elle, serait facilement repérée, il fallait d'abord qu'il détruise son émetteur et sa puce avant de la rejeter à l'eau. Pas d'arme du crime, pas de preuves. C'était un peu tiré par les cheveux, mais c'était la meilleure option qu'il pouvait s'offrir à présent. Pour le reste, ce serait à Caldeiro de jouer, une fois élu, pour le blanchir, s'il ne voulait qu'il révèle ses secrets.

— Va les chercher ! lui ordonna-t-il en la pointant avec son canon.

Juliette se releva péniblement et descendit avec précaution les rochers qui menaient à la mer. Elle avait peur. Elle ne savait pas encore comment elle allait pouvoir s'en sortir. Elle se doutait des intentions de Stavson, car celui-ci continuait de la viser avec son arme, mais elle ne voyait aucune issue de secours. Elle sauta sur le rocher en question et ramassa les deux objets.

— Jette le rapport à la mer !

Juliette hésita un instant.

— Jette le rapport à la mer ! reprit-il en brandissant son canon.

Juliette obtempéra à contrecœur et vit le classeur sombrer entre les vagues.

— Maintenant, lance-moi la mitrailleuse !

Juliette hésita de nouveau. Là, ce serait vraiment la mort assurée.

— Tu crois quoi ? Que tu es encore en position de négocier ? Sans ta petite copine tu ne vaux plus rien ! Je l'ai transformée en passoire, et toi je te changerai bientôt en éponge !

Juliette n'avait désormais plus rien à perdre, et il ne lui restait plus qu'une seule question en tête.

— Pourquoi avez-vous tué Héméra de Lanson ?

— Je pensais que tu le savais… mais puisque tu vas bientôt mourir ça ne change plus rien. Sa mort a arrangé nos affaires, voilà tout !

— Mais vous saviez qu'elle et Kesler étaient amants !

— Bien sûr, sans cela son conjoint ne nous aurait pas aidés et notre plan n'aurait pas fonctionné.

— Vous ne l'avez pas tuée pour ça quand même ?

— Effectivement, même si ça suffisait à faire d'elle une traîtresse.

— Vous l'avez tuée parce qu'elle collaborait avec Kesler ?
— Cette garce le couvrait dans ses activités. Son emploi comme secrétaire n'était qu'un leurre pour masquer ce à quoi il travaillait vraiment.
— Mais pourquoi ne pas avoir tué directement Kesler alors ?
— Non, il aurait été perçu comme un martyr... cela n'aurait pas arrangé nos affaires...Au contraire, c'est la condamnation dont il a été souillé qui va nous amener à la victoire.
En un éclair, Juliette fit le rapprochement entre les élections à venir et le passé de Kesler.
— La victoire de Jupiter Caldeiro, je suppose ? C'est lui qui a commandité toute cette mise en scène !
— Tu es bien trop maligne pour une primate ! fit Stavson en rajustant son arme.
Juliette se remémora tout à coup la fiche du policier vue dans le classeur.
— Mais le but de Caldeiro est d'éliminer tous les Bios !
— C'est le but de toute notre confrérie, et c'est aussi le mien.
— Mais vos parents étaient Bios !
— Mes parents étaient des monstres, voilà ce qu'ils étaient !
— Pourquoi ? parce qu'ils avaient des malformations ? parce qu'ils étaient différents ?
— Tu ne sais pas combien j'ai souffert à cause de ça ! Maintenant, lance-moi la mitrailleuse !
— Les vrais monstres, continua Juliette, ce sont ceux qui ont perdu toute foi en l'humanité. Eliminer tous les Bios et les Hybrides ne vous apportera pas un monde sans défaut, mais un monde sans compassion. Il n'existe aucune formule génétique pour rendre meilleur votre cœur !
— Lance-moi la mitrailleuse ! aboya Stavson en pointant son canon. Et tu as intérêt à ne pas la faire tomber dans l'eau !
Juliette obtempéra et la lui lança le plus fort qu'elle put. La mitrailleuse retomba au pied du policier, et celui-ci, un sourire satisfait sur les lèvres, se pencha pour la reprendre.

Alors qu'il allait saisir l'arme, son attention fut attirée par une libellule posée à quelques mètres de là. Il la regarda quelques secondes, intrigué, puis reposa son regard sur l'arme à terre. Une ombre la recouvrait. Il se retourna d'un mouvement brusque et vit deux grandes ailes blanches battre au-dessus de lui. Il se dépêcha alors de ramasser la mitrailleuse, mais n'eut pas le loisir de se relever : Gabriel venait de s'écraser sur lui de tout son poids. Stavson sentit ses ailes se briser sous la pression et sa mâchoire se fracturer. Il se redressa et lâcha un violent coup de poing dans l'abdomen de son adversaire, mais Gabriel, transcendé par la rage, ne tenta même pas de l'esquiver. Il l'encaissa sans broncher, les bras grands ouverts, et les referma avec force autour de Stavson. Ses côtes se brisèrent d'un seul coup et du sang jaillit de sa bouche. Lorsque Gabriel relâcha son étreinte, il tomba à terre et glissa de plusieurs mètres en contrebas, atterrissant sur un rocher adjacent à celui de Juliette.

Le policier n'avait pas vraiment compris d'où était venue cette attaque foudroyante et ce qu'il lui était arrivé, mais il était désormais conscient qu'il avait perdu la partie. Les assauts implacables de Calliope l'avaient déjà fortement affaibli, et cet Ange inconnu lui avait porté le coup de grâce. Du reste, il avait reconnu la petite libellule : c'était un modèle similaire au sien, c'est-à-dire réservé aux unités de police. Et si elle ne s'était pas cachée, c'était qu'elle avait été programmée pour tout enregistrer. Bientôt, d'autres policiers allaient arriver pour l'arrêter, et ce serait la fin. La vidéo, Kesler, cette fille… son procès serait lapidaire. Il fixa Juliette, l'unique Bio qui avait réussi à le tenir en échec, et dans un dernier geste de vengeance et de désespoir, sauta dans le vide en s'agrippant au passage à sa cheville.

Celle-ci fut immédiatement entraînée avec lui dans un cri d'épouvante, et réussit *in extremis* à se raccrocher à l'un des bords du rocher, avec Stavson suspendu à l'une de ses jambes. Ses doigts, gelés par le vent glacial, glissaient lentement sur la roche, l'entraînant vers la mer déchaînée dont les vagues se défoulaient avec fracas sur la pierre.

Gabriel bondit et parvint à lui attraper la main juste au moment où elle cédait. Stavson, qui saisissait toujours Juliette à la cheville, avait assisté à la scène avec étonnement. Il avait vu un Ange tendre la main à une Bio. Cette image réveilla en lui ses terreurs refoulées, et il réalisa que c'était précisément ce qu'il n'avait jamais réussi à faire avec sa mère. Il lâcha prise et s'abîma dans la mer, se faisant engloutir par le tumulte assourdissant des eaux.

— Deux supracoptères arrivent, lança à haute voix Gabriel informé par la libellule.

Réfugiée dans ses bras, Juliette n'eut pas longtemps à se demander de quoi il s'agissait. Alertée par un bruit lointain, elle se retourna et vit s'approcher deux formes cylindriques aux extrémités arrondies. Une fois rapproché, cela ressemblait effectivement à un vague hélicoptère. La différence était que ses deux hélices, au lieu d'être situées au-dessus et au niveau de la queue, étaient intégrées dans son châssis. Le principe était donc subtilement inverse à celui d'un hélicoptère : les pales, situées en dessous, ne servaient pas à s'élever vers le ciel, mais à repousser l'engin de la terre.

Le premier – une ambulance – alla tout de suite se mettre en position stationnaire contre le rocher où était étendue Calliope. Plusieurs dizaines de drones en sortirent et la transférèrent délicatement dans un caisson à l'arrière du véhicule.

Le second était une unité de la police de la Confédération. Ils allèrent directement voir Gabriel et celui-ci leur transmit le film tourné par la libellule. Plus rapide que lui, il l'avait envoyée en éclaireuse et elle était arrivée juste au moment où Stavson s'était saisi de la mitrailleuse pour abattre Calliope. Elle avait ensuite filmé l'intégralité de la scène dans un format panoramique à 360 degrés.

Les policiers visionnèrent rapidement le film, puis une partie se mirent à rechercher le cadavre de Stavson, tandis que Gabriel et Juliette accompagnaient Calliope dans l'ambulance pour le voyage retour.

Les supracoptères possédaient leur propre antenne d'émission et de réception, communiquant directement via satellite. Peu après avoir franchi les flancs du Volcan Ross, Juliette reçut un appel d'Athéna. Celle-ci l'informa que son amie Lucie était saine et sauve, et qu'elle venait de lui fournir la preuve que Kesler était innocent. Juliette était au comble de la joie.

Elle retira soigneusement le serre-tête de Calliope et l'approcha de son ringphone en murmurant : *Calliope, tu es tout simplement géniale !*

Puis elle fit de même avec la libellule de Gabriel.

— Athéna, j'ai autre chose pour toi ; toi qui voulais quelque chose d'explosif, tu vas être servie !

Voyageant à la vitesse de la lumière, le rapport de Kesler, scanné par Calliope durant le trajet dans les tunnels, ainsi que la vidéo de Gabriel, tombèrent instantanément entre les mains d'Athéna. Elle visionna tout cela avec un frisson de terreur et appela immédiatement une de ses bonnes connaissances professionnelles, Jupiter Décaux.

Décaux Multimédia était la société gérant 90% des écrans publics de la ville d'Olympia. Ses clients étaient les agences de publicité qui payaient pour avoir leur contenu affiché sur le plus grand nombre possible d'écrans et avec la meilleure audience (elle était mesurée en nombre de regards). Quant à ses fournisseurs, il s'agissait de tous les éditeurs de contenu, quels qu'ils soient, y compris les particuliers.

Décaux Multimédia coordonnait ensuite le double affichage sur les écrans, mettant en relation les contenus et les publicités en fonction des prix négociés en temps réel avec les clients. Au contraire de la grande distribution ou de la logistique qui avaient vu leur main d'œuvre se réduire pratiquement à zéro, la société employait plus de 800 personnes et c'était une vraie fourmilière qui s'agitait jour et nuit pour trier les contenus reçus et dénicher de nouveaux contrats.

Les niveaux de diffusion pour les news étaient strictement répertoriés de 1 à 5.

Le niveau 1, c'était pour les écrans de petite et moyenne taille à vocation publicitaire.

Le niveau 2 impliquait ceux de grande taille.

Le niveau 3 concernait tous les écrans d'information publique disséminés à travers la ville.

Le niveau 4 incluait tous les écrans dans les administrations qui combinaient informations administratives et informations publicitaires.

Le niveau 5 comprenait enfin tous les écrans installés sur site privé : restaurants, salles de sport, salles d'attente, etc.

Le passage d'un niveau à l'autre inversait la relation entre contenu et publicité. Au niveau 1, c'était la publicité qui était essentielle, et l'on n'affichait une news pertinente qu'occasionnellement pour attirer le regard du passant. En allant vers le niveau 5, cela devenait le contraire. Les clients regardaient du contenu et occasionnellement se faufilaient des publicités.

Jupiter Décaux travaillait depuis longtemps avec Hybiriwa. Athéna comme Rhéa l'appelaient de temps en temps pour faire paraître des nouvelles sur certaines de leurs affaires, et parfois même acheter un peu de temps publicitaire pour convaincre les Bios et les Hybrides victimes de discrimination de les contacter. Bien souvent, cela ne menait pas bien loin et ne dépassait pas plus d'un ou deux niveaux de diffusion.

Pourtant, une fois la conversation finie avec Athéna, il y eut comme un vide dans l'esprit du magnat de l'information, un peu comme le calme avant la tempête, un peu comme s'il n'osait pas réaliser ce que cet appel signifiait. La dernière grosse affaire en date avait été l'arrestation du fameux écrivain six mois auparavant. Depuis, il n'avait jamais retrouvé un si fort taux d'audience, même pour les procès, et ses tarifs jugés surévalués avaient été renégociés *a posteriori* par les clients, l'obligeant à rembourser le trop-perçu et lui faisant fondre sa trésorerie. Mais aujourd'hui, c'était différent. Si ce qu'Athéna lui avait dit était vrai, c'était l'occasion de renflouer d'un seul coup toutes les caisses de la société. Il se leva d'un bond, sortit de son bureau et, de manière à être entendu par le gigantesque open space devant lui, hurla cet ordre qu'il croyait ne jamais pouvoir donner un jour : *Alerte news 1 à 5 ! Tarification maximale sur tous les niveaux !*

A quelques kilomètres de là, le commissaire Monteuil ne s'était pas attendu à une évolution aussi rapide de la situation. Ce n'était que depuis la matinée qu'il avait chargé son fils – le seul en qui il avait totalement confiance – de suivre Stavson. Il lui avait confié une de ses libellules, et expliqué quelques codes et procédures utilisés dans la police dans le cadre des filatures. Il n'avait aucun but précis, c'était juste pour voir, pour comprendre.

Quand son fils l'avait averti que Stavson était parti pour le Mont-Saint-Michel, il s'était d'abord demandé ce que le policier allait foutre là-bas. Plus tard, Gabriel l'avait appelé cette fois-ci des Îles Kerguelen. Il lui avait raconté qu'il n'avait pas réussi à suivre Stavson jusqu'au bout, car celui-ci avait fait fermer derrière lui la station où il était descendu, à savoir la station Larose. L'île ne contenant qu'une demi-douzaine de stations malgré sa superficie de plusieurs milliers de kilomètres carrés, il avait été contraint de sortir vingt kilomètres plus loin, station Jeanne d'Arc, et il s'apprêtait à faire le trajet jusqu'à Larose en volant à tire d'ailes, car la nature accidentée et sauvage du terrain ne permettait pas aux petites roues de sa voiture de faire le trajet.

Peu après, le commissaire avait reçu un appel de sa vieille amie, Athéna, lui demandant de se rendre immédiatement à la zone industrielle du Canal avec une ambulance et des hommes de confiance, car deux policiers venaient de tenter de violer la fille de Kesler. Celle-ci avait été sauvée *in extremis* par deux Hybrides, et la prévenait que deux de ses amies étaient en grand danger.

En visionnant la vidéo de la tentative de viol envoyée par Athéna, le commissaire Monteuil avait saisi toute la gravité de l'affaire. Il avait alors décidé de faire appel à la police de la Confédération et avait donné l'ordre d'envoyer immédiatement une brigade d'intervention et une ambulance à la station Larose.

A présent, il était aux vieux entrepôts, et venait juste d'interroger Lucie et ses agresseurs quant il reçut tout à coup un nouvel appel d'Athéna. Il visionna avec stupéfaction les nouveaux éléments qu'elle venait de lui envoyer et s'accorda une seconde de réflexion. Une seconde au terme de laquelle il prit sa décision : cette fois, il allait passer à l'offensive, et vite !

12 h 43

Espérant se soulager par la même occasion de ses tensions, l'agent Clarck était allé faire un tour aux toilettes. Il n'était pas inquiet, non… ce n'était pas son genre. Coronès et Brivinski n'avaient pas encore donné de nouvelles, ils devaient en profiter c'est tout, il n'allait pas les emmerder dans un moment pareil… même si c'était toujours eux qui avaient les meilleures missions. Par contre… c'était l'absence prolongée de son chef, Stavson, qui le tracassait un peu plus. Lui, il avait plutôt l'habitude d'être expéditif dans ce qu'il faisait, et cela le rendait nerveux qu'il ne soit pas encore de retour ; et ce d'autant plus qu'il n'arrivait plus à le joindre.

Il était en pleine commission méditative quand il entendit un brouhaha à l'entrée. Il se dépêcha maladroitement de finir et s'y rendit aussi vite que possible. Une Ange blonde était là, accompagnée de toute une flopée de journalistes, et exigeait de rencontrer immédiatement Robert Kesler malgré les refus gênés du jeune standardiste de l'accueil. Clarck se hâta d'intervenir.

— M. Kesler ne peut recevoir aucune visite, ce sont les consignes en attendant le transfert.

— Cela ne marche pas avec moi ! lança Athéna en posant son doigt sur le bureau d'accueil.

Sa fiche de représentante d'Hybiriwa s'afficha immédiatement, en grand, à la verticale, entre elle et le policier, et aux yeux de tous les journalistes. « Oh ! merde ! » jura intérieurement Clarck qui, cette fois-ci, devenait *vraiment* inquiet.

— Je veux voir Robert Kesler tout de suite ! reprit Athéna. Olympia fait partie de la Confédération, et à ce titre vous n'avez pas le droit de vous opposer à une requête légitime d'Hybiriwa. Si vous persistez dans votre refus, j'en réfèrerai directement au Siège.

« Surtout pas ça ! » pensa Clarck. Il savait que si la Confédération s'en mêlait, c'était à présent son poste qui allait être en jeu. Il essaya de s'en sortir autrement.

— En fait, M. Kesler est souffrant. C'est pour ça qu'il ne peut recevoir personne. Ce sont les ordres du médecin.

— Très bien, répondit Athéna. Montrez-moi le certificat médical préconisant la suspension des visites !

— Euh… je voulais dire qu'en fait le médecin est justement en train de l'examiner, et que…

— Vous êtes en train de vous contredire pour la deuxième fois ! coupa Athéna. Maintenant, conduisez-moi tout de suite à Robert Kesler ou vous ne ferez qu'aggraver votre cas !

Clarck jeta un œil aux caméras pointées sur lui par tous les journalistes. Il savait qu'il ne fallait surtout pas que Kesler puisse leur parler, mais il sentait également qu'il devait aussi songer à sauver sa peau.

— Je suis désolé, mais *toutes* les visites à Robert Kesler sont suspendues sur ordre du commissaire Stavson. Il est actuellement en mission et je n'arrive malheureusement pas le joindre. Je lui communiquerai votre requête dès son retour.

— Vous risquez de l'attendre longtemps ! lui lança sarcastiquement Athéna en désignant l'écran derrière lui.

Clarck se retourna vers l'écran d'accueil destiné à faire patienter les visiteurs. Il y vit un communiqué annonçant la mort du commissaire Stavson, et l'on pouvait y voir les manœuvres de repêchage de son corps sur les côtes rocheuses de l'Île Kerguelen. Clarck resta un court moment interdit, se demandant comment la situation avait pu basculer si vite, et se tourna de nouveau vers Athéna. Il n'eut même pas à préparer ce qu'il avait à dire : le commissaire Monteuil entra avec toute une escouade de policiers de la Confédération dans le commissariat, et mit immédiatement Clarck en état d'arrestation. L'opération avait eu lieu simultanément dans tous les commissariats d'Olympia et s'était basée sur le rapport de Kesler, identifiant immédiatement les policiers corrompus parmi le reste du personnel.

Clarck fut menotté et emmené sans même comprendre ce qui lui arrivait tandis qu'Athéna, suivie par les journalistes et précédée par Monteuil, filait tout droit à la cellule de Kesler.

Rhéa avait fini de monter le film. Rompue à cet exercice, elle n'avait pas hésité à couper ce qu'il fallait et à mettre en valeur le reste par des enchaînements judicieux. Ces quelques minutes de travail avaient été pour elle le summum de sa carrière en termes de plaisir et d'adrénaline. Finies les banales petites histoires d'injustices ! Cette fois elle visait grand et avait agencé le tout de manière à produire son effet. Décaux visionna personnellement les images avant la diffusion, et c'est non sans un tremblement dans la voix qu'il s'adressa à son équipe : *C'est parfait ! On ne touche à rien ! on lance sur tous les niveaux !*

Rhéa descendit dans la rue pour mieux ressentir les émotions dégagées par son film et par le public. Comme une antenne réceptrice, elle captait la moindre vibration, et savourait.

Les premières minutes du film commencèrent par la tentative de viol sur Lucie. Les cris attirèrent tout de suite l'attention des passants et des spectateurs, puis l'aveu de l'innocence de Kesler les retint tout à fait. Ils passèrent ensuite rapidement de la surprise à l'indignation devant le sadisme décontracté des deux agresseurs. Les Bios et les Hybrides n'étaient pourtant pas les plus outrés de voir deux volailles, policiers de surcroit, se conduire de manière aussi nauséabonde ; c'étaient surtout les Anges eux-mêmes, se sentant salis par la conduite ignominieuse des deux hommes, qui éprouvaient le plus vif écœurement. Mais les cris et les huées du public se turent bientôt pour laisser place à l'effroi et aux larmes.

Le film avait enchaîné, juste avant l'intervention de Lamia, sur le massacre de Calliope par Stavson tandis que des commentaires explicatifs défilaient en bandeau sous la scène. Les Anges étaient consternés par ce qu'ils voyaient. Sur leurs joues, le rouge avait cédé à la pâleur et ils se demandaient à présent comme on en avait pu arriver jusque-là.

Rhéa s'était ensuite focalisée sur un gros plan de Juliette répondant aux injonctions de Stavson. Celle-ci était au bord d'une falaise abrupte, transie de froid, les yeux humides, les lèvres en sang, la robe déchirée, le vent glacial froissant ses cheveux et la tourmentant comme une enfant en équilibre. La force et l'énergie de ses propos contrastaient avec cette apparence de fragilité extrême renvoyée par son corps, et cela provoquait une émotion bien plus forte encore. Les Bios virent en elle le porte-parole qu'ils avaient longtemps espéré, tandis que les Anges y sentirent la voix de leur conscience. Lorsqu'elle mentionna le nom de Jupiter Caldeiro, tout devint clair pour eux, et c'est un sentiment de culpabilité immense qui les submergea pour la plupart, tandis que Juliette lâchait ses dernières paroles : *Eliminer tous les Bios et les Hybrides ne vous apportera pas un monde sans défaut, mais un monde sans compassion. Il n'existe aucune formule génétique pour rendre meilleur votre cœur !*

Rhéa sourit de triomphe en voyant la réaction du public : ils venaient de remporter la bataille médiatique !

Renouveau

Résonnement léger d'une multitude de pas et de chuchotements, puis le silence. Les deux filles tendirent l'oreille, surprises et inquiètes.

Joyeux Anniversaire Calliope !

Juliette, Bilael, Lamia, Artémis, Hermès, Gabriel, Athéna, ils venaient tous d'entrer avec un énorme bouquet de fleurs – des vraies – dans la chambre d'hôpital de Calliope et Lucie. Après leurs mésaventures, toutes les deux avaient obtenu de pouvoir être transférées à nouveau dans la même chambre à Belle-Hygie.

Lucie se remettait de ses précédentes fractures et des nouvelles que son saut désespéré lui avait coûtées. Quant à Calliope, son cas nécessitait cette fois une plus longue convalescence. Sa tête et son cœur n'avaient par chance pas été touchés, mais la plupart de ses autres organes avaient été perforés et de nombreux os avaient été brisés. Heureusement pour elle, lors de sa conception, ses parents avaient souscrit une assistance cellulaire à vie, qui signifiait qu'en cas de problème de santé *Creative Genes* lui fournirait gratuitement de quoi réparer au plus vite ses organes défectueux.

Juliette, en apprenant cela, avait d'abord cru avec horreur qu'il existait, cachée quelque part, une seconde Calliope, maintenue dans un état végétatif, et sur laquelle on irait prélever çà et là les organes nécessaires. Ce n'était pas le cas. C'était interdit pour raisons éthiques, et cela se serait de toute manière avéré inutilement coûteux et très incertain. En fait, la société qui avait conçu Calliope avait gardé en réserve des cellules souches pluripotentes ultra-performantes, qu'elle fournissait en cas de besoin, permettant à l'hôpital de mettre en place une thérapie cellulaire rapide et efficace.

Pour cette visite aux deux martyres, Athéna avait tenu à être présente afin de pouvoir leur donner par la même occasion des nouvelles de l'affaire. Les décisions de faire appel pour Robert Kesler et William Retsonel, qu'elle avait déposées à la dernière seconde, avaient immédiatement été acceptées.

Ceux-ci étaient toujours en prison, sous surveillance de la Confédération cette fois-ci, et l'affaire allait être rejugée dans trois semaines, mais tout s'annonçait pour le mieux. Elle avait réussi, en recoupant les aveux des agents Coronis-Hermès et Brivinski, les révélations de Robert Kesler et l'enquête de Juliette, à reconstituer le déroulement de la soirée dramatique qui avait coûté la vie à Héméra de Lanson.

Coronis-Hermès et Brivinski avaient pu s'introduire dans la propriété de la famille grâce à la complicité du conjoint, qui leur avait donné les clés pour déjouer le système d'alarme et de surveillance. Celui-ci s'était absenté pour affaires et il était sûr qu'Héméra et son employé en auraient profité pour avoir une liaison intime. Cela s'était révélé exact, car les deux policiers étaient entrés alors que les deux amants venaient juste de coucher ensemble. Ils s'étaient alors précipités sur Héméra, lui laissant juste le temps d'émettre un signal de détresse vers la police avant de mourir étouffée. Stavson était alors arrivé deux minutes plus tard – soi-disant accompagné de Brivinski et de Coronis-Hermès – et avait immédiatement accusé Robert Kesler. La police scientifique, à peine arrivée sur les lieux, n'avait pu que constater les traces de strangulations et de liaison sexuelle entre la victime et Kesler, faisant immédiatement le rapprochement.

Toute cette mise en scène avait été vraisemblablement commanditée par Caldeiro, leader du parti Pegasus, mais aussi chef de file de la Confrérie de l'Ordre Parfait, afin de manipuler l'opinion publique dans son sens avant les élections. Il semblait qu'il assouvissait par la même occasion une vieille rancœur envers l'écrivain. Quoi qu'il en soit, une enquête était en cours, et désormais la vie politique de cet homme était finie. Il avait démissionné peu après les révélations d'Hybiriwa, et lors des élections de dimanche sa rivale progressiste, Diana Mathias-Cerès, avait remporté la victoire haut la main avec près de 70% des voix.

Quant au conjoint d'Héméra, son gain avait été purement financier. Il avait vu d'un mauvais œil la relation qu'elle entretenait avec son employé, car, certes, elle avait déjà eu des relations extraconjugales, mais jamais de nature aussi longue et aussi stable. Etant donné que c'était elle l'héritière de l'empire De Lanson, il craignait de se retrouver amputé de sa fortune en cas de séparation et avait préféré prendre les devants en l'éliminant de manière insoupçonnable.

Le seul point obscur qu'il subsistait, sans doute à jamais, était lié à Stavson. Il avait su que Kesler travaillait à démanteler la Confrérie et que son travail auprès d'Héméra lui servait en fait de couverture. Il avait su que les deux étaient amants. Il avait compris les situations respectives de Caldeiro et du conjoint trompé et avait décidé de les mettre en relation pour un bénéfice mutuel. Quelque part, cela avait été lui le véritable cerveau de cette machination… Mais comment avait-il pu découvrir tant de choses ? Cela demeurait un mystère.

En tout cas, en attendant le nouveau jugement, toute la Confrérie avait été démantelée et mise hors d'état de nuire. Coronis-Hermès, Brivinski, Clarck et tous les autres policiers complices étaient sous les verrous, dans l'attente d'être jugés eux aussi. Les trois filles étaient rassurées, et Athéna satisfaite.

Le verdict du tribunal eut lieu un jour de juillet, tôt dans la matinée. Robert Kesler fut acquitté et reconnu victime d'un complot politique. Il reçut en dédommagement du préjudice subi une somme de 200 000 crédits. William vit de son côté sa peine réduite à six mois de prison pour dégradation de bien public, dont quatre avec sursis. C'était une peine essentiellement symbolique puisqu'il les avait déjà purgés. L'amende fut néanmoins gardée, mais c'est l'écrivain qui s'offrit de la lui payer.

Athéna était ravie. C'était bien sûr une grande victoire pour Hybiriwa et pour la justice, mais aussi pour elle dans sa carrière d'avocate. Elle avait gagné sur toute la ligne et son intervention avait été ultra-médiatisée, écrasant complètement son adversaire, le procureur Verkmann.

Ce dernier, retranché à l'ombre de son bureau, était le seul à savoir que, compte tenu des circonstances, cela aurait pu être bien pire pour lui. Il se félicitait de ne pas avoir voulu faire partie de la Confrérie ; grâce à cela il était passé entre les mailles du filet du commissaire Monteuil. Il avait fort bien fait également de ne pas se cantonner exclusivement à des procès de Bios ou d'Hybrides, car son rôle n'avait donc pas non plus été soupçonné par Kesler. Il demeurait néanmoins gravement blessé dans son amour-propre, car c'était la presse qui lui avait fait le plus de mal. Lorsqu'elle l'avait interrogé, il s'était retranché derrière son rôle de procureur lambda, se basant juste sur les preuves fournies par la police, préférant, pour sauver sa peau, être taxé d'incompétence plutôt que de complicité.

Ridiculisé par Athéna dans cette affaire, Verkmann était devenu la risée de la profession, et ce point mettait un frein brutal à sa carrière jusqu'alors florissante. Cela lui fit nourrir une rancœur démesurée envers l'avocate, mais aussi envers William et Juliette, indirectement responsables de son échec.

Toutefois, il se garda d'agir impulsivement. Armé de sa patience et de sa prudence légendaires, il savait qu'il trouverait tôt ou tard le moyen de se venger des uns et des autres. Il détenait une avance stratégique sur ses adversaires – ayant une information sur eux sans qu'ils ne le sachent – et il lui faudrait désormais l'exploiter. Il avait longuement réfléchi à la machine à voyager dans le temps, et il avait désormais réalisé que cela ne lui servirait à rien de s'en emparer *telle quelle*. Il attendrait donc… il attendrait que ce William Lenoster – puisque c'était là son vrai nom – la récupère et la remette en état de marche. Essayer de le contraindre par la force avait peu de chance d'aboutir, d'autant qu'il n'était pas en mesure de déjouer d'éventuelles ruses de la part de ce scientifique. La seule solution efficace était donc de le surveiller jusqu'à ce qu'il s'apprête à utiliser la machine, et de mettre la main dessus au bon moment. Il avait tout son temps de toute manière… Qui sait si, par la même occasion, il arriverait à faire payer à cette femme qui l'avait tant fasciné sa terrible humiliation ?

Alors que le procureur Verkmann ruminait sa vengeance, l'oncle de Juliette et le père de Lucie sortaient libres du tribunal juste après l'énoncé du verdict, au milieu d'une cohorte de journalistes et des effusions de joie de leurs amis, tous venus pour les accueillir. Passées les réjouissances, William prit Juliette à part et lui annonça ses projets. Il resterait ici encore quelques semaines pour découvrir ce monde de ses propres yeux et réparer la soucoupe, puis il trouverait un moyen de rentrer en 1985.

Il lui demanda quelles étaient ses intentions, si elle voulait rentrer avec lui. Il ne s'adressait plus à elle comme à une enfant, mais comme à une adulte. Il avait conscience que cette longue période d'insouciance, où sa petite nièce attendait avec impatience ses cadeaux de Noël, était désormais révolue. Elle s'était adaptée à un monde totalement nouveau ; elle avait su prendre son destin en main ; elle avait vu la mort de près et réussi à dépasser ses limites. Ces quelques mois dans le futur lui avaient permis de mûrir bien plus que dix années dans le passé.

De son côté, Juliette redoutait cette question, car elle savait que son retour en 1985 était inévitable. Ses parents lui manquaient, certes, mais surtout elle les avait quittés sans pouvoir leur dire adieu, et plusieurs fois elle avait essayé, le cœur déchiré, de se représenter l'immense chagrin qu'ils auraient à subir si elle ne retournait plus à son époque. Voir sa fille disparaître du jour au lendemain, sans un mot et sans savoir ce qu'il va advenir d'elle, est une peine bien trop lourde que Juliette se défendait de leur faire porter.

D'un autre côté, il y avait tant de choses qui la retenaient ici. Il y avait d'abord tous ses amis avec qui elle se sentait en confiance, en particulier Lucie et Calliope dont elle imaginait mal se séparer. Elle avait appris à mieux les cerner toutes les deux, à la fois fort semblables et fort différentes. Semblables, car elles avaient toutes les deux connu un bonheur perdu. Différentes car, alors que Lucie essayait tragiquement de retrouver les jours heureux de son enfance,

Calliope, plus mûre peut-être, avait définitivement tourné la page et construisait le sien sur son chemin.

Il y avait aussi ce nouveau monde auquel elle s'était peu à peu habituée, où elle se forgeait une carrière et se construisait une vie, et qui lui réservait encore beaucoup de surprises.

Et puis surtout, il y avait Gabriel dont elle se sentait plus amoureuse que jamais. Elle avait peu à peu réalisé que ce qu'elle avait pris pour de l'indifférence ou de la compassion était en fait dû à des maladresses, liées à leurs différences de culture. Cependant, elle essayait désormais de réfréner sa passion, car elle se sentait coupable. Elle ne lui avait toujours pas dévoilé ses origines, et il ignorait donc qu'elle devrait rentrer tôt ou tard au 20e siècle. Si elle laissait leur relation s'engager plus loin, cela ne ferait que les faire souffrir davantage le jour de leur inéluctable séparation, jour où il se sentirait sûrement trahi. Inversement, elle redoutait terriblement qu'en lui avouant devoir bientôt partir – même sans préciser où – il cesse subitement de s'intéresser à elle.

Mais ce n'était pas tout, il y avait autre chose… autre chose de plus profond, de plus enfoui, d'encore plus fort qui la liait à ce monde.

Elle reporta son regard au loin, songeant à la vie qui s'étalait à nouveau sous ses pieds, à ce nouvel avenir auquel elle avait contribué et qui s'ouvrait maintenant devant eux ; un avenir où l'humanité cesserait enfin d'être son propre bourreau. Acculés, les Hommes avaient réussi à apprendre à préserver la Terre ; peut-être arriveraient-ils désormais à apprendre à se respecter entre eux ? Empreinte de curiosité et d'espoir, elle repensa à sa conversation entre ciel et mer, et se demanda si son amie verrait un jour son rêve se réaliser.

Comme pour la tirer de ses pensées, William lui reposa sa question.

— Tu veux rentrer avec moi, ou bien rester là au 28e siècle ? Tes parents nous attendent, tu sais… tous ceux de notre époque nous attendent…

— Je sais bien, répondit Juliette avec gravité, mais j'aurais bien aimé voir grandir les enfants de Calliope.

CRÉDITS

Poème :
„Les Roses de Saadi“
par Marceline DESBORDES-VALMORE (1786-1859)

Couverture :
Photographie par Marjorie Bay
www.marjoriebay.com/

Citations en 4e de couverture :
Les rendez-vous de Klo
http://les-rendez-vous-de-klo.blogspot.de/
Entre nous
http://chezcookies.blogspot.de/
Mes rêves éveillés
http://mes-reves-eveilles.blogspot.fr/

Corrections :
Jérôme Simon
Marjorie Bay
Audrey Moui

Mise en page:
Cyane
Natalie Sieber

Les Enfants de Calliope sont présents dans la sélection Eduscol
„Littérature pour les collégiens“ (Éducation Nationale)

TABLE DES MATIÈRES

III - Explosion